COLLECTION FOLIO

Pierre Péju

La Diagonale du vide

Gallimard

Pierre Péju est l'auteur de nombreux romans, notamment *Naissances*, *La petite Chartreuse*, prix du Livre Inter 2003, porté à l'écran en 2005, *Le rire de l'ogre*, prix du roman Fnac 2005, *Cœur de pierre*, et d'essais, dont *La petite fille dans la forêt des contes*, tous traduits dans plusieurs langues. Ancien directeur de programme au Collège international de philosophie, il a également publié des études sur le romantisme allemand, sur le récit et l'enfance.

1

Je me souviens, cette année-là, au milieu de l'hiver, debout derrière la baie vitrée de la salle d'embarquement, les yeux noyés dans une aurore verte et rose où un avion décollait toutes les minutes, j'ai décidé de tout arrêter.

Ne plus bouger. Ne plus partir. Surtout ne plus parler. Trouver au plus vite un endroit retiré. Avec du silence. De la lenteur. Peut-être un brin de tristesse. De préférence dans une région sauvage.

Au moment où une voix suave, tombée de nulle part, invitait une dernière fois les passagers de mon vol à embarquer, j'ai franchi en sens inverse le portique de sécurité. Je suis passé discrètement devant la guérite de verre des douaniers. J'ai déchiré mon billet en petits morceaux que j'ai jetés dans une poubelle transparente. Je n'avais avec moi qu'un sac de voyage. Tant pis pour ma valise ! Prisonnière de la soute, elle était condamnée à une impitoyable destruction par les démineurs, sur le béton du tarmac, sous le regard des passagers d'un vol très retardé par l'absence d'un homme, en temps de terreur. Traversant la zone d'enregistrement, j'ai eu l'impression que les voyageurs ressemblaient à des enveloppes froissées faites de chair lasse et d'étoffe terne. Ils étaient pressés et préoccupés. Leur petit bagage, qui trottinait derrière eux, avait bien du mal à les suivre.

Je tenais à quitter les lieux avant que mon nom ne soit prononcé de façon accusatrice dans les haut-parleurs : « M. Travenne… Le passager Travenne est prié de se présenter im-mé-dia-te-ment porte n°… Dernier appel… » Dehors, il faisait un froid glacial. Le ciel devenait peu à peu jaune pâle avec de longues traces sanglantes qui allaient en s'élargissant. On aurait dit qu'une énorme bête invisible grondait en lançant des coups de griffes au hasard. Des insectes géants dans le ciel, des taupes géantes sous la terre. Tout vrombissait et vibrait dans la jungle de béton et d'acier.

Minuscule voyageur de l'aéroport Charles-de-Gaulle, je renonçais à un énième voyage en Extrême-Orient. Au moins le vingtième ! En dix ans, douze ans, je ne sais plus. Tantôt Shanghai, tantôt Hong-Kong. Parfois Singapour. « Pour affaires », comme on dit, même si le fait d'être devenu un « homme d'affaires » me semblait toujours aussi incroyable et comique. J'étais un champion du décalage horaire. Un champion de l'attente et de la somnolence dans des fauteuils qui vous cassent les reins. Sur la terre comme en plein ciel. Un masque de tissu bleu ou blanc sur les yeux. Mais c'était fini. J'arrêtais pour de bon.

Après avoir échappé au vacarme de l'aéroport, je suis passé en coup de vent au bureau afin d'annuler les commandes et les contrats en cours, et j'ai dicté quelques lettres de désengagement à envoyer à nos principaux clients. Quand j'ai annoncé à nos deux secrétaires que j'allais disparaître quelque temps, elles m'ont considéré avec gravité, sans demander d'explications, avec une sorte de respect apitoyé. Elles ont compris que quelque chose n'allait pas, qu'elles allaient se trouver très seules dans ce qui ressemblait à une dernière longueur. Tout en m'écoutant en silence, elles jetaient des coups d'œil attristés dans la direction du bureau définitivement vide de Wolf, mon associé. Ces fidèles collaboratrices s'étaient toujours doutées qu'avec des pilotes dans notre genre il y avait des risques d'explosion en plein vol.

Notre société, « Travenne & Wolf », spécialisée dans ce qu'on appelle le « design de luxe », nous l'avions créée vingt ans auparavant. Label français mais fabrication chinoise. Nous nous étions peu à peu consacrés à l'art de l'emballage sophistiqué : boîtes laquées, luxueux coffrets, écrins raffinés, dont je concevais les formes, avant de les faire fabriquer en Chine puis de les fournir, par dizaines ou centaines de milliers, à plusieurs marques renommées. Puisque tout s'emballe désormais. Puisque la plus médiocre marchandise se recroqueville au fond de ce qui l'enveloppe. Bientôt, il ne restera plus que des emballages. Et des professionnels du « packaging », comme on dit, contraints à renouveler sans fin les apparences des choses ou des idées.

Mathieu Wolf avait, depuis toujours, été mon ami, mon complice et collaborateur. Je dis « avait été » puisque mort de façon extrêmement brutale. Dans la salle d'embarquement d'un aéroport. Infarctus foudroyant. Son vol avait du retard. Sa disparition de l'avance. Mathieu, lui, c'était son cœur qui avait décidé de tout arrêter.

En quittant nos bureaux, j'ai fait un saut à la maison, où ne vivaient plus ni femme ni enfants, afin de rassembler quelques affaires. Enfin, au volant de ma voiture, j'ai pris la route en direction du sud. Trois cents kilomètres d'une traite, les mains crispées et moites, la bouche sèche, avant de m'arrêter sur une aire d'autoroute. Pendant que je faisais le plein, il me suffisait de lever la tête pour apercevoir, très haut dans le ciel, les petits cylindres étincelants à l'intérieur desquels des humains étaient soigneusement rangés comme dans un coffret métallique. J'ai eu une pensée pour cette population de millions d'individus qui, à chaque instant, se trouvent suspendus dans le ciel, et filent, immobiles, à la surface d'une sphère invisible dont le rayon mesure dix kilomètres de plus que celui de la terre. J'aurais pu être parmi eux. En vol. Envolé. Volatil. Comme tant d'autres fois. Complètement seul. Attaché sur mon siège. Plongé dans la méditation ou absorbé par la lecture.

J'ai encore roulé pendant plusieurs heures. Tantôt dans le ronronnement lugubre du moteur, tantôt en mettant la musique à fond. Au rythme des guitares, je donnais de grandes tapes nerveuses sur le volant tandis qu'une brume vespérale s'élevait doucement entre les prés obscurs et le ciel mauve.

And — eh sometimes it's not easy baby,
especially when your only friend
talks, sees, looks and feels like you,
and you do just the same as him
get very lonely up this road baby,
yeah ! Hmm ! Yeah !…

La dernière chanson s'est achevée. J'ai quitté l'autoroute. Les phares de ma voiture s'enfonçaient comme un couteau dans un grand vide ténébreux. Du vide sans emballage. Du vide à l'état sauvage. Glacé et brûlant comme de l'alcool. Je savais à peu près où j'allais. La route rétrécissait. J'étais obligé de ralentir. Tout mon corps était envahi par un grand calme. Je m'attendais à voir surgir de la nuit des bêtes spectrales et affolées. Biche blanche dont les sabots patinent sur l'asphalte mouillé, laie massive suivie de marcassins, renard, hyène, sphinx ou phœnix. Comme je traversais une forêt, je me suis arrêté pour pisser. Dans le noir, craquements et glissements furtifs. Grincements des branches. J'ai senti que les conditions se réunissaient en silence.

Vers minuit j'ai échoué dans la chambre étroite et mal chauffée d'un gîte perdu sur le vaste plateau qui sépare l'Ardèche de la Haute-Loire. J'ai décidé de m'y installer pour une durée indéterminée. On verrait bien.

2

Le premier jour, je n'ai fait que contempler la fenêtre de ma chambre, rectangle blanc, couvert de buée, auquel je pouvais substituer, d'un mouvement tournant de la main dans l'humidité ruisselante, une aquarelle abstraite composée de plusieurs gris bleutés, de verts éteints, de bruns, de roux et de jaune paille que le givre décolorait encore. À force de le fixer, j'y découvrais d'autres scènes : patineurs sur un lac gelé, voyageurs approchant d'une ville sous un ciel menaçant. Je voyais des rois, des lions, des suppliciés. Un tableau toujours changeant qui me comblait. Fenêtre magique.

Je connaissais depuis longtemps la rudesse de ce paysage et les rigueurs climatiques de cette région de France où des volcans puissants, après avoir soulevé de larges morceaux du continent, se sont, au fil de centaines de millénaires, fatigués de rugir et de cracher puis se sont tassés sur eux-mêmes. Inoffensifs, les volcans se laissent désormais poncer, jour après jour, par le papier de verre du ciel, comme ces artistes qui, après avoir un peu bousculé la sensibilité d'une époque, et connu ce qu'on appelle leur « heure de gloire », se ratatinent puis se laissent eux aussi raboter par la notoriété ou la parodie de leur propre style. Bien sûr, ils demeurent présents dans le paysage. On les reconnaît, on prononce leur nom, mais ils n'en sont pas moins définitivement éteints.

Ce gîte de pierre qui avait dû être autrefois couvert de chaume et abriter la vie précaire de fermiers isolés, était tenu par un couple de petits aventuriers sur le retour, cabossés par des échecs successifs et venus eux-mêmes, en un dernier défi, se confronter à la nature muette. L'homme, visage buriné, catogan de cheveux gris, avait fait un peu tous les métiers, partout dans le monde. Sa compagne, petite brune aux yeux vifs très cernés, espérait toujours, l'âge venant, un apaisement qui, lui, ne venait pas. Pour vivre, ils hébergeaient marcheurs et voyageurs à qui ils proposaient quelques chambres et une table d'hôte à des kilomètres de toute habitation mais en bordure d'un sentier dit de « grande randonnée ».

Discrets ou blasés, ils ne se souciaient pas de moi. Je pouvais rester dans ma chambre ou sortir toute la journée par n'importe quel temps, ils m'accueillaient, le soir, à la grande table près du feu, parfois en compagnie de randonneurs affamés avec lesquels nous ne parlions que de choses anodines, météorologie, plantes sauvages, voyages lointains. Chacun gardait ses distances avant de retourner à sa solitude.

Dans l'entrée, un chien énorme et très vieux était perpétuellement couché au milieu du passage, la truffe humide entre les pattes, l'œil mi-clos… De temps à autre, l'animal levait la tête avec un air de malheur et d'ennui, bâillait longuement et puait de la gueule. Il y avait aussi une petite jeune fille à l'air effaré qui arrivait chaque jour à travers prés pour faire des lessives, du ménage ou pour rentrer le bois. Elle devait venir d'une ferme éloignée. Visage ingrat, mains rougies, elle travaillait dur, fuyait les randonneurs, ne disait pas un mot. Les propriétaires du gîte ne l'appelaient jamais par son prénom. Ils se contentaient de lui crier « Ho ! ». Elle accourait. « Ho ! » hurlaient-ils, parfois de l'autre bout de la maison : la fille se précipitait et ils la chargeaient aussitôt d'une tâche pénible.

Le matin, j'écoutais les grincements de la maison vide. Navire à l'ancre dans beaucoup de gris. Je descendais l'escalier dont le bois craquait sous mes pas. J'enjambais le tas de viande et de poils qui grognait un peu en travers de l'entrée, et partais marcher dans le vent. Le vent souverain, le vent nerveux, le vent presque incessant qui, en toutes saisons, couche les herbes sur la terre, racle le sol, tord chaque branche qui aurait la prétention de s'élever vers le ciel et triomphe de l'entêtement des arbres en bloquant leur croissance.

Pays perdu. Des pierres, beaucoup de pierres, dures et sombres que la pluie rend luisantes. Des maisons basses, très éloignées les unes des autres, dont certaines ne sont plus que ruines encombrées de ronces, de fougères, et faciles à confondre avec un amoncellement de roches. Partout, des blocs de basalte surgissent dans les déchirures d'un velours vert et râpé. De loin en loin, des bêtes humides, figées dans un vieux rêve. Les crinières des chevaux sont gorgées d'eau, comme est trempée la laine des moutons aux marques rouges ou violettes. Du cul des vaches tombent régulièrement des paquets de bouse chaude et les crottes des chèvres sont autant de billes noires disséminées entre les brins d'herbe.

Même par temps clair, les ondulations infinies de cette terre ne procurent pas un sentiment d'apaisement mais d'âpreté. Il est vrai qu'en été, par grand beau temps, un tel paysage peut faire naître l'exaltation, surtout lorsque la vue se perd en glissant sur toutes ces rondeurs, et que le crépuscule compose à l'ouest un subtil dégradé de bleus tandis qu'à l'est la chaîne des Alpes pourtant lointaine semble se rapprocher au fur et à mesure qu'elle devient plus rose. Quand miraculeusement le vent tombe, l'ivresse de cette nature qui cesse un moment de lutter contre les éléments devient contagieuse.

Bien vite, j'ai compris que l'endroit allait me convenir. Loin de tout. Nulle part. Cet hiver-là, ce n'était pas une épaisse couche de neige qui recouvrait le paysage autour du gîte, mais un poudrage glacé qui vitrifiait les formes et les teintes. Mes pas faisaient un bruit de cristal écrasé. Et je décrivais des cercles de plus en plus larges.

Au milieu d'un pré, je suis tombé sur un squelette. Des restes de chèvre ou de mouton. J'ai fait rouler le crâne du bout de mon soulier. Les orbites étaient pleines de terre. La mâchoire s'est ouverte.

Vers la fin de l'après-midi, guettant l'instant où la brume commence à tout recouvrir, j'étais envahi par un mélange de bien-être et d'angoisse, comme si la menace de me voir absorbé par l'aquarelle illimitée du décor était une chance qu'il me fallait saisir. Les joues brûlantes, je retrouvais le silence de ma chambre où je m'allongeais sur le lit, les mains derrière la tête, dans une immobilité totale face au rectangle devenu noir, l'esprit soudain happé par un tourbillon de souvenirs et d'images, parmi lesquelles le visage de mon ami mort.

Ce n'était pas exactement que Mathieu me manquait. Je ne parvenais pas à réaliser qu'il ne se trouvait plus nulle part alors que, pendant des années, nous nous étions parlé presque chaque jour, nous comprenant à demi-mot. Jamais d'intimité entre nous. Ni confidences ni étalage d'états d'âme, mais la simple certitude d'une complicité. Une façon de jouer à poser les instants les uns sur les autres, comme des cubes, comme des cartes. Vaine agitation sans doute. Au point de n'avoir pas vu passer les années.

J'ai bien vite compris que jamais je ne pourrais « me faire » (terrible expression !) à l'absence de Mathieu, avec son éternelle veste noire, ses épaules étroites, sa calvitie précoce, ses longues mains, son sourire un peu triste et l'éclat sombre de ses yeux. Je me souviens de cette matinée grise au milieu de laquelle un coup de fil laconique m'avait annoncé que son corps n'était plus qu'un cadavre en attente à la morgue de l'aéroport. J'avais sauté dans ma voiture, roulé à toute vitesse, et m'étais efforcé de faire mécaniquement le nécessaire. Trois jours plus tard, nous le conduisions jusqu'au trou boueux creusé à la hâte dans un cimetière de banlieue. Et puis j'étais revenu au bureau où je m'étais assis un moment à sa place, dans son fauteuil, devant sa table de travail encombrée. Ce qui m'étonnait le plus, en manipulant ses affaires, crayons mâchonnés, feuillets noircis, bouts de cigares, c'était mon absence de chagrin, comme lorsque, sous le coup d'une anesthésie locale, on sent tout sans rien ressentir. L'événement le plus douloureux se tenait de l'autre côté d'une vitre incassable, et je ne parvenais pas à saisir le « marteau de détresse ».

C'est à des vitesses fulgurantes que nous étions passés de l'enfance à la jeunesse puis à la vie dite active. Nous nous étions connus dès les petites classes. Même école. Même cour. Même rue. Je l'appelais Wolf, il m'appelait Travenne, ça se faisait comme ça à l'époque. C'est très tardivement que nous nous étions appelés par nos prénoms. Entre dix-huit et vingt ans, j'étais un dessinateur acharné, rêveur et grand lecteur. Mathieu, fou de mathématiques et de musique, vivait sous une interminable averse de notes et de nombres, entre piano et équations. Et puis, après des études aussi chaotiques que les miennes, il était devenu, contre toute attente, ce gestionnaire de talent, cet habile investisseur. J'étais, de mon côté, devenu un designer à succès.

Tout cela me paraissait non seulement lointain mais étranger. Scènes de la vie de deux autres garçons, ailleurs, à une autre époque. Je me suis vigoureusement redressé pour allumer une lampe. J'avais bien sûr apporté quelques livres, mais je les ouvrais le moins possible me contentant d'observer cette pile fragile de pages, sur la table de nuit. Examinant leurs dos douloureux, je m'efforçais de reconstituer, de mémoire, des passages, parfois très courts, mais dont la lecture m'avait profondément marqué. Sonorités et visions. Expressions et impressions. Réservoirs de petites différences. Lignes lointaines. Blocs d'énigme. « *Chasse de leur acier la martre et l'hermine...* » Voilà ce que je cherchais dans les livres...

Une fois, dans un taxi roulant à vive allure le long de la Baie de Hong-Kong dans cette électricité nocturne et verdâtre qui, sur les avenues bruyantes jusqu'à l'aube, renforce l'impression de moiteur et de vertige, un petit mot bizarre, échappé d'un livre, s'était mis à tourner autour de moi comme une mouche. Un peu plus tôt dans la soirée, j'avais parcouru, une fois de plus, un bouquin fatigué, emporté maintes fois dans mes valises. Une phrase, détachée du texte, avait alors commencé à se prononcer toute seule, en boucle, dans ma tête :

« Et le démon lui dit : Donne-moi la preuve. Montre-moi que tu es encore celui que tu as cru être. »

Tandis que j'étais assis à l'arrière du taxi, dans le dos du chauffeur d'une impassibilité asiatique, il m'a semblé lire les deux mots « *cru être* », en surimpression sur la tache pâle que j'apercevais dans le rétroviseur et qui n'était autre que mon visage. « *Cru être* », noir sur blanc. Ou plutôt la fusion de ces deux mots en un seul verbe désespérant : « *cruêtre* ». Et durant le reste de cette longue nuit orientale, chaque fois que j'apercevais ma tête fatiguée, dans les glaces ternies des bars, sous les néons brutaux des toilettes, ou à la lueur rouge des lanternes, je voyais apparaître les sept lettres de ce « *cruêtre* » halluciné. « *Montre-moi que tu es encore celui...* », murmurait le démon facétieux.

Dès le lendemain matin, j'avais rendez-vous avec un homme d'affaires chinois, redoutable intermédiaire entre les fabricants et moi. En pleine discussion, j'avais déjà été effleuré par l'envie de tout envoyer balader ! L'élégant Asiatique souriait. Il examinait mes dessins et mes plans, et vérifiait les chiffres fournis par Wolf. Il hochait la tête, tapait sur les touches de sa calculette. J'avais appris à ne considérer ce sourire chinois que comme l'emballage trompeur d'un impitoyable sens du commerce. Je pouvais être malin, moi aussi. Après d'interminables tractations, nous allions tomber d'accord. Nous le savions. Tout était à la fois compliqué et parfaitement codé. Tandis que le Chinois et moi parlions, j'entendais distinctement : « *montre que tu es*... *ENCORE*... », « *encore* », « *encore* »...Tout en me demandant qui j'avais cru être.

Dans la solitude de ma chambre ardéchoise, de tels épisodes me revenaient de façon aléatoire. Réminiscences d'autant plus pénibles que j'aurais voulu ne plus penser à rien ni à personne. Pas même à la fulgurance de la mort, à l'apparente facilité des ruptures, à tout ce qui est « manqué » dans une vie, et au deuil le plus terrible qu'il nous faut forcément faire un jour : le deuil de ce qu'on n'a pas su aimer.

3

Autour de mon refuge, les jours passaient avec la lenteur d'un troupeau dispersé. Nul n'avait la moindre idée du lieu de ma médiocre quarantaine. Encore moins de mon désarroi. Comme on perd lentement son sang, par une blessure cachée, je sentais que je me vidais d'une substance mystérieuse. Saignée salutaire ? Mortelle ? Difficile à dire. Jamais je n'avais eu à ce point le sentiment d'être passé à côté de ma propre histoire. Que pouvait-il m'arriver, désormais ? Présent vide. Passé réduit à quelques clartés et à quelques regrets. Avenir opaque.

Un soir, alors que la nuit était tombée depuis longtemps, une femme transie et ruisselante a poussé la porte du gîte. C'était une marcheuse solitaire qui surgissait de l'obscurité pour demander une chambre. Je n'ai d'abord vu que cette grande cape de pluie d'un vert sombre que la femme soulevait au-dessus de sa tête pour l'ôter. Puis j'ai entrevu un petit visage chiffonné et rougi par le froid. Ayant posé avec aisance, près du gros chien impassible, son sac à dos, elle a quitté ses chaussures boueuses puis son bonnet trempé sous lequel ses cheveux étaient collés et emmêlés. Elle a séché ses yeux, son front, ses joues, frotté vigoureusement ses mains l'une contre l'autre, avant de suivre le maître de maison qui, bien sûr, avait encore de quoi la loger.

Plus tard, elle est réapparue ou, plutôt, elle a fait une éclatante apparition pour le repas à la table d'hôte, puisque la charmante créature qui descendait n'avait plus rien de commun avec la voyageuse épuisée et gelée arrivée dans le gîte un moment plus tôt. Elle était vêtue d'un pull-over couleur perle et d'un pantalon noir qui moulaient des formes généreuses. Il émanait de cette femme une forte sensualité que la sévérité un peu forcée de son expression ne parvenait pas à dissimuler, d'autant que ses lèvres étaient pulpeuses et luisantes et que sa chevelure d'un blond doré avait retrouvé du gonflant et de l'éclat, une mèche ne cessant de tomber devant ses yeux d'un bleu presque gris.

Cette beauté ténébreuse, qui m'évoquait celle de certaines héroïnes de films noirs, avait quelque chose de déplacé et surtout de troublant dans un cadre aussi austère. Fausse froideur d'une femme dissimulant un tempérament bouillonnant. Sous ses traits particulièrement délicats, on croyait deviner des habitudes de rudesse et même une sorte de vulgarité inexplicable. Elle semblait aussi très résistante. Discrète et calme, on la sentait capable de bondir avec fureur si elle se sentait menacée.

J'ai tout de suite compris qu'elle était gênée par son propre charme qu'elle s'efforçait en vain d'atténuer. Évitant de croiser le regard des hommes présents ce soir-là, l'inconnue arborait un pâle sourire et affectait la plus grande simplicité, déplaçant des objets comme si elle cherchait à faire quelque chose de ses mains. Mais elle ne parvenait pas à dissiper le mystère qui entourait sa présence.

Elle a tourné en rond dans la salle commune, s'est approchée d'un renard empaillé posé sans doute depuis des années sur une étagère et qui pliait à jamais la patte avant droite comme pour s'approcher avec précautions d'une proie sur laquelle il allait bondir, mais ce n'était plus qu'un affreux animal, au pelage terne et poussiéreux. Il lui manquait un œil de verre. Il n'avait plus qu'une boutonnière noirâtre à la place de l'œil droit. Alors la femme blonde a prodigué une caresse distraite à ce renard au corps dur comme du bois, puis elle a introduit deux phalanges dans ce qui restait de sa mâchoire jaunie. J'ai été fasciné par ce geste qui avait quelque chose de complètement enfantin, mais aussi d'obscène. Rêveuse, la femme semblait ne plus pouvoir retirer le doigt qu'elle avait glissé entre les dents de la bête morte, comme si elle s'abandonnait à une interminable morsure. M'efforçant de regarder ailleurs, je substituais malgré moi à son visage ceux de femmes ambiguës, sulfureuses, orageuses ou fragiles, à l'identité incertaine, toujours saisies dans un jeu de miroirs, dont le cinéma avait durablement épinglé les photographies dans ma mémoire : Veronica Lake ? Kim Basinger ? Naomi Watts ?

Les hôtes du gîte, légèrement mal à l'aise, ne savaient trop comment s'adresser à elle. En attendant le repas, elle est restée toute seule, debout devant la cheminée, le dos tourné aux flammes, les bras le long du corps, les doigts écartés comme pour capter le plus possible de chaleur avant de reprendre sa route.

À table, l'atmosphère a fini par se détendre et j'ai bien vu que notre nouvelle compagne appréciait que notre conversation soit légère. C'est bien volontiers qu'elle détaillait l'itinéraire bizarre qu'elle s'était imposé : elle en était à son vingtième jour de marche et suivait une ligne complexe entre les Landes et les Ardennes, n'empruntant que des sentiers ou des routes secondaires. Elle évoquait les conditions météorologiques de son voyage ou les paysages qu'elle avait traversés, mais sans rien révéler de son identité ou de sa vie. Certes, ce gîte avait vu passer les randonneurs les plus farfelus, des égarés des chemins de Compostelle ou des êtres ayant entrepris une quête indécise, mais la trajectoire hivernale de cette femme ne correspondait à rien d'habituel. Chacun a fini par se taire.

Plus tard, je suis resté seul en compagnie de la marcheuse blonde, devant les braises rougeoyantes de l'âtre qui dégageaient encore beaucoup de chaleur. J'ai demandé, distraitement, à cette visiteuse du soir si elle comptait se remettre en chemin dès le lever du jour. Elle a allumé une cigarette, en a tiré une bouffée avant de souffler longuement la fumée vers le foyer dont elle fixait obstinément les lueurs. On aurait dit qu'elle cherchait à retrouver des visions lointaines, entre le feu et la cendre, dans les effondrements intermittents des tisons.

D'un mouvement vif de la tête, elle a rejeté en arrière la mèche dorée qui lui barrait le visage, puis, avec l'application inattendue d'une petite fille, elle a commencé à m'expliquer qu'elle avait vécu de nombreuses années à l'étranger dans des conditions difficiles. À son retour en France, ce n'était pas seule mais en compagnie d'un homme qu'elle aurait dû faire cette randonnée, c'était lui qui avait eu l'idée de son périple.

Sur le coup, je n'ai pas très bien compris si cet homme, amant ou mari ?, était malade ou blessé. S'il était mort ou s'il l'avait quittée.

La femme insistait : « Vous savez, c'était son idée à lui… Presque une obsession ! Après chacune de ses absences, il souhaitait revoir la France en traversant tout le pays en diagonale, du sud-ouest au nord-est. Oui, retrouver la France mais en évitant les villes, en ne suivant que de petits chemins ou des voies à peine fréquentées, quitte à faire des détours et en s'aidant de cartes I.G.N. très détaillées. Il paraît que cette bande, très peu peuplée, plutôt sauvage, large de quelques dizaines de kilomètres, les géographes l'appellent la Diagonale du vide. »

Cet ami, a-t-elle précisé, affirmait que c'était la

seule façon de se rendre compte de ce qui avait changé durant un long séjour au loin, car, dans ces coins perdus, disait-il, les signes du changement sont plus violents, plus vulgaires et plus désespérants que partout ailleurs. L'ampleur du salopage généralisé, prétendait cet homme énigmatique, est surtout visible dans les endroits les plus ordinaires, et j'ai cru comprendre qu'il se plaisait à constater, avec une jubilation mauvaise, la destruction des paysages, la souillure de ce qu'il avait connu.

« Alors, a dit la femme, je passe là où il voulait passer, mais seule ! Je ne fais que suivre le chemin qu'il avait choisi, mais sans lui. »

Avec une insistance un peu déconcertante, elle a tenu à aller me chercher les cartes au 25 000e qu'elle utilisait, et m'a montré un trait de crayon rouge ondulant et zigzagant, qui traçait une diagonale tremblée à travers la France. Sur ce fil rouge, mon doigt progressait à la suite de son doigt, faisant de courtes haltes sur des noms imprimés en tout petits caractères. Des noms de villages français dont la banalité même devenait bizarre.

Il y avait quelque chose de légèrement détraqué dans son intonation. Tandis qu'elle me détaillait maladroitement les conditions d'une entreprise si peu commune, ses yeux jetaient de rapides éclairs qui évoquaient moins une fureur retenue qu'une folie encore lointaine. Une folie qu'elle avait appris à tenir en respect.

Je me suis demandé si cette marche forcée

n'était pas, pour cette femme, un acte d'expiation. Ou peut-être de soumission à un être dont j'ignorais s'il était vivant ou mort. Je devinais de la peur. Longue marche absurde, pleine d'amour et de haine.

J'avais bien sûr le désir d'en savoir plus mais, comme toutes les questions qui me venaient aux lèvres me paraissaient idiotes, je me suis tu. En même temps, j'étais persuadé qu'autour du corps de cette femme flottait une histoire secrète mais étonnante, une histoire en loques qui était peut-être en train de m'envoyer des petits signaux invisibles. « *Je tresse, je détresse.* » Des bribes de récits tressées ensemble.

Il n'y avait plus aucun bruit dans le gîte. Le feu commençait à s'éteindre. Soudain, quelque chose a claqué, dehors, tout près de la maison. Une porte ? Un volet ? Ce n'était peut-être que le vieux chien qui renversait quelque chose. La femme a sursauté. Elle a bondi sur ses pieds. « Vous avez entendu ? » Puis, aux aguets, tendant l'oreille, elle a écouté sans broncher, retenant sa respiration.

Ce n'était pas de la peur que je voyais sur son visage mais la dureté rageuse d'un être qui sent le danger et s'apprête à se défendre. Mâchoire crispée. Poings serrés. Je n'avais encore jamais vu chez une femme un réflexe de défense aussi fulgurant. La calme aventurière faisait place à une amazone, à une femme de guerre.

« Ce n'est rien, il n'y a personne », lui ai-je dit.

Elle est tout de même restée un bon moment

sur le qui-vive. Comme tout était à nouveau silencieux, elle s'est un peu détendue. Elle a frissonné et brusquement, sous l'effet d'une fatigue immense qui n'était pas seulement due à la marche à pied durant la journée mais à une inquiétude secrète, ses traits se sont brouillés, son visage est devenu laid et gris. Ses yeux soudain excessivement cernés. Elle a bâillé de façon vulgaire et lasse. Comme un homme au milieu d'autres hommes, ai-je pensé bizarrement. Je me suis levé. Elle a replié ses cartes de l'Institut Géographique National. Chacun de nous a regagné sa chambre.

Cette fois, des bribes d'histoires s'approchaient de moi pas comme des vautours mais comme de vulgaires corbeaux ! Trottinant. Voletant. Audacieux et malins. Leur cri : « Écoute… Écoute… » D'autres que moi auraient cru entendre : « Raconte ! Raconte ! » J'hésitais à les laisser approcher trop près. Maudits récits corbeaux ! Peut-être aurais-je dû faire de grands gestes avec les bras. Pousser des cris. Ils se seraient envolés lourdement.

4

Le lendemain matin, comme je sortais de ma chambre, j'ai retrouvé la visiteuse du soir prête à partir. Le jour était à peine levé. Nous étions seuls dans la pénombre de la salle commune devant l'âtre béant et noir par lequel arrivait un air glacé. Sans réfléchir, je lui ai demandé si elle accepterait que je l'accompagne un moment, au moins sur quelques kilomètres, avant de rebrousser chemin pour regagner mon gîte. Elle m'a d'abord regardé avec agacement, comme si elle avait l'habitude que des hommes (tous les hommes ?) lui fassent ce genre de proposition. Elle a haussé les épaules, puis elle a accepté avec un sourire las et crispé. Elle se méfiait aussi de moi, je m'en suis tout de suite aperçu.

Nous avons marché près de deux heures, l'un derrière l'autre, en direction du nord, sous un ciel très bas, sans prononcer une parole. J'étais impressionné par la vigueur de son pas. Quelque chose de puissant ou de violent dans sa démarche contrastait avec la délicatesse de son corps. Il faut dire que, pour le voyage à pied, elle s'équipait de façon plutôt grossière, le bonnet très bas sur le front, un épais foulard devant la bouche, des gants de cuir. La bosse du sac à dos, sous la cape de pluie, la faisait ressembler à un animal bizarre pourvu d'une carapace. Une espèce en voie de disparition qui se serait faufilée parfois entre les bruyères et les genêts noircis par le gel.

À un moment, elle s'est arrêtée net. Elle n'était pas du tout essoufflée. Elle s'est retournée, a plissé les yeux pour scruter le paysage qui s'étendait derrière nous. Comme si elle s'assurait de n'être pas suivie. Moi aussi, je me suis retourné. Il n'y avait personne sur le chemin, aussi loin que portait le regard. Rassurée, elle a décidé de faire halte. Elle a posé son chargement, arraché son bonnet puis secoué sa chevelure blonde qui s'est déployée comme une crinière. Debout dans cette nature sauvage, elle a allumé péniblement une cigarette qu'elle a tenue au bout de ses doigts. Rêveuse, soutenant son coude gauche avec sa main droite, elle semblait s'absenter davantage à chaque bouffée.

Je voyais des éclats dorés dans la lumière grise et, malgré moi, j'ai dit quelque chose de très banal à propos de la beauté de ses cheveux. Tout paraissait terne, comparé à ces mèches épaisses que le vent plaquait sur sa bouche, comme un bâillon, ou sur ses yeux comme un masque doré.

Elle n'a pas daigné me regarder. Elle était furieuse. De façon cinglante, les sourcils froncés, elle m'a déclaré : « D'habitude, je porte toujours les cheveux très courts. J'ai commencé à les laisser pousser quand j'ai su que nous allions rentrer en France. Je me demande vraiment ce qui m'a pris ! Une idée absurde ! Ils ont poussé très vite, ou alors c'est le temps qui est passé, je ne sais pas… Dès que je pourrai, je les ferai couper à nouveau. C'est tout ! »

Puis je l'ai vue s'écarter de quelques pas, sortir de sa poche un petit appareil noir qui devait être un magnétophone et dans lequel elle s'est mise à parler, en se penchant sur sa carte que le vent menaçait d'arracher.

J'ai tenu à faire encore un bout de chemin avec elle. Puis une dernière halte, blottis l'un contre l'autre, derrière un rocher rugueux qui nous protégeait très mal. Comme elle tentait vainement d'allumer une nouvelle cigarette, elle m'a demandé, mais sans avoir l'air d'attacher d'importance à ma réponse :

« Nous nous sommes déjà rencontrés quelque part, n'est-ce pas ? »

J'ai dû ouvrir de grands yeux, tout en essayant de protéger avec mes mains ses doigts dégantés et rougis, mais la flamme, entre nous, ne cessait de s'éteindre et la femme a fini par arracher la cigarette de ses lèvres, la broyer brutalement et lancer dans le vent les brins de tabac.

Sans se soucier de moi, sans même me regarder, elle s'est dressée pour reprendre sa route. Elle avait sûrement l'intention d'atteindre, à un kilomètre environ, un petit col mangé par la brume.

Je suis resté sur place. Debout dans le vent. Déçu et vaguement humilié. Décidé à rebrousser chemin. Décidé à ne jamais rien connaître de cette vie qui passait. Décidé à ne pas laisser mon imagination faire boule de neige à partir de ces menus détails qui, depuis la veille, tombaient comme des flocons sur ma fausse tranquillité.

Non, j'abandonnais ! Sans chercher à percer le mystère d'une destinée singulière. Peut-être dramatique. Ma « quarantaine » encore inachevée ne me donnait pas la force de me pencher sur une histoire qui, je le pressentais, ne me laisserait pas intact.

Je l'ai regardée un moment s'éloigner, j'étais soulagé, au fond. Je ne reverrais jamais cette femme.

Lorsqu'elle s'est enfin retournée, nous étions déjà très loin l'un de l'autre. Impossible de distinguer son expression ou son regard. Je lui ai fait un geste d'adieu auquel elle a mis du temps à répondre par un petit signe de la main. Elle a continué à gravir la pente en direction du col, et moi, sans doute mécontent d'avoir renoncé si vite à en savoir un peu plus, je n'arrivais pas à me décider à rentrer.

Au lieu de revenir sur nos pas, de rebrousser notre long chemin de silence, je me suis tassé sur moi-même, à l'abri précaire du rocher. Au bord d'un ravin dont je n'avais pas remarqué la profondeur lorsque la marcheuse était à mes côtés. Au bord du vide, donc.

J'ai pris ma tête dans mes mains. Une fois de

plus, dans ma vie déjà longue, je venais de passer à côté de ce qui aurait pu me procurer quelque secousse. Comment en étais-je arrivé là ? Comment avais-je réussi à changer aussi brutalement de décor, d'occupation, de préoccupation, sans qu'ait lieu l'événement toujours espéré ?

En plein vent, sous la bruine qui me pénétrait jusqu'aux os, je ne sentais même plus à quel point il faisait froid. Tout à coup, je me suis dit que j'allais parler de cette femme à Wolf, dès que je le reverrais, et j'ai dû faire un effort terrible pour me souvenir ou plutôt pour comprendre qu'il était mort. Quelques images décolorées des époques passées me sont alors revenues. Wolf en gestionnaire avisé. Moi en dessinateur mécanique.

Un jour, sur un coup de tête, nous nous étions amusés à créer notre entreprise : « T. & W. ». Sans doute m'étais-je laissé séduire par la belle sonorité du mot « design ». Pureté du dessin et énigme de mes propres desseins. Et puis, ironie du sort, notre chiffre d'affaires s'était mis à augmenter de façon surprenante. Commandes. Argent. Activité débordante. Mouvement perpétuel. Voyages Europe-Asie-Amérique. Crayon en main, sur de belles feuilles de papier blanc, j'inventais de séduisantes enveloppes pour toutes sortes de marchandises tandis que Mathieu trouvait en permanence de nouveaux marchés. La forme d'un simple flacon est essentielle aux yeux de ceux qui créent un parfum.

Au début, pour Mathieu et moi, ce job improvisé n'était que défi ironique, la forme inattendue prise par notre amitié. Mais la machine avait pris de la vitesse, s'était emballée. Au bout de trois ou quatre ans, entre réussites et nouveaux projets, nous passions plus de temps ensemble et au travail qu'en famille. Si bien que nos femmes nous avaient quittés à peu près en même temps.

La mienne d'abord. « Marc, je te quitte, je n'en peux plus, tu n'es jamais là… » Suivait la litanie du ressentiment légitime : elle avait laissé tomber un métier qu'elle aimait afin de s'occuper des enfants lorsqu'ils étaient petits. Faute de mieux, elle avait enchaîné les emplois sans intérêt à partir du moment où ils étaient allés à l'école. En vain, elle avait attendu que vienne le jour où je serais plus disponible afin, disait-elle, que nous fassions quelque chose ensemble. Mais j'étais toujours en déplacement : « Je n'en peux plus, tu comprends ? Nos enfants, tes enfants, tu ne les as même pas vus grandir ! » Elle éclatait en sanglots.

Comment lui dire que je la comprenais on ne peut mieux ? Son indignation, sa fureur contre moi, je les partageais pleinement sans rien pouvoir changer à ma façon d'être ou de vivre. Je regardais ma femme, non sans tendresse, j'esquissais un geste d'apaisement très doux et très triste, mais ma main retombait, découragée. Voilà ce que nous étions devenus. Où était donc notre belle complicité des premiers temps ? Jeunesse, promesse, désir : cette impression d'être blottis l'un contre l'autre, à l'avant d'un petit voilier qui file vers quelque chose dont on ne sait rien. Et puis la découverte cauchemardesque que nous sommes installés dans des embarcations différentes. Chacun la sienne. Fragiles esquifs, qui prennent l'eau et qui dérivent en s'éloignant l'un de l'autre. Pas de rames, l'approche des rapides, et les rocs menaçants de la vie courante. Sans même parler de choses difficiles comme l'amour, le bonheur, on peut dire que la vie à deux, j'étais passé complètement à côté.

Deux mois plus tard, Wolf m'avait annoncé, avec des larmes dans les yeux et une sorte de colère de gosse, que c'était le tour de sa femme. Il tapait du poing et pestait, mais se sentait incapable, lui aussi, de faire quoi que ce soit pour la retenir.

Nous nous étions aperçus que, à nos âges, nous étions capables de nous accommoder de ce nouveau célibat. Nous passions une ou deux soirées par semaine avec des filles que Mathieu connaissait je ne sais comment. Souvent, je les trouvais trop jeunes pour nous, ces filles. J'avais tendance à confondre leurs visages. À mélanger leurs prénoms. Mais leurs voix cristallines, leurs humeurs changeantes, leur indifférence à ce que nous étions ou faisions, la douceur de leur peau, le vif éclat de leurs prunelles et le désordre de leurs idées devenaient une pluie de pétales sur nos difficiles fins de journées. Une ombre fraîche comme le plaisir. Une rosée nocturne qui s'évaporait dès que le travail reprenait. Les demoiselles nous trouvaient sans doute un peu étranges mais très généreux. Déconcertants mais parfois drôles.

De toute façon, Mathieu et moi avions toujours beaucoup à faire. Voyages, voyages. Consolations. Nous ne rentrions presque plus jamais chez nous. Coquilles vides. Nids abandonnés, puisque nos enfants étaient devenus de grands jeunes gens enlisés dans d'interminables études et beaucoup d'autres occupations. Quand je dessinais, Mathieu avait toujours son mot à dire sur mes esquisses. Son mot à dire sur tout ! En même temps qu'il semblait se foutre de tout. Nous savions que nous aurions pu faire tout autre chose de nos vies. Devant ma table à dessin, avant d'exposer un projet à d'autres collaborateurs, à nos techniciens puis à nos clients, je lui soumettais chacune de mes idées. Je tenais compte de ses remarques. Aux yeux de certains, la fortune nous souriait. Nous avions une petite renommée. Pourtant, être riches nous était complètement égal.

Mathieu disparu, l'envie de poursuivre l'aventure s'était perdue. *Pourquoi m'as-tu abandonné ?* Les premiers matins après sa mort, je regardais, dans nos vitrines ou sur nos catalogues, tous ces emballages faussement chics prévus pour contenir bijoux, parfums, téléphones, chocolats, bouteilles de cognac ou de champagne, soutiens-gorge, crèmes de beauté. Certains avaient même été primés dans des concours de design. Mais je ne voyais que le vide à l'intérieur des boîtes. La trace de « rien » dans un peu de soie rouge. Ou noire. Ou ivoire. Toutes les formes extravagantes du vide. Tristes comme la trace en creux d'un corps disparu à la surface d'un lit non défait.

Quand nous étions jeunes, je pouvais passer des nuits à peindre, et Mathieu des nuits entières à son piano. Il prétendait se contenter de quatre ou cinq heures de sommeil. À l'aube, capable d'une concentration extraordinaire, il se plongeait dans des problèmes mathématiques. J'aimais l'entendre parler de sa recherche éperdue d'un « toucher » suffisamment délicat pour qu'enfin quelque chose « se chante », disait-il, dans un *Prélude*, pour qu'enfin une perception secrète « apparaisse puis disparaisse dans l'espace magique et sensible de la mélodie ». J'aimais aussi l'entendre parler de l'élégance d'une démonstration. « Démontrer est une chose, disait-il, démontrer avec élégance en est une autre. »

Du jour où il s'était consacré à notre entreprise, il avait complètement abandonné cette recherche. Chaque fois que je passais le voir chez lui, j'étais impressionné par le monumental piano à queue qui occupait une bonne partie du salon. Machinalement, je tentais d'en soulever le couvercle dans l'espoir de voir le clavier me faire son nostalgique sourire noir et blanc d'autrefois, ou de capter l'écho d'une *Variation* venue du passé. « Il ne joue plus jamais, me confiait à voix basse l'épouse de Mathieu. Il ne veut même pas que les enfants y touchent. Plus encombrant qu'autre chose… »

Mathieu, lui, n'était plus encombrant du tout. Et moi, je n'avais plus d'ami. J'ai toujours associé l'amitié à une porte à laquelle, lorsque plus rien ne va, on peut venir frapper à tout moment, même au milieu de la nuit. La porte s'ouvre. L'ami est là. Bienveillant. Pas même surpris. Il dit seulement : « Entre. » Il ne demande rien. Il écoute sans juger. Il sait se taire. Il prépare du café à trois heures du matin. Et voilà que cette porte, pour moi, n'existait plus. Verrouillée sur le vide. Plus d'ami.

5

Assis en chien de fusil, gelé sous mon rocher, revenant malgré moi sur cette époque, je réalisais que nous aurions pu mettre, bien plus tôt, un terme à notre activité trépidante. Longtemps, j'avais attendu le moment où je me remettrais à dessiner pour moi seul. À inventer autre chose que des formes de boîtes ou d'objets fonctionnels. Le moment de me remettre à peindre. De ne me consacrer qu'à la peinture. Peindre des bêtes inexistantes. Des bêtes pantelantes. Leurs tripes. Leurs corps écartelés. Leur pelage, leurs crocs, leur cruauté. Peindre aussi des visages qui s'effacent. Des mains, des bras, des branches. Des formes indécises nées de la couleur. Engendrées à même la pâte. Monstres se combattant. Une titanomachie brune, bistre, ocre, noire et sanglante qui parfois m'apparaissait en rêve mais dont je sentais surtout la violence dans les muscles de mes doigts. Je disposais de tout le matériel nécessaire dans mon atelier, où de grandes toiles vierges étaient posées à l'envers contre les murs, comme de mauvais écoliers en pénitence. Des tubes dodus et somnolents. Des carnets d'esquisses que je n'ouvrais que certaines nuits, pour les refermer aussitôt sur leurs monstres et leurs spectres comme des couvercles de cercueil. Pas de recherche. Pas d'œuvre. Qu'avais-je « cru être » ?

Mathieu avait dû lui aussi connaître ce genre de tentation. Une nuit, dans un minable cabaret où nous avions échoué, j'avais vu mon ami se diriger vers la scène où les musiciens fatigués faisaient une pause. Il s'était assis au piano, avait joué un morceau des *Kreisleriana* sous les yeux des noctambules médusés, bientôt sous le charme. Son visage, son corps étaient métamorphosés. Pâleur. Souplesse. Légèreté. Dans la salle, personne ne disait plus rien. Dans la lumière rose, dans l'épuisement général, c'était enfin de la musique qu'on entendait. Quelque chose chantait. Une mélodie venue de très loin. Ritournelle de l'envers des existences. Les musiciens, assis à l'écart, ne cherchaient même pas à reprendre leur place et le pianiste du cabaret demeurait interdit, les yeux embués, dans l'ombre, sur sa chaise. Nous n'avions jamais reparlé de cet épisode.

Mais peut-être avais-je trop longtemps attendu que ce soit Mathieu qui le premier dise : « Allez, Travenne, on arrête ! On passe à autre chose. Tu ne trouves pas que ça suffit comme ça ? » (Pour la circonstance, il m'aurait à nouveau appelé Travenne.) Je l'ai toujours cru plus radical que moi. Plus courageux. Mais peut-être attendait-il le même signal de ma part.

Ainsi, rien n'a eu lieu, jusqu'à l'infarctus fatal. Nous avons continué. Bref, nous nous sommes obstinés à passer à côté de ce que nous aurions pu être.

Mathieu mort, j'avais tenté quelque temps de poursuivre seul. Dessiner encore et encore. Prononcer des paroles creuses. Gagner de l'argent. Faire des rencontres sans lendemain. Me contentant de ces pitoyables parenthèses de solitude et de lecture, et, bien sûr, de ces mots minuscules et voraces, de ces mots sortis des livres qui m'accompagnaient partout discrètement. « *Et que tout cela fasse un astre dans la nuit.* »

Dois-je préciser que cette méditation me plongeait dans un abrutissement mélancolique ? La mort de Wolf. La distance à laquelle se trouvaient tous ceux qu'on appelle les « proches ». La route, la nuit, le refuge. Le passage de la randonneuse. Le vent, le froid, l'or d'une chevelure. Quelque chose avait failli m'arriver, mais rien ne s'était passé, c'était incroyable ! Je n'avais toujours pas quitté l'abri où la femme et moi, adossés à la roche couverte de lichen noir, nous étions tenus, serrés l'un contre l'autre. Pour nous entendre, dans le vacarme de la bise, nous avions été contraints de parler presque lèvres contre lèvres. Et voilà que tout était gommé, aboli, réduit à quelques brins jetés au vent.

Lorsque j'ai tenté de me relever, j'étais complètement engourdi. Aucune envie de rentrer au gîte ! Je me suis mis à agiter frénétiquement les bras, à sauter sur place. J'ai ramassé des pierres, collantes et terreuses, que j'ai lancées le plus loin possible en gueulant. J'ai cassé des branches que j'ai propulsées comme des javelots. Toujours en poussant des cris féroces. De temps en temps, un peu essoufflé, je m'interrompais afin de surprendre quelque bruit lointain, une éventuelle voix humaine, le cri d'un choucas. Je regardais aussi dans la direction où s'en était allée la femme mystérieuse, espérant qu'elle se serait trompée de route, sa carte emportée par le vent, et aurait fait demi-tour. Mais le vide, le vide, et encore le vide. Elle devait être loin, la voyageuse ! L'idée que nos routes allaient un jour se croiser à nouveau ne m'effleurait même pas.

Il devait être un peu plus de midi. Même avec les jours extrêmement courts, j'ai pensé que j'avais encore le temps d'entreprendre la courte ascension du « Mont M. », un des sommets usés et émiettés de la région, à proximité duquel la marcheuse et moi étions passés une heure auparavant. J'éprouvais le besoin de grimper à toute vitesse. L'effort allait contribuer à effacer toute trace de cette rencontre.

Pour atteindre le point culminant, il fallait pénétrer dans un bois, se glisser sous une voûte de branches gluantes, suivre enfin une sente escarpée jusqu'à un vaste pierrier à travers lequel une voie étroite et plate avait été sommairement aménagée.

Vite. Un pied devant l'autre. Mon pas régulier sur le sol inégal. Des pierres qui roulent. Une plaque gelée et glissante. Une racine qui se faufile dans la boue comme un serpent. Les muscles des cuisses, des jambes, du dos.Le souffle. La vapeur autour des narines. La mâchoire serrée. Sans ralentir. Sans faire halte. Vite. Jusqu'en haut.

Toute la matinée, le ciel lourd et gris s'était traîné sur la terre mais, au fur et à mesure que j'approchais du but, la brume devenait plus légère. Elle se déchirait en lambeaux qui filaient à toute vitesse dans les courants d'air et se déchiraient sur les rochers. La clarté augmentait très vite, comme sous l'effet d'un variateur d'intensité, et tout à coup, à quelques mètres du sommet, tel un plongeur remontant des profondeurs, j'ai surgi miraculeusement en plein ciel bleu, dans une lumière éblouissante, au-dessus du niveau de la mer des nuages.

Oui, la mer ! Immense étendue crémeuse et plate, d'où n'émergeaient que quelques îles formées par d'autres vieilles montagnes entourées de blancheur. Naufragé sur mon petit îlot inondé de soleil, je me trouvais au bord d'un gouffre. Les vaguelettes vaporeuses qui venaient mourir à mes pieds en dissimulaient la profondeur. Le vent sifflait en effleurant l'arête des roches. J'ai alors avisé une sorte d'abri de pierres sèches entassées au fil des années par des bergers ou des randonneurs et je m'y suis accroupi. Ainsi protégé du vent, j'ai cru sentir, sur mon visage, toute l'ancienne tiédeur du monde et la grande paix des haltes. J'ai pris un bain d'espace et de clarté. Il faisait bon. Le temps pouvait se déployer dans l'espace, et l'espace disposait de beaucoup de temps. Rien ne pressait. Personne ne m'attendait. Je ne m'attendais à rien.

C'est alors que quelque chose s'est mis à grésiller contre mon torse. Un bourdonnement détestable mais familier ! J'étais confronté à l'insidieuse bêtise du téléphone portable qui sonne n'importe où. Détestable appareil que je n'avais su ni couper ni abandonner. Encore moins lancer par la fenêtre de la voiture, écraser sous mon talon, ou jeter dans le feu. Il vibrait et grelottait, agent de liaison désolant, et j'ai fait ce geste grotesque qui consiste à plonger la main dans la poche avant de porter à l'oreille le sale petit objet impérieux.

Entre le bleu du ciel et l'écume nuageuse, c'est la voix de ma mère qui a retenti. Ce jour-là, elle m'a simplement dit : « Tu as vu ? Blanchot est mort… » Puis plus rien. J'ai mis un moment à comprendre qu'il s'agissait de l'écrivain. Le ton de ma mère n'était ni tragique ni consterné mais neutre. Une nouvelle qu'elle venait d'apprendre. Pensant que ça m'intéressait un peu, elle me l'annonçait dare-dare.

Non, je ne savais pas ! Cette mort me laissait d'ailleurs complètement indifférent. Des années que je n'avais pas lu une ligne de Blanchot ! Aucune envie de m'y replonger, même si je pouvais encore associer à ce nom quelques belles expressions flottantes : « *le pas au-delà* », « *la parole coupée* », « *la folie du jour* » et peut-être surtout… : « *l'amitié* ». Je n'avais strictement rien à répondre à ma mère. Rubrique nécrologique littéraire. Sans commentaires ! Alors le silence s'est installé. Elle devait poursuivre sa lecture tandis que je gardais l'appareil collé à la cervelle.

Depuis quelques années, ma mère, désormais très âgée, me téléphonait une ou deux fois par semaine. Alors que j'étais en voyage, en rendez-vous ou devant ma table à dessin, j'entendais tout à coup sa voix. Elle avait une façon de se racler la gorge avant de parler : je savais tout de suite que c'était elle. Jugeant superflu de se présenter, elle me racontait ce qui lui passait par la tête. Elle se trouvait chez elle, installée dans son fauteuil, entourée de ses journaux et de ses livres, et me parlait avec autant de naturel que si j'étais, au même instant, assis à ses côtés.

Il me semblait la voir, toute petite, appliquée à corner les pages des revues dont elle avait l'intention de me parler, à glisser des cartes postales entre les pages d'épais romans, avec son large front penché, ses lunettes à monture d'écaille posées très bas sur le nez et ses cheveux mi-longs que, par coquetterie, jusqu'à ses quatre-vingt-dix ans, elle n'avait jamais abandonnés à la blancheur, mais toujours teints, de cette couleur châtain foncé qui était la couleur de sa chevelure lorsque j'étais enfant, et qui l'était encore dans la grande vieillesse, son visage étant pour ainsi dire resté le même et n'ayant fait que se rider et se rider encore sans déformer ses traits.

Ne sortant presque plus, elle traversait les jours et les journaux en étant sûre, grâce à la télécommande de la télévision, d'être au courant de l'actualité et, grâce au combiné du téléphone sans fil posé à côté d'elle, de se trouver en ma compagnie, ou en celle de ses vieux amis. Enfin, ceux qui étaient encore vivants.

Son ton, plutôt enjoué, n'exigeait rien, et ses paroles se propageaient avec insouciance dans les grands espaces de la télécommunication.

Parfois, elle exprimait tout de même un peu de dépit : « Bon, tu n'es pas là, comme d'habitude... Je me demande bien où tu es encore allé courir. Bien loin et pour pas grand-chose... Enfin, c'est comme ça ! » Puis elle passait à ce qui était pour elle l'essentiel dans la minute présente, s'abandonnant à son habituel monologue : « ... il me semble qu'à une époque tu as beaucoup lu les livres de ce Blanchot, non ? Dans le journal, ils disent qu'il avait quatre-vingt-quinze ans... Tu te rends compte ? Enfin, c'est vrai que j'en aurai bientôt autant ! J'ai du mal à le croire... En tout cas, lui, il est mort ! Tous ces morts... J'en ai déjà tellement vu... Ton Blanchot, c'est peut-être l'écriture qui l'a conservé... (Je l'ai entendue éclater de rire à l'autre bout du fil.) Moi, c'est peut-être la lecture ! (Rire encore.) Il y a une telle injustice dans tout ça, je veux dire la mort, le moment où elle nous prend. Je pense souvent à tous ceux que j'ai vus mourir. Bien trop jeunes ! Tu sais, ces temps-ci, je pense souvent à Mathieu, à ce cœur qui lâche d'un seul coup... La longévité, c'est vraiment injuste ! Et puis les livres, ce que les textes deviennent avec le temps, l'oubli de ceux qui les ont écrits, ça aussi, c'est injuste... »

Pourquoi n'ai-je pas lancé, une fois pour toutes, mon téléphone dans la mer de nuages ? Il s'est malgré tout passé quelque chose. Complètement détachés des phrases prononcées par ma mère, des mots comme « Blanchot », « mort », « quatre-vingt-quinze ans », « les livres », « devenir », « avec le temps » « oubli » parvenaient à changer la nature de ce que j'avais sous les yeux. Je ne voyais plus exactement le bleu du ciel au-dessus d'un archipel dispersé dans le blanc, mais... le « rien », l'immensité du « rien ». Un rien sensible, presque sensuel et aveuglant. De même, ce que j'entendais n'était plus la voix de ma mère mais une voix venue de l'Absence. Non pas exactement de la mort, mais d'une sorte de zone indécise où ma mère se trouvait désormais en compagnie de Blanchot.

Ou, si cette voix provenait de la mort, c'était d'une mort insituable, sans tragique ni chagrin. Hors du temps. Une mort faite uniquement de clarté et de silence. Une mort où Blanchot continuait à écrire, immobile, avec la plume d'un stylo sans encre, une page sur laquelle pas un signe n'apparaissait. Près de lui, ma mère parcourait avec application des journaux vides, tandis que sa main aux veines saillantes et pleine de taches brunes tournait des pages et des pages vierges, sans fin, sans fin, puis se tendait distraitement vers un petit guéridon sur lequel il n'y avait plus de téléphone. Vieux couple dans le silence du soir. L'un qui écrit. L'autre qui lit. Rien à se dire. Le bruissement du papier. Une respiration profonde. Le halo jaune de la lampe. L'ombre assiégeante.

Je ne savais plus si ma mère était vieille mais toujours vivante ou déjà morte. Durant la petite éternité qu'ont duré ces minutes d'expectative, ne me résolvant pas à interrompre la communication, je percevais raclements de gorge et froissements. Je ne disais rien. Soudain, ne soupçonnant ni mon état mental ni ma situation géographique, croyant, ou feignant de croire, ne s'adresser qu'à un répondeur, ma mère a repris la parole :

« Mais enfin, pourquoi voudrais-tu que je bouge ? Que je sorte ? Je suis très bien comme ça. Le seul voyage que j'accepterais encore de faire ce serait Saint-Euvert. Voir ce qui a changé, ce qui a disparu, la progression du vide. Pas toute seule. Mais avec toi, Marc, si tu voulais bien. Je n'y suis jamais retournée depuis que je t'y conduisais pour les vacances. Mis à part l'enterrement de ma propre mère… De toute façon, je sais parfaitement que tu vas encore refuser. Alors tant pis ! »

J'avais beau être giflé par le vent, aspiré par l'éblouissante immensité qui cernait le Mont M., j'ai tout de même sursauté en entendant ma mère nommer cette petite ville dont le nom complet est « Saint-Euvert-les-Gorges ». Sursauté une fois de plus aux sinistres sonorités d'un nom pour moi inséparable de séjours enfantins au cours desquels j'étais écrasé par l'ennui, mais surtout par l'intuition d'une énigme effroyable et sanglante. Terreur sans cause apparente, comme n'importe quelle angoisse, mais qui avait traversé les années.

Chaque année, immanquablement, ma mère réitérait sa demande. À la rigueur, j'aurais pu y revenir, mais seul. Y passer. Errer quelques heures sur le théâtre de mes peurs anciennes, d'un sentiment enfantin d'abandon. Afin de ne plus entendre prononcer le nom de cette cité ouvrière perdue, nom que ma mère prononçait avec l'intonation d'une initiée à des mystères qui m'échappaient, j'ai tranché net le cordon d'ondes sonores et j'ai replacé le petit téléphone au fond d'une de mes poches, sous des épaisseurs de laine et de tissu imperméable, tandis qu'autour de moi, dans une mousse de lumière, un grand souffle jubilatoire lavait et relavait le blanc et le bleu.

6

Pour redescendre du Mont M., j'ai plongé dans la mer de nuages. Jointe à l'aveuglement, la fatigue, que j'espérais, m'a fait tout oublier : la marcheuse blonde, le bleu du ciel, la mort d'un très vieil écrivain et l'envie de ma mère d'aller à Saint-Euvert…

Quelques centaines de mètres avant d'arriver au gîte, au bord d'une route en contrebas, j'ai retrouvé ma voiture. Toujours là. Véhicule méconnaissable ! Blanchi par le givre. Balafré par la boue. Le pare-brise et les vitres obstrués par une substance indéfinissable. Le vent l'avait criblé de brins, de débris, de brindilles. Dans le jour finissant, on aurait dit la tête livide d'un géant mort avec ses yeux fermés et des joues sur lesquelles des poils avaient poussé. Le paysage était en train d'absorber le véhicule en lui imposant ses teintes et ses matières. Décidément, le métal d'une carrosserie est une carapace bien dérisoire face à l'humidité glacée, aux nuits interminables et aux souffles acides capables de transformer un objet technique en épave. Moi aussi, me suis-je dit, moi qui ai voulu cet isolement et ce silence, je suis en train de subir une métamorphose sous l'effet de forces qui ne sont pas maléfiques mais superbement indifférentes. Millénaires. Des forces, capables de tout écrire et de tout effacer dans un même mouvement.

Et tout à coup, j'ai compris que j'étais moi-même blême et négligé. Depuis plusieurs jours je ne me rasais plus. J'enfilais chaque matin le même pantalon, le même pull-over, la même veste fourrée. Vague honte et inavouable petit coup au cœur à l'idée de m'être présenté, la veille, à la femme blonde avec cette allure défaite.

Au début j'avais presque souhaité être digéré par le décor. Soumis aux sucs de la solitude. Ne plus « employer le temps » mais le laisser, inemployé, me traverser comme un courant d'air. Au fil de mes simples promenades ou de marches harassantes, j'étais hanté par certaines phrases, sorties des livres, que je me répétais jusqu'à leur trouver une saveur nouvelle.

Et pourtant, bien avant l'arrivée de la femme mystérieuse, toutes ces heures passées à rêvasser dans ma chambre ou à arpenter les étendues sauvages n'avaient pas suffi à me déconnecter complètement. De temps à autre, — c'était plus fort que moi ! —, j'approchais de mon oreille le téléphone portable dont je ne m'étais pas débarrassé, comme une conque marine au fond de laquelle, loin de tout rivage, on peut entendre bruire la rumeur du monde.

La boîte vocale à peine entrouverte, des dizaines de voix se dépêchaient d'en sortir. Quelques amis s'alarmaient de mon silence en des termes si touchants que je devais résister à l'envie de les appeler aussitôt pour les rassurer. Mes enfants me donnaient laconiquement de leurs nouvelles. Ma mère monologuait. Mais plusieurs fois, c'était Irène qui m'avait appelé, tard dans la nuit. Une femme rencontrée dix-sept ans plus tôt, au cours d'un séjour à New York où elle était correspondante d'un journal français. Jamais revue depuis. Désormais, elle était en poste à Paris où, d'après ce que je savais, elle faisait partie de la rédaction d'un journal télévisé. Elle avait donc attendu plus d'un an avant de me laisser ces mystérieux messages : « Marc, si possible, fais-moi signe… J'ai beaucoup hésité à… Mais je voudrais te revoir, te parler, t'expliquer quelque chose. Il y a si longtemps… » Irène oubliait de raccrocher. Je l'entendais tousser à l'autre bout du fil. J'entendais le bruit d'un goulot sur le bord d'un verre. Des reniflements.

Il y avait encore d'autres appels, anonymes et masqués. Quelqu'un qui restait muet tandis que ma boîte vocale n'enregistrait qu'une respiration profonde, un souffle inquiet dont on ne pouvait dire s'il appartenait à un homme ou à une femme. Un drôle de silence au bout du fil.

Mais l'attention flottante que je prêtais à ces messages n'occupait qu'une infime part de mon temps employé à ces marches harassantes qui me ramenaient toujours à mon point de départ :

la chambre, le lit, le rectangle de la fenêtre, blanc, noir, blanc, et la table d'hôte autour de laquelle, chaque soir, des inconnus interchangeables venaient s'asseoir, sous l'œil de verre du renard empaillé dont l'élan prédateur était brisé à jamais.

Ma femme, qui avait vécu enfant dans cette région, m'avait un jour raconté sa rencontre, non loin du Mont M., avec un individu des plus étranges, dont elle avait gardé un souvenir à la fois effrayé et fasciné. Seul en pleine nature, cet homme hurlait des mots dans le vide. Des mots qu'il articulait avec application, d'une voix puissante. Des mots comme « attelage », des mots comme « locomotive », des mots comme « miséricorde », se souvenait ma femme qui était à l'époque une petite fille de sept ans. Elle avait été particulièrement marquée par le mot « miséricorde » qu'elle s'était répété souvent, bien avant d'en savoir le sens. Elle croyait entendre « misère et corde » et songeait à un pauvre désespéré qui se serait pendu. Alors, dans le noir de sa chambre, ma femme petite fille répétait : « misère et corde ». Sur les chemins de campagne : « misère et corde… ». Et toute seule aux cabinets : « miséricorde… ». Dans la frayeur et la fascination.

L'ayant aperçue, l'homme s'était arrêté de hurler, s'était approché, et, d'une voix douce, lui avait expliqué que les mots étaient des animaux prisonniers à qui il faisait prendre l'air. De pauvres bêtes qu'il aérait. « Tu vois, avait-il dit à la petite fille, je les prends doucement dans leur cage, et je les laisse un moment courir dans le vent. » Et l'homme avait recommencé à crier : « triangle ! », puis « isocèle ! », puis « épidémie ! »…

Ma femme s'était toujours souvenue de ce fou qui aérait les mots et elle avait souvent repensé à la cage dans laquelle il feignait de saisir délicatement des syllabes apeurées. Cette cage était un petit dictionnaire Larousse, marron et rose, qu'il tenait serré contre lui. Un cube de milliers de pages entassées. Une cage à mots.

Le jour où elle m'avait fait part de ce souvenir et de son émotion enfantine, j'avais été particulièrement séduit par celle qui allait devenir ma femme. Cette petite histoire m'était apparue, à l'époque, comme un lien fondamental entre nous, le présage d'une complicité durable. C'est pourquoi, bien des années plus tard, j'étais persuadé que les environs du Mont M. étaient propices aux rencontres peu banales, aux métamorphoses discrètes et aux prodiges dérisoires.

Le passage de la femme énigmatique avait produit en moi un changement inattendu. Comme si elle n'était passée par là que pour me tirer de ma torpeur. Depuis que j'avais vu sa petite cape verte s'approcher de l'encoche du col embrumé, ma retraite perdait en évidence. D'ailleurs, toute cette journée, dont j'avais partagé la première partie avec la voyageuse, avait consisté en une succession d'appels, de signes ou de signaux.

L'image de la femme blonde penchée sur des cartes routières agitées par le vent constituait un signal. Le silence tellement lourd, sur le sentier, pendant que nous progressions l'un derrière l'autre, était un signal. Le Mont M., qui m'avait donné l'envie soudaine de faire une ascension, en était un autre. Enfin, dernier signal : la demande insistante de ma mère de la conduire vers d'anciens secrets. Tout cela m'agitait, me secouait, faisant naître une impatience nouvelle. J'avais l'intuition qu'une histoire errante était toute proche. Sans savoir de quel côté elle allait surgir.

Il s'est alors produit quelque chose qui n'a fait que renforcer mon intuition. Comme je remontais lentement vers le gîte, j'ai entendu un bruit de moteur. Un énorme 4×4 de couleur noire, avec des vitres teintées, des chromes étincelants et une sorte de mâchoire d'acier, a surgi et s'est garé juste derrière mon pauvre véhicule. Il n'a plus bougé. Au bout de longues minutes, un homme vêtu d'un blouson de cuir en est descendu. La mine farouche. Il a regardé dans ma direction, il m'a vu, il s'est détourné. Puis il a saisi la paire de jumelles qui pendait devant sa poitrine et a commencé à scruter tout le paysage en décrivant, très lentement, un arc de cercle. Il se figeait, par instants, faisait le point, comme s'il cherchait quelque chose ou quelqu'un. Il se tenait très droit. Ses gestes étaient calmes, précis, avec quelque chose de mécanique.

Comme, de loin, il m'observait à nouveau, je me suis dirigé vers l'entrée de la maison. J'ai croisé la petite jeune fille que les propriétaires du gîte appelaient « Ho ! ». Je l'ai saluée. Comme d'habitude, une fois ses lessives finies, elle rentrait chez elle à travers prés. Elle n'a pas répondu à mon salut et s'est mise à courir, penchée en avant, les bras croisés. J'ai eu le temps de voir qu'en bas, l'homme aux jumelles lui coupait la route. Comme la fille descendait la pente, il s'était arrangé pour se trouver exactement en travers du chemin de la petite bonne. J'ai vu qu'il lui faisait peur. Il l'a saisie par le bras et lui a demandé quelque chose. La jeune fille a fait « non » plusieurs fois de la tête, essayant de se dégager. Sans la lâcher, il lui a montré un morceau de papier qui avait l'air d'être une photographie. La jeune fille a alors fait oui de la tête et l'homme l'a laissée partir.

Il faisait déjà presque nuit et l'homme aux jumelles est remonté dans son 4×4. J'ai vu les phares s'allumer. Leur pinceau puissant a fait surgir de longues ombres sur le sol. L'engin noir est resté un moment à l'arrêt, puis il a démarré à vive allure, avalant sans difficulté les creux et les bosses du chemin défoncé. La nuit a sucé longtemps ses feux rouges, comme des bonbons.

Pour entrer, j'ai enjambé le vieux chien. Il a bâillé comme d'habitude. Cette fois, la puanteur de sa gueule m'a été insupportable et j'ai eu envie de le faire déguerpir à grands coups de pied. Mais, au lieu de frapper la pauvre bête, j'ai décidé de quitter ces lieux, moi aussi, dès que j'en trouverais la force. C'était fini. Le charme rompu. Solitude et silence soudain insupportables.

J'ai finalement attendu encore trois jours et

trois nuits avant d'essayer de remettre la voiture en route. Je ne voulais rien précipiter. Trois jours et trois nuits passés à étudier frénétiquement des cartes de France trouvées dans le gîte, et que je tentais de mettre bout à bout afin de suivre, d'un doigt hésitant, un improbable itinéraire que j'imaginais être celui de la marcheuse disparue.

On finit par être étourdi par les sonorités extravagantes et parfois ridicules des noms de villages ou de hameaux, qui transforment, pour une poignée d'habitants, d'introuvables petits bouts de territoire en centre du monde. Ainsi, Janasse, Précieux, Nandox, Fenêtre, Pélissière, Colombe, Vouges, Brigles, Deraison, Goutte-Claire, Mouilly, Les Éteignes, Marcembon, Tresse, Saint-Clamse, Marrant, Semons, Roché d'Argent, Pagadoux, Fumaze, Le Bréviaire, Moulle, Condeau, La Porcherie, Les Étroits, Granvaste, Pleuvange… Formidable poème de la banalité, interminable litanie du n'importe quoi, au gré de déplacements diagonaux et aléatoires.

« Où peut-elle se trouver à l'heure qu'il est ? Et demain, à pied, quelle distance aura-t-elle parcourue si je tiens compte du relief ? »

Sur une vieille carte froissée ou déchirée, oubliée par des marcheurs, j'essayais de retrouver quelques noms des localités qui étaient entourés de rouge sur celle que la femme avait déployée sous mes yeux. Je cherchais des carrefours. J'inventais à mon tour un chemin vers le nord puis vers l'est. Le chemin le plus désolé et le plus idiot possible.

J'ai repoussé toutes les cartes. J'ai attendu encore un peu, seul dans la salle commune, glissant à mon tour un doigt entre les dents du renard figé dans le temps et la poussière. Finalement, je suis allé gratter la pellicule de givre qui recouvrait ma voiture. Quand j'ai tourné la clef de contact, le moteur a émis un miaulement enroué puis un faible rugissement. Les mains crispées sur le volant glacé, j'ai démarré, puis j'ai roulé longtemps, sans penser à rien.

À la tombée du jour, j'ai atteint un hameau à proximité duquel je m'étais stupidement persuadé que la femme ne pouvait que passer, puisque, à cet endroit exact, un sentier de randonnée rejoignait une petite route départementale filant vers le nord, loin des principales agglomérations de la région. Puisque j'arrivais en voiture, je me suis même dit que je devais avoir de l'avance sur elle.

Alors, à petite vitesse, j'ai cherché la trace d'un chemin. Je me trouvais dans une de ces zones indescriptibles de la demi-campagne française, hérissée de hangars, de bâtiments aveugles, d'engins agricoles figés sur place, au bord de champs gorgés d'eau. Accablante mocheté d'un « lieu-dit » qui était aussi un banal petit « nulle part » avec l'inévitable abri d'autocar couvert d'affiches délavées et une chapelle romane écroulée.

J'ai fait halte devant une sorte de garage à l'abandon devant lequel pendait une pancarte poussiéreuse sur laquelle on pouvait lire VOLVO. De l'autre côté de la route, il y avait une maison très sombre pourvue d'une enseigne faiblement éclairée indiquant CAFÉ. D'après la carte que j'avais emportée et que je n'avais pu m'empêcher de consulter à maintes reprises, c'était aux environs de ce café situé à l'orée du village que le fameux sentier devait déboucher. Si mon intuition était bonne, la marcheuse ne pouvait que traverser cet horrible hameau.

7

J'étais donc bel et bien sur la piste de quelque improbable histoire. J'ai d'abord tenté de me persuader que je roulais au hasard, mais il était évident que je faisais tout pour rattraper la randonneuse puisque, comme elle, je m'ingéniais à suivre un chemin peu fréquenté vers le nord et vers l'est.

J'ai coupé le moteur, claqué la portière. À force de regarder autour de moi en reniflant une odeur d'huile rance et de caoutchouc, j'ai failli mettre le pied dans une flaque profonde et noire. Les pompes à essence paraissaient hors d'usage. Les portes du garage étaient fermées avec des chaînes et un cadenas mais j'ai perçu les aboiements plaintifs d'un chien. Dans le grand pré qui s'étendait à l'arrière du garage, il y avait des dizaines de carcasses rouillées de voitures. Toute une végétation brune et gelée s'insinuait sous les capots ouverts, à travers les vitres brisées.

Quand j'ai pénétré dans ce qui était effectivement un café, je n'ai vu qu'un comptoir qui semblait très ancien, en bois et en zinc, un alignement de bouteilles, des tables et des chaises vides. Personne !

« Si c'est pour de l'essence ou si vous avez un problème avec votre voiture, le garage est fermé. Ici il n'y a rien. »

L'individu, qui, dans l'encadrement d'une petite porte, venait de prononcer cette phrase, avait une voix claire mais étrangement douce. Il a manœuvré un interrupteur et la chaude lumière de plusieurs lampes a éclairé les tables. Il faisait bon dans ce café perdu où flottait une indéfinissable odeur de bois, de vin, de champignons, de poussière chaude.

J'ai vu un homme plutôt rondouillard s'approcher de moi. Il avait de grosses moustaches poivre et sel, des cheveux trop longs qui débordaient sur son col, des yeux foncés et pétillants. Il portait un confortable pull-over délavé et pelucheux et frottait ses mains l'une contre l'autre en me souriant aimablement. Il émanait de tout son être quelque chose de rassurant, de paisible. Très spontanément, je lui ai tendu la main. Il l'a serrée avec une certaine chaleur. En tout cas avec naturel. Je n'avais toujours rien dit mais j'avais l'impression de connaître cet homme depuis longtemps.

« Rien de grave, j'espère », a-t-il ajouté en passant derrière le bar.

Sans trop savoir pourquoi, j'ai éprouvé le besoin de lui révéler le plus exactement possible ce qui m'avait amené à m'arrêter devant chez lui et à entrer dans son établissement tellement discret. Oui, au lieu d'inventer je ne sais quelle histoire d'incident mécanique, de déclarer que j'étais perdu, que j'entrais seulement pour boire un café avant de repartir, je me suis entendu lui expliquer que j'étais à la recherche de quelqu'un, et même que je m'attendais à ce que cette personne, qui marchait depuis des jours, arrive par le sentier.

« Car il y a bien un sentier, n'est-ce pas ? »

L'homme ne semblait pas désireux d'en savoir plus. Il me regardait droit dans les yeux avec beaucoup de bienveillance. Je crois que c'étaient ses grosses moustaches relevées qui lui donnaient cet air de sourire en permanence avec malice.

« Oh, ça oui, il y a le G.R. ! Il faut dire qu'il en passe des marcheurs, par ici, des randonneurs, comme on dit, surtout au printemps et en été. Vous verriez ça... Même avec ce temps de chien, ce froid, et ces jours tellement courts, on en voit qui remontent du vallon. Ils ont traversé les bois, les prés, franchi la rivière mais ils sont obligés de rejoindre la route. Beaucoup s'arrêtent ici, boivent un coup, mangent un morceau, puis ils repartent. On ne les revoit jamais... Vous buvez quelque chose ? »

Il m'a tiré la bière pression que je lui demandais et nous nous sommes tus durant de longues minutes. L'homme chantonnait en rangeant ou essuyant quelques verres. Nous étions seuls mais je voyais qu'il ne voulait pas me contraindre à faire la conversation.

Pour rompre le silence, j'ai proféré une banalité et l'homme m'a répondu avec gentillesse.

« Vous dites que vous attendez quelqu'un… Ce n'est pas toujours facile d'attendre, n'est-ce pas ? On ne sait jamais très bien qui on attend, ni ce qu'on attend. On ne sait surtout pas qui va arriver ! Ni, bien sûr, ce qui va arriver ! Mais bon… »

J'ai bien aimé la façon dont il a dit « mais bon… », avec une moue un peu triste, en hochant la tête et en soupirant d'un air complice derrière sa moustache.

« Autrefois, m'a expliqué l'homme, ce café s'appelait Le Café du Couchant ! Il y avait des lettres peintes sur la façade. C'était à l'époque de mon grand-père. Mais, avec les années, l'inscription s'est effacée. Elle est devenue illisible. Et puis, à l'époque de mon père, ils ont construit ce garage juste en face. On n'a plus vu le soleil se coucher ! Alors, mon café n'a pas de nom ! C'est aussi bien… » Il m'a montré la fenêtre d'angle. « De derrière cette fenêtre, vous pouvez apercevoir, là-bas, l'arrivée du sentier. C'est là que surgissent les marcheurs. Épuisés, évidemment… »

Je suis allé immédiatement me placer à l'endroit qu'il me désignait du menton. J'ai plaqué mon front et mes mains contre la vitre, mais je n'ai vu que le noir. « La nuit est là. Vous ne pouvez rien voir ! » Je me suis senti bien sot. L'homme s'en est aperçu. Pour me mettre à l'aise, il a parlé d'autre chose. « Vous comptez rester ici, ce soir ? J'ai deux chambres. Les autres sont en mauvais état. Je peux vous faire voir. »

On aurait dit que cet homme savait que j'allais faire halte chez lui, qu'il ne s'était trouvé sur ma route que pour m'offrir l'hospitalité. Sans même attendre ma réponse, m'évitant le trouble que ne pouvait manquer de susciter sa proposition, il a fait le tour du bar, est venu à côté de moi, une autre bière pression à la main.

« Vous pouvez laisser votre voiture là où elle est. Plus personne ne s'arrête dans ce garage. Longtemps, il a été tenu par deux frères. Ce n'était même pas un vrai garage : ils bricolaient pour le plaisir. Des amateurs… Des amoureux de Volvo ! Ils en récupéraient toutes les épaves à des kilomètres à la ronde, et ils vous retapaient une voiture avec les pièces de trois ou quatre autres. C'était leur passion. Ils les bichonnaient, leurs Volvo. Et il y avait des amateurs qui venaient de très loin pour acheter des modèles anciens. Ils sont morts tous les deux, très âgés, il y a un peu plus d'un an, à quelques jours de distance ! L'un est mort brutalement une nuit. On l'a enterré. L'autre est mort quatre nuits plus tard. De chagrin. Ils n'avaient pas de famille. Pas d'héritiers. Personne n'est venu. Alors on a fermé le garage et depuis…

— J'ai cru entendre des aboiements.

— C'est leur chien. Il est très vieux. Impossible de lui faire quitter le garage. Je crois qu'il voudrait mourir lui aussi, mais, si j'ose dire, il est trop faible pour mourir. Il n'y arrive pas. Il dort toute la journée sur un siège de voiture. Tous les jours, je lui porte une écuelle. Il n'a plus beaucoup d'appétit non plus. Mais bon… »

J'ai prêté l'oreille à d'éventuels aboiements de chagrin. Mais rien. Un grand silence.

8

Sans hésiter, j'ai accepté la chambre et j'ai dormi d'un lourd sommeil dans ce qui pour moi n'était plus un bistrot de campagne, mais était devenu L'Auberge du Couchant. Très tôt, le matin, je suis descendu dans la grande salle. Il faisait sombre. Une lueur violette arrivait par les fenêtres. Il y avait cinq ou six types devant des cafés noirs ou des breuvages plus relevés. Des habitués. L'homme aux grosses moustaches, souriant, se tenait derrière le bar. Tout le monde l'appelait Jean. Il s'adressait à chacun sans élever la voix, attentif aux propos matinaux des gars du village, en vaquant calmement à ses propres tâches. Les habitués parlaient fort, faisaient de grands gestes. Rituel local et matinal.

J'ai passé une bonne partie de la journée à la table située près de la fenêtre d'angle, un poste d'observation d'où l'on pouvait surveiller l'arrivée du chemin qui, après avoir serpenté à travers prés, s'attaquait fermement à la pente, se dérobait un moment à la vue, puis réapparaissait perpendiculairement à la route.

Aucun randonneur ne s'est présenté. Ni la voyageuse ni son ombre ! À plusieurs reprises j'ai cru distinguer, très loin, une mince silhouette se découpant sur le noir d'un bois. Une illusion d'optique me faisait croire durant de longues minutes que cette silhouette approchait imperceptiblement. Puis je devais admettre qu'il n'y avait personne. Ni marcheur ni fantôme. À peine un frémissement de l'air humide.

Jean venait s'asseoir près de moi. Il ne disait rien, et regardait par la fenêtre, lui aussi. Il me semblait lire dans son regard une délicate compassion, comme s'il avait l'habitude de tenir compagnie à un type en train de guetter, posté exactement à cette place. Guetteur de vide.

Derrière ma vitre, je me sentais, une fois de plus, assez idiot. Je me serais fort bien accommodé d'un peu de ridicule si ne s'y était ajoutée une angoissante impression de répétition. J'avais cru mettre fin à mon isolement provisoire. Repartir. Improviser une suite. Commencer un nouveau petit bout d'existence. D'un pied ferme. Mais, après mon brusque départ du gîte perdu sur le plateau ardéchois, voilà que je m'installais pour une durée indéterminée dans un café isolé, dans une zone indécise entre l'Allier et la Saône-et-Loire. Aucun mouvement. Aucun événement. Le vide. La solitude. Une chambre. Quelques livres. Un vieux chien qui allait mourir. La même chose, exactement la même chose. Minime différence : au lieu d'un renard empaillé, borgne et poussiéreux, il y avait un aigle, pas même royal, le plumage abîmé, les serres agrippées à une branche noirâtre fixée au mur, au-dessus du bar.

J'ai tout de même voulu attendre jusqu'au lendemain. J'ai lu, j'ai rêvassé. J'ai eu tout le temps de repenser à la demande que ma mère m'avait faite alors que je me trouvais au sommet du Mont M., et à la façon dont elle m'avait annoncé la mort de Blanchot. Comme je la connaissais, elle aurait pu aussi bien me parler des couloirs de la mort dans les prisons américaines ou de la souffrance de bêtes terrorisées au fond des abattoirs. Mais elle m'avait seulement dit : « Tu as vu ? Blanchot est mort... » L'évocation du nom de cet écrivain qui venait de mourir comme celle de la ville de Saint-Euvert avaient, j'en étais sûr, une signification. Ma mère n'en avait pas forcément conscience mais c'était un signal. Un de ces signes en surimpression sur le décor tel que j'en découvrais depuis longtemps. « Mort de Blanchot. » « Saint-Euvert. »

« Encore cette fichue idée de retourner à Saint-Euvert ! » me suis-je dit avec plus d'agacement que les fois précédentes. J'étais prêt à l'aider à marcher, à la soutenir affectueusement pour aller partout où elle voudrait, mais pas à Saint-Euvert ! Car depuis plus de vingt ans, peut-être trente, il était régulièrement question entre ma mère et moi d'un voyage que nous ferions ensemble à Saint-Euvert, son village natal. Ou plutôt, ma mère revenait régulièrement à la charge : « Tu te rends compte, je n'y suis jamais retournée depuis l'enterrement de ma mère, me disait-elle chaque fois, et il y a des choses que je voudrais revoir, et peut-être te montrer. À toi. Avant mon enterrement à moi. Des choses que je voudrais que tu saches. »

Ces dernières années, puisque j'inventais sans cesse des prétextes pour ne pas faire ce petit voyage, elle avait même tenté de convaincre Mathieu de l'accompagner. Intuitivement, il s'était dérobé. Ma mère aimait beaucoup Mathieu. Elle trouvait toujours qu'il avait besoin de protection, qu'il ne mangeait pas correctement, se fatiguait inutilement. « Il a l'air triste, il est pâle, il se tue au travail, observait-elle, tu devrais faire quelque chose pour le distraire. »

Assis derrière la fenêtre, à L'Auberge du Couchant, je me prenais donc à repenser à Saint-Euvert où ma mère souhaitait tant se rendre avec moi. Je me doutais bien que la petite ville ouvrière était le lieu de ses plus anciens secrets !

« Saint-Euvert-les-Gorges » était non seulement la morne bourgade où ma mère était née, où ma grand-mère était morte, mais l'endroit où, pendant d'interminables semaines d'été, on m'avait envoyé séjourner dans le sombre et minuscule appartement d'une des cités ouvrières. À des années de distance, j'entendais encore la puissante sirène de l'usine qui appelait, dès six heures du matin, les ouvriers et les ouvrières à se rendre au travail. Elle sonnait à nouveau à sept heures. Elle hurlait à midi. À six heures du soir, elle retentissait encore. Déchirante. Blessante. Enfonçant les horaires de labeur au fond de tous les tympans. Autorité stridente. Sourde soumission. Des ouvriers, tête baissée. Des ouvrières pâles, même en été. Tous, pressant le pas.

Quand j'étais petit, au début de l'été, ma mère m'emmenait par le train à Saint-Euvert. Mon angoisse commençait au moment où le train quittait la plaine ensoleillée, s'enfonçait dans la vallée de la Sarine. Les voies longeaient cette rivière étroite. Dans le compartiment tout devenait sombre car le train pénétrait dans les gorges, entre de hautes parois rocheuses et noires qui ruisselaient d'humidité.

Le front contre la vitre vibrante du train, je voyais le flot, peu profond mais rapide, qui coulait en sens inverse. Même la Sarine, on voyait bien qu'elle était pressée de se sauver. Elle filait, étroite et affolée, pleine de tout ce que les habitants de Saint-Euvert avaient jeté en elle de malheurs et de saloperies.

Bientôt, les gorges s'élargissaient. Le train ralentissait. Saint-Euvert occupait une sorte de petite vallée intérieure. Un site assez vaste et plat, entouré de pentes plus douces, hérissées de mauvaises vignes. Un site qui avait dû être paisible et beau mais où la grande usine de textile avait choisi de venir se poser, ou plutôt d'étaler ses bâtiments, ses cheminées et ses hangars, puis de construire plusieurs cités pour ses ouvriers qui, depuis le dix-neuvième siècle, arrivaient de partout, du nord de la France ou d'Italie.

En cent ans, l'usine arrogante avait conquis tout l'espace disponible. Des caisses, d'énormes bobines, des machines rouillées au bord des voies, un bon kilomètre avant la gare. Au-dessus du cirque naturel de Saint-Euvert, en plus des vignes plantées sur des terrains tellement en pente qu'ils semblaient verticaux, on apercevait quelques replats verdoyants, et tout là-haut, le ciel, évidemment, et les nuages moqueurs. Mais en bas, au-dessus de la rivière, au bord de la rivière, partout, il n'y avait que les blocs grisâtres de l'usine et de ses cités. Blocs disproportionnés enserrant et emprisonnant ce qui restait d'un petit village, sa grand-rue, son église et les rares commerces ou ateliers d'artisans qui ne dépendaient pas de l'usine.

Le train de voyageurs marquait trois minutes d'arrêt à Saint-Euvert. Ma mère descendait la première. Elle portait la valise dans laquelle elle avait disposé des affaires pour la durée de mon séjour. Tout au fond, sous les vêtements, je savais qu'elle avait caché un petit jouet que je découvrirais lorsqu'elle ne serait plus là. Fausse surprise et maigre consolation. Le soir même, elle allait repartir. Me laisser là. M'abandonner.

Dès que le train s'arrêtait, mon angoisse se muait en terreur. C'était avec terreur que débutait mon séjour dans la petite ville. Car nous étions accueillis par le cri du chef de gare. Il soufflait d'abord dans une sorte de trompette en cuivre. Un son aigu, déchirant. Avant-goût de la toute-puissante sirène. Puis il hurlait à pleins poumons : « Saint-Euvert ! Saint-Euvert-les-Gorges ! Trois minutes d'arrêt ! » Une fois, deux fois, il criait le nom de la ville. Avant de souffler encore sinistrement dans le cuivre.

Ce qui me terrorisait, tandis que je posais le pied sur le marchepied puis foulais le quai de la gare dans le silence bourdonnant de l'été et le ahanement de la locomotive qui lâchait de grands jets de vapeur, c'est que je croyais entendre : « S'est ouvert ! S'est ouvert la gorge ! » Une hallucination auditive qui me glaçait. Déjà, je croyais voir du sang. Je croyais entendre une affreuse rumeur qui courait dans la vallée. « S'est ouvert… ouvert la gorge… »

Enfant se sachant sur le point d'être abandonné par sa mère, je croyais deviner des secrets enfouis dans les trous obscurs de cette vallée industrielle. Derrière les fenêtres, je tentais d'imaginer quels drames pouvaient conduire des inconnus à s'ouvrir la gorge. Étaient-ce de ces cruautés que s'entretenaient à voix basse ma mère et ma grand-mère, comme deux comploteuses ? Je faisais semblant de jouer. Je ne percevais que des bribes de leur conversation, des mots isolés qui me semblaient effroyables, des noms de voisins, à voix plus basse encore. J'entrais, le cœur gros, dans une longue période d'ennui et d'inquiétude. Ma mère reprenait son train. Elle se sauvait, échappant à la ville de son enfance aussi vite que le courant de la Sarine.

Chaque année, quand ma mère traversait la place de la gare, me tenant fermement par la main comme si elle craignait que je ne me sauve avant d'avoir atteint la cité où nous attendait ma grand-mère, elle me parlait de l'homme qui attendait son fils après la guerre. « Tu vois, disait-elle, lorsque j'avais six ans, il y avait un homme qui, plusieurs fois par jour, venait s'asseoir sur ce petit mur, là, exactement là. Il guettait l'arrivée du train. De tous les trains. Les gendarmes lui avaient bien dit que son fils avait été tué à la guerre — je parle de celle de quatorze, bien sûr —, il avait reçu les papiers et tout, mais lui, il se mettait en colère, criant que son gars allait revenir, qu'il allait le voir, un jour, descendre du train, apparaître sur la place, jeune, beau, souriant, comme il l'avait vu partir par ce même train, quatre ans plus tôt. "Mon Paul, il disait, mon Paul, vous verrez qu'il va revenir... Il faut bien que je sois là pour l'accueillir, tout de même !" Et quand j'ai eu sept ans, puis huit, puis neuf, l'homme, on l'appelait le père Eugène, était toujours là, assis sur son muret. Il était fou. On ne faisait même plus attention à lui. Et puis il est mort. Plus de père Eugène pour guetter l'arrivée des trains. Une fois, je me suis aperçue qu'il me manquait... »

À L'Auberge du Couchant, absorbé par tous ces souvenirs, j'ai sursauté. Je n'avais pas entendu Jean s'approcher pour s'asseoir à nouveau quelques instants près de moi. Au milieu de l'après-midi, le bar était désert. Sur la route, comme sur le chemin qui remontait des prés, toujours personne ! La pluie tombait sur les carcasses rouillées des vieilles Volvo, derrière le garage abandonné. J'ai senti l'odeur de la laine mouillée : un moment plus tôt, Jean avait traversé la rue, sous des trombes d'eau, pour aller nourrir le chien. Des geignements de plus en plus plaintifs.

J'aurais aimé savoir ce qu'il pensait de cette femme qui voyageait toute seule, à pied, en se pliant au désir d'un homme plutôt bizarre. J'aurais aimé la lui décrire. Sa capacité d'attention et sa bonne volonté m'auraient sans doute aidé à y voir plus clair. En moi, surtout. Avec un type comme Jean, je pouvais prendre la parole sans précautions, raconter ce que j'imaginais dans le plus grand désordre. Il aurait souri, hoché la tête, se serait gratté la nuque. Ses yeux auraient pétillé de malice. Ou, au contraire, son sourire se serait effacé et son regard brusquement assombri. En tout cas il m'aurait écouté…

Mais lorsqu'il s'est assis, la sirène de l'usine et la trompe du chef de gare de Saint-Euvert retentissaient si fort dans ma tête que, pour mon compagnon, je me suis mis, très naturellement, à évoquer la ville natale de ma mère. Qui était aussi l'endroit où, toute sa vie, ma grand-mère avait travaillé et vécu. Travaillé à l'usine. Travaillé dur. Vécu dans la cité ouvrière. Vécu durement.

J'ai expliqué à Jean qu'à Saint-Euvert ma grand-mère me faisait dormir dans une toute petite chambre de son logement sans confort. Pas même l'eau courante, ai-je précisé. Pas d'autre chauffage, en hiver, que le fourneau noir de la cuisine. Plutôt qu'une chambre, un étroit appentis dans lequel, autour du divan où je couchais, ma grand-mère stockait des provisions. Des fruits, des légumes, des pots de confitures. Je dormais mal, sur ce petit lit grinçant, dans l'odeur des fromages posés près de moi, dans le garde-manger grillagé.

Nous nous couchions tôt. Ma grand-mère m'obligeait à me mettre au lit en même temps qu'elle. C'était l'été. Il faisait encore jour. Un rayon du soleil couchant, passant par la fente du volet, faisait rougeoyer les roses de la tapisserie. Je gardais les yeux ouverts car j'entendais dans la cour de la cité les autres enfants qui s'amusaient, riaient, faisaient du vélo. Par moments, je croyais même entendre crier mon prénom. La voix des filles. Des intonations italiennes : « Marco ! Mar-co ! »

Puis, avec l'obscurité, le silence tombait sur les cités. Les hommes n'étaient pas encore ivres. Les disputes et les coups n'avaient pas encore commencé. Dans le silence de l'appartement, alors que je m'efforçais de ne pas bouger pour ne pas faire grincer le lit, j'entendais ma grand-mère réciter sa prière. À l'époque, elle était à mes yeux une vieille femme qui parlait toute seule dans la nuit. Cela m'effrayait. Sa voix ne ressemblait plus à celle qu'elle avait pendant la journée. Elle priait d'une voix grave et morne. Il me semblait l'entendre parler d'un événement terrible. Elle se faisait suppliante. Elle implorait un être puissant et inflexible qu'elle appelait « Seigneur ». Elle le vouvoyait avec crainte. Comme mes parents m'avaient élevé en dehors de toute religion, le texte que récitait ma grand-mère ne m'était pas familier. Je comprenais « Saigneur » et je m'imaginais une créature avide de sang. Un personnage cruel et couvert de sang qui saigne les humains comme on saigne les porcs. Après tout, c'était peut-être lui, l'égorgeur. Il ouvrait la gorge des gens ! Ou alors, on était obligé de s'ouvrir la gorge pour lui plaire. Pour éviter de subir un sort plus affreux.

« Aie pitié de nous », entendais-je à travers la cloison. « Pauvres pécheurs... » À partir des quelques mots que je percevais, j'inventais une histoire épouvantable et tentais de reconstituer des crimes et des sacrifices qu'on m'avait cachés. Il était question d'un fils. Le « Saigneur » avait « donné » ce fils. Abandonné lui aussi !

Je mâchais et remâchais les termes d'autres prières dont la sonorité se vrillait en moi : « le fruit de vos entrailles ». La mort. La croix. Le mot « crucifié ». Tout devenait confus et je m'endormais, en proie à cette peur, sous les draps rêches. Le lendemain, à six heures, la sirène allait me faire sursauter, m'arracher au mauvais sommeil. Dans l'aube interminable, je commencerais alors à guetter le bruit des pas des voisins partant au travail puis à réfléchir à tous ces mystères que le plein jour ne dissipait jamais complètement.

« Quand j'étais gosse, m'a confié Jean, j'ai moi aussi éprouvé de grandes peurs. Ma chambre était située juste au-dessus du bar. J'entendais les rires des types qui avaient bu. J'étais troublé, je m'imaginais que tous ces hommes ivres, et mon père avec eux, faisaient subir à ma mère quelque chose d'humiliant et de sexuel. Impossible de dormir ! »

Nous parlions bas, sans nous regarder, nos yeux se perdant dans le jour qui déclinait. Ainsi le couloir des peurs avait fait communiquer nos enfances éloignées.

Car notre enfance n'est jamais de l'histoire ancienne. L'enfant que nous avons été, même si nous ne tenons pas à le revoir, même si nous ne l'avons pas convoqué, est soudain là. Il hante notre présent qui se trouble et s'obscurcit. Il a l'éclat légèrement tremblant des revenants.

Enfance pas morte, même si mon adolescence s'est couchée dessus pour l'étouffer. Même si ma maturité, lourde et large, s'est couchée sur mon adolescence. Même si toutes les figures, personnages et visages que j'ai utilisés au cours de ma vie se sont tassés les uns sur les autres, en strates successives, au fil des époques et des saisons, au gré des replis, des élans, des échecs ou des chances.

J'ai souvent songé à une sorte de sonde, tube étroit et résistant qu'il suffirait d'enfoncer verticalement à travers ces couches superposées de ma vie, un peu comme font les glaciologues qui prélèvent des échantillons dans les profondeurs de la banquise en pratiquant ce qu'ils appellent un « carottage », puis en analysant les gaz contenus dans les bulles figées dans la glace. Sur le long cylindre de mon existence congelée, on pourrait alors identifier différents moments. On ne découvrirait pas des bulles, mais des mots énigmatiques. Des cris, des sonorités, des impressions, des croyances, des traces. Myriades de significations orphelines en suspension dans la gélatine du Temps.

Mais quelque chose m'a arraché à cette rêverie qui nous faisait toucher de petits morceaux d'enfantin. Rien n'avait bougé depuis plusieurs heures quand, soudain, j'ai vu un véhicule se garer lentement devant le garage Volvo, de l'autre côté de la route. Et ce véhicule, c'était un gros 4×4 noir aux vitres teintées, aux mâchoires d'acier, exactement semblable à celui qui s'était déjà arrêté derrière ma voiture, en Ardèche ! Était-il possible que ce soit le même ? Que se passait-il ?

D'une peur l'autre : mon cœur s'est mis à battre. Ma bouche sèche tout à coup. Jean, qui avait aussi remarqué le 4×4, m'a semblé inquiet. Nous attendions tous deux que la portière s'ouvre, qu'un conducteur en descende. Mais le véhicule restait hermétiquement fermé, se fondant peu à peu dans l'obscurité grandissante. En cette fin d'après-midi d'hiver, nous avons attendu, sans échanger une parole, dans le noir nous aussi, qu'il se produise quelque chose. Au bout d'une demi-heure, le 4×4 a émis un vrombissement agressif. Tandis qu'il manœuvrait pour effectuer un demi-tour, nous nous sommes trouvés un bref instant éblouis par la lumière violente de ses phares. Le bruit de l'engin funèbre a décru lentement. Jean s'est levé pour éclairer la salle. Les habitués, assoiffés et bavards, n'allaient pas tarder.

9

Le lendemain le chien est mort. J'ai vu Jean traverser la route. Revenir vers moi, tête basse, l'écuelle dans la main droite, le bras gauche pendant le long du corps.

« Il a réussi à mourir, m'a-t-il dit. Pauvre bête ! J'ai eu du mal à trouver son corps. Il était parvenu à se traîner jusque sous une machine, dans la poussière et le cambouis. Il a cessé de geindre. Je vais aller l'enterrer derrière le garage. Entre deux épaves. C'est mieux comme ça. C'est avec ce genre de petits événements qu'on voit que les temps changent. Vous comprenez ? Un jour, peut-être, le bâtiment sera vidé, puis démoli. De chez moi, on verra à nouveau le soleil se coucher. On pourra repeindre l'inscription CAFÉ DU COUCHANT. Pourquoi pas : SUNSET CAFÉ ? Plus personne ne pensera aux deux frères, à leurs Volvo, à leur vieux chien. Comme s'ils n'avaient jamais existé. Mais bon… »

Nous avons bu en silence. Levé notre verre à la mémoire du chien. À la mémoire tout court. À ses trous ! Puis Jean est allé fouiller dans un placard dont il a extrait un vieux panneau de bois. « Regardez, m'a-t-il dit, voilà la vieille enseigne de l'établissement. » Sur le fond d'un vert délavé, il y avait une étoile d'un beau jaune vif, naïvement dessinée, et l'inscription en lettres rouges : L'ÉTOILE DU RÉCONFORT.

« Oui, du temps de mon arrière-grand-père, l'auberge s'appelait « L'étoile du réconfort », une drôle d'idée, m'a dit Jean.

— Un beau nom, ai-je répondu.

— Mon arrière-grand-père prétendait que, lorsque tout va mal dans notre vie, il suffit, certaines nuits, de lever les yeux dans le noir, pour découvrir, exactement au-dessus de notre tête, une étoile un peu plus grosse et brillante que les autres : la fameuse étoile du réconfort. On la fixe un moment : son seul éclat nous donne une énergie nouvelle. "Ce n'est pas de consolation que nous avons besoin, disait-il, la consolation confirme notre faiblesse, mais de réconfort qui nous remet en contact avec nos propres forces."

« Mon grand-père, lui, a eu de tels malheurs qu'il a prétendu que rien, jamais, ne pourrait le réconforter. La lumière décline, le soleil se couche, et le ciel devient noir, sans étoiles ! Lui aussi, j'y pense, s'est laissé mourir. Mais bon… »

Je suis allé marcher sur la route, puis sur le chemin qui descendait en pente raide vers les prés et les bois. La pluie s'est mise à tomber à nouveau. Sans conviction. N'espérant plus rien, j'ai marché au hasard, à travers prés, comme je l'avais fait sur le plateau ardéchois. C'est lors de cette dernière promenade que j'ai découvert un vieux village construit au sommet d'une colline bien ronde, comme un sein. L'endroit n'avait pas dû beaucoup changer au cours des siècles. Clocher roman, bâtisses de pierres dorées, murs et jardins. J'ai eu très envie de m'y rendre, de suivre la route escarpée qui y conduisait. Tout à coup, comme la pluie avait cessé, un rayon de soleil a fait étinceler les toitures, révélant cent petits pans de murs jaunes. Saint-Loup-les-Trembles, tel était le nom de cette minuscule cité, nimbée d'or, flottant au-dessus de la grisaille générale. J'ai parcouru les rues silencieuses, les ruelles désertes. J'ai tenu à déchiffrer chaque nom de chaque mort sur le monument de la place. En déambulant ainsi, je suis passé devant un joli bâtiment, bien symétrique, avec de hautes fenêtres, qui dominait le paysage. Il était entouré d'une cour en friche. Gravés dans la pierre de la partie gauche : ÉCOLE DES GARÇONS et dans la pierre de la partie droite : ÉCOLE DES FILLES. Mais on voyait bien que cette école était à l'abandon depuis pas mal de temps.

Ce qui m'a le plus étonné, lorsque j'ai poussé la grille grinçante de la cour, c'est le panneau cloué sur la porte où on pouvait lire les mots « à vendre », suivis d'un numéro de téléphone. Je me suis assis un moment sur l'un des bancs du préau. En observant les fenêtres de l'étage où avaient dû se trouver les appartements des instituteurs, je me suis laissé aller à une étrange rêverie. Vision du passé. Apparition de corps et de visages. Cris, rumeur de récréation, ritournelle de la récitation collective. L'institutrice et l'instituteur arrivant séparément dans cette école de village au hasard d'une nomination à Saint-Loup-les-Trembles. Jeunes tous les deux. Se présentant timidement l'un à l'autre. Sachant qu'ils allaient devoir partager le travail et les jours, s'occuper des mêmes enfants. Soudain, face à ce bâtiment à l'abandon, j'ai cru distinguer la trace d'un bonheur perdu. Ici, je le sentais, il y avait eu un bonheur. Un homme et une femme, échoués dans ce coin de France par la force des choses, et qui s'étaient plu, tout de suite, de façon fulgurante, et qui s'étaient aimés. Un homme, une femme et tous les enfants du pays. L'amour, l'école, et un endroit sur la terre. J'en étais certain. Les vitres des salles de classe reflétaient encore une ancienne lumière. J'ai pensé très fort qu'une aventure de ce genre avait eu lieu, ici. Deux êtres qui se rencontrent, se découvrent, se conviennent et s'aiment. Deux êtres qui adhèrent pleinement à ce qui leur arrive. La magie du moment voulu. L'inverse des occasions manquées. Avant de m'en aller, j'ai sorti un crayon et un bout de papier de ma poche et, sans intention particulière, surtout pas celle d'acheter une école abandonnée, j'ai noté le numéro de téléphone. En revenant à L'Auberge du Couchant, je me sentais plus léger, et comme… réconforté.

Quand j'ai pénétré dans la grande salle, j'ai aperçu une cape de pluie verte que quelqu'un avait mise à sécher sur le dossier de plusieurs chaises, dans un coin du bistrot. Alors j'ai attendu, dans l'odeur de caoutchouc mouillé. La flaque d'eau, sur le plancher sombre, avait la forme d'une bête primitive. J'ai attendu encore. Tout à coup, des pas dans l'escalier m'ont arraché à une nouvelle rêverie. Mon cœur a battu un peu plus fort. Mais c'est un grand jeune homme roux que j'ai vu surgir. Il m'a fait un sourire, m'a salué et il a entrepris de replier méticuleusement la cape de pluie qui lui appartenait.

Il s'est adressé à moi en anglais. Il parlait du mauvais temps, de la marche à pied, un morceau de la cape coincé sous son menton en tendant à bout de bras deux grands pans qu'il tentait de faire coïncider. Toujours aussi souriant, il a disparu. Je me suis senti affreusement seul. Jean était en train d'enterrer le chien.

J'ai allumé mon téléphone portable. J'ai écouté la messagerie. Je n'avais plus aucune nouvelle de personne. Aucun signe de mes enfants. Pas de message de ma mère. Irène avait commencé une phrase puis avait raccroché. J'ai cependant trouvé un nouvel « appel masqué » totalement silencieux. Toujours le même souffle. Toujours cette respiration. J'ai écouté ce silence jusqu'au bout. Une minute. Deux minutes. Vers la fin, j'ai cru entendre murmurer mon prénom.

Et voilà que le lendemain matin, au moment où je descendais l'escalier, après une mauvaise nuit à subir les ronflements du jeune Anglais dans la chambre voisine de la mienne, j'ai entendu un client, déjà accoudé au comptoir, raconter une histoire. On le sentait très excité. Tout le monde l'écoutait. Il disait : « Des cheveux comme ça, on ne peut pas les oublier ! Pas blonds, dorés ! Et abondants. Superbes. Une aussi belle fille, dans mon magasin, ça n'était encore jamais arrivé. »

Les autres buveurs, riant de façon grivoise, lui demandaient ce qu'il avait bien pu faire avec cette fille. J'ai compris que le raconteur d'histoire tenait une petite alimentation dans un autre village situé à une dizaine de kilomètres plus au nord. Il vendait de tout. Il faisait halte au Café du Couchant lorsqu'il allait chercher des marchandises, avec sa camionnette. Pour une fois, il avait l'occasion de se rendre intéressant.

« Elle a d'abord tourné un peu dans la boutique. Elle a acheté quelques bricoles. Je ne pouvais pas m'empêcher de la regarder. Ses cheveux, ses yeux, son allure. Même que ça me gênait. Mais la fille s'en foutait, vous voyez ? Elle avait l'air crevée. Ou triste, je ne sais pas. Par la porte vitrée, on voyait le panneau du salon de ma femme, de l'autre côté de la rue, MARTINE COIFFURE. La fille m'a demandé : "C'est un salon de coiffure ?" Je lui ai dit : "Oui, si on veut... Pour les gens d'ici..." Elle a ramassé sa monnaie. Elle a traversé la rue et est allée sonner chez nous. »

L'homme s'est interrompu pour vider son verre. Il l'a tendu, afin que Jean, qui écoutait aussi, le lui remplisse à nouveau. Après avoir repris sa respiration, il a continué :

« Je guettais, derrière ma vitre. Ses cheveux

m'avaient fait un drôle d'effet. J'étais même content que ma femme les voie. Mais quand la fille est sortie de chez nous, enfin du salon de Martine, elle n'avait plus sa chevelure dorée. Les cheveux ras. Un crâne. Comme un militaire. J'en ai eu le souffle coupé ! Je l'ai vue ramasser son barda, se le mettre sur le dos, et se remettre en route. Je ne sais pas pourquoi, mais ça m'a fait peur. J'ai pensé à ces femmes, à la Libération, qu'on tondait en rigolant. Il y en a eu par ici. Des tondues. J'ai vu des photos découpées dans le journal par mon père, à l'époque. Mais voir ça, comme ça, aujourd'hui, c'était effrayant ! Je me suis précipité. Ma femme était assise. Elle avait lâché ses ciseaux, sa tondeuse. Elle avait des larmes plein les yeux. Et j'ai vu ce qui restait de la chevelure. Par terre, sans éclats, comme une bête morte. »

L'histoire ne faisait plus rire personne. Il y avait un grand silence dans le café. Les types faisaient tourner doucement leur doigt sur le bord de leur verre vide. J'ai senti moi aussi mes jambes flageoler. Dès que j'ai su où était situé le village, avec l'alimentation et le salon de coiffure, je suis allé ramasser mes affaires, j'ai serré chaleureusement les mains de Jean, aussi immobile derrière son bar que l'aigle au-dessus de sa tête, l'air de tout comprendre, d'avoir déjà assisté à ce genre de fuite précipitée. Au volant de ma voiture, j'ai démarré en trombe puis roulé très vite sur la route étroite. J'ai à peine ralenti en découvrant le panneau fluorescent : MARTINE COIFFURE.

J'ai embrayé brusquement, accéléré à fond. Je conduisais de façon complètement intuitive. La voyageuse avait donc quitté le chemin de grande randonnée, dix kilomètres plus loin que je ne pensais. Tant pis. Soudain, à un carrefour, j'ai senti qu'il était plus logique de m'engager sur la voie la plus étroite. Une voie qui, bientôt, n'était même plus asphaltée et sur laquelle il aurait été impossible de croiser un autre véhicule. Les haies, de chaque côté de la route, se rapprochaient. Des ronces écorchaient la carrosserie. Je ne ralentissais toujours pas. De loin, j'ai vu que le chemin ne serait jamais assez large pour continuer en voiture. En plein milieu, des touffes d'herbes jaunâtres. Des pierres. Des trous.

J'ai longé un mur gris au-dessus duquel on apercevait des croix, des monuments de granit couverts de lierre. Le chemin, à peine carrossable, finissait devant la grille de ce cimetière. Cette fois j'étais obligé de ralentir. Presque de m'arrêter. Assis sur les quelques marches qui conduisaient au cimetière, j'ai aperçu un jeune homme, la tête dans les mains. Je suis descendu de voiture. Je l'ai interpellé avec une certaine brusquerie. Avait-il vu passer quelqu'un, sac au dos?

Je voulais juste savoir. J'avais plus ou moins envie qu'il me dise qu'il se trouvait là depuis longtemps et que jamais aucune marcheuse n'était... Mais quand le jeune homme, arraché à sa mélancolie par mon exclamation, a levé les yeux vers moi, j'ai découvert qu'il n'était autre que la randonneuse.

Elle a sursauté. Dressée sur ses jambes. Me reconnaissait-elle ? En tout cas, je l'avais effrayée. J'ai voulu m'approcher d'elle, bras écartés, mains ouvertes. J'étais bouche bée. Que dire ? Comment expliquer ma propre folie et la folie des coïncidences ? Le jeu de l'intuition et du hasard ? Parvenu à quelques mètres d'elle, j'ai remarqué pour la première fois qu'elle portait à la ceinture un petit poignard. J'ai vu son geste. D'un mouvement spontané du pouce, elle a libéré le manche retenu par une petite lanière de cuir. Allait-elle brandir une lame ? Que se passait-il dans sa tête ? Elle était pâle, les yeux luisants. Absurdement prête à se défendre. J'ai soudain compris que ce n'était pas moi qu'elle fixait avec cet air panique, mais quelque chose qui se trouvait dans mon dos.

Je me suis retourné. Encore à bonne distance, sur l'étroit chemin, un véhicule approchait en bringuebalant. Je le distinguais mal car son pare-brise, reflétant le ciel blanc, était éblouissant. Presque un mirage. Une forme vacillante. On avait l'impression qu'il allait s'arrêter, se figer sur place, entre les ronces et les pierres, mais, apparemment, il continuait d'avancer dans notre direction. Alors, très vite, la femme a ramassé son sac posé près d'elle. Elle l'a pris maladroitement dans ses bras comme ces femmes qui, pendant une attaque ou le déclenchement d'une catastrophe, s'emparent de leur enfant qui jouait sur le sol et s'enfuient, courbées en deux, serrant leur petit contre leur poitrine. Et puis elle s'est mise à courir.

Elle ne cherchait sans doute pas à s'enfuir mais un réflexe la poussait à se mettre à couvert contre le vieux mur délabré qui pouvait constituer, face à un mystérieux danger, un meilleur abri que les marches sur lesquelles elle s'était un moment laissée aller. Elle courait vite, malgré la charge qui la déséquilibrait.

J'ai alors assisté à un spectacle qui m'a stupéfié. En plein élan, la femme a dû heurter une pierre, à moins que son talon ne se soit enfoncé dans un nid-de-poule. J'ai vu sa jambe fléchir, se tordre puis s'écraser sous elle. Elle a perdu l'équilibre. Elle allait tomber lourdement lorsque, jetant son sac avec une incroyable vivacité, elle a effectué une sorte de roulé-boulé. Grâce à cette roulade audacieuse, digne d'un excellent gymnaste, elle aurait dû rebondir et se retrouver miraculeusement sur ses pieds. Mais à l'ultime seconde, sa jambe s'est dérobée. La coureuse s'est abattue sur le sol caillouteux que sa tête a heurté avec violence.

Je me suis précipité vers elle. Elle essayait déjà de se relever en prenant péniblement appui sur ses bras. Avec une grimace de douleur elle a tenté de s'asseoir. Elle avait les mains et les avant-bras en sang. Son crâne aussi saignait.

Accroupi près d'elle, j'ai tendu la main. Pour l'aider, la soulager. Mais elle a fait un geste qui m'intimait l'ordre de rester à distance, de ne pas l'approcher. Ses yeux n'étaient plus bleus mais gris acier. Des yeux mauvais, perdus dans la chair du visage déformé par la souffrance. Elle surveillait toujours attentivement ce qui se passait dans mon dos. Comme une lionne traquée, mais décidée à se battre. Me souvenant du véhicule qui approchait, je me suis retourné. Mais il n'y avait pas l'ombre d'une voiture sur le chemin. La campagne autour de nous était déserte. Personne en vue, nulle part. Le cimetière, les ronces, un grand silence.

Plus tard je me suis rappelé qu'au moment où la femme était tombée brutalement je m'étais imaginé, une fraction de seconde, que quelqu'un l'avait prise pour cible. Un tireur caché dans le paysage ? Un conducteur de 4×4 ? J'ai pensé absurdement qu'elle avait reçu une balle dans le dos ou en pleine tête, comme si j'étais entré par effraction dans un roman plein de violence. Une histoire bizarre qui n'avait besoin ni de témoin ni de narrateur, mais qui se déroulait toute seule, singulière et inexorable, comme mille autres histoires au même instant.

Mon vieux vertige me reprenait. Des mots aussi simples que « poursuite », « meurtre », « héroïne », « film noir » bourdonnaient dans ma tête. « Femme traquée », « poursuivant » : chaque mot, comme un cristal glacé attire à lui d'autres cristaux, faisait boule de neige. Chaque mot, comme un grain attire à lui d'autres grains de sable, devenait la dune mouvante d'un récit possible. Imagination emballée. Cœur battant.

10

Penché sur la femme blessée, j'ai crié que je ne lui voulais aucun mal. Que je voulais l'aider, au contraire. Que, depuis notre rencontre, je m'étais mis stupidement dans l'idée de la retrouver. Que j'avais pris des routes et des chemins au hasard et que… « C'est idiot, mais très simple. Croyez-moi ! N'ayez pas peur. Vous avez peut-être quelque chose de cassé. Il vous faut des soins. »

Tout ce que je pouvais dire renforçait encore l'absurdité de la situation. Elle, assise, du sang sur les doigts, le front, les tempes. Les cheveux poissés par le sang. Et moi, à genoux près d'elle, bouche bée, mains inutiles. Surmontant sa frayeur, elle faisait un effort impressionnant pour retrouver son calme. Elle a tout de même esquissé un petit signe pour me demander de l'aider à se relever. J'ai saisi les bras qu'elle me tendait. Elle a étouffé un cri. La douleur était si forte qu'elle a renoncé à se mettre debout et s'est laissée retomber en pestant. Ses cheveux tellement courts me permettaient de voir l'entaille rouge dans son cuir chevelu.

Quand je lui ai dit que j'allais la soulever et la conduire à l'hôpital le plus proche, elle a protesté avec véhémence, prétendu qu'elle en avait vu d'autres. Elle a crié quelque chose comme « Foutez-moi la paix ! ». Dans son sac à dos qui avait roulé dans le fossé, se trouvait, m'a-t-elle dit, une trousse de secours d'urgence. Elle allait faire ce qu'il fallait. Se soigner. Se panser. Elle avait l'habitude.

J'ai tout de suite découvert une petite boîte avec du matériel pour les premiers soins. Une boîte de couleur kaki avec une croix rouge dans un cercle blanc. Toute seule, elle s'est appliqué une compresse homéostatique sur le crâne, tâtant sa plaie avec compétence. « Pas besoin de points de suture, c'est trois fois rien ! » Puis elle a frictionné sa cheville, son tibia, son genou qui la faisaient vraiment souffrir. Chaque fois qu'elle prenait appui sur son pied, elle serrait les dents. Elle avait très mal. Elle a tout de même essayé de se dresser sur une jambe, de replacer son sac sur son dos, de faire un pas en avant. C'était une dure ! Essoufflée, tétanisée par la souffrance, elle a fini par abandonner, se mordant la lèvre pour ne pas gémir. Ne pas pleurer, peut-être. Oui, une dure !

Elle ne cherchait même plus à comprendre comment j'avais fait pour la retrouver ni pourquoi j'avais eu cette lubie. Elle se contentait de me dévisager avec fureur, de regarder le paysage autour d'elle avec désespoir, en se tassant lentement sur elle-même.

Alors, sans me presser, je suis allé porter son sac dans ma voiture devant l'entrée du cimetière. Je suis revenu et brusquement, sans lui demander son avis, j'ai glissé un bras sous ses aisselles et l'autre sous ses genoux et, avec le plus de délicatesse possible, je l'ai soulevée de terre, sans me laisser impressionner par ses protestations, et j'ai à nouveau marché vers ma voiture dont j'avais ouvert les portières.

Je dois dire que ces deux cents mètres parcourus à pas lents, dans le silence, la brise fraîche et les odeurs de mousse, d'humus et d'écorce, avec une femme blessée dans les bras, m'ont procuré un plaisir tel que je n'en avais pas connu depuis des années. Contre ma joue, les cheveux tellement courts étaient doux et raides à la fois, comme un tapis d'aiguilles de pin. L'étui du petit poignard qu'elle portait à la ceinture cognait contre mon ventre. Après mon incursion hallucinatoire dans un roman noir, j'avançais dans un conte. Je franchissais la passerelle enchantée. Je progressais dans un enchevêtrement de rameaux de cristal qui s'ouvraient au fur et à mesure devant moi. Princier et enfantin, mon étincelante armure me protégeant du ridicule, je me sentais infiniment plus costaud que je ne le suis en réalité. Capable de porter très loin cette chair féminine rétive et frémissante. J'ai pensé à Wolf. Comme j'aurais voulu qu'il me voie ! Qu'il me fasse son sourire indulgent.

Cher vieux Wolf ! Si loin, si mort, souriant sous terre.

La femme était plus ou moins contrainte d'appuyer sa tête contre ma poitrine, de passer son bras derrière mon cou. Elle se détendait. Elle se laissait faire. Mais cette soudaine vulnérabilité a dû lui être insupportable car elle m'a subitement déclaré, d'une voix claire et assurée, un rien protocolaire : « Je suis officier de l'armée de terre ! Je suis militaire, si vous préférez. C'est mon métier... »

Il a fallu plusieurs minutes pour que ces mots atteignent, quelque part dans ma tête, les centres de la compréhension. Je continuais à avancer, sans répondre, sans réagir. « Officier », « armée », « militaire », des sonorités comme des linges imprégnés d'eau froide plaqués sur mon visage. Des mots comme des poulpes morts posés sur ma cervelle. Surtout le mot « officier ». Le masculin. Un poulpe mort ! Je ne savais plus très bien quel genre de corps je portais dans mes bras. Ou plutôt quel était le genre de ce corps qui instantanément m'a semblé pesant et encombrant. Comme si je transportais un grossier pantin de métal. Un robot détraqué. Pourtant c'était une femme, à n'en pas douter. Toujours très belle, sans doute. Mais *militaire.*

Je n'ai rien laissé paraître de ma stupéfaction. Chaque fois que je suis profondément déstabilisé, il y a une petite voix, en moi, qui murmure : « Attention, Travenne ! Encaisse d'abord le choc. Tu réagiras plus tard. » La petite voix m'a recommandé d'installer sans ménagement la femme officier sur le siège arrière. Elle n'a pu contenir une nouvelle grimace de douleur. Au fond, je m'en foutais de sa guibole ! Un militaire, c'est fait pour être blessé, non ? Elle se taisait, elle aussi, mais je voyais bien qu'elle avait de plus en plus mal.

Une fois en route, après une folle marche arrière entre les haies hérissées d'épines, il a fallu au moins dix kilomètres pour que je parvienne à prononcer une parole. La petite voix me conseillait d'être ironique et brutal.

« Militaire ? Excusez-moi mais je n'avais pas remarqué votre tenue de camouflage. J'imagine que le gros des troupes est en manœuvre dans le coin ? En embuscade. »

La belle soldate aussi, mais pour d'autres raisons, était en colère contre moi. L'ambiance était électrique. J'ai donc décidé de foncer vers l'hôpital, lieu de tous les apaisements. Sauveur en plein désarroi, je sentais que, d'une minute à l'autre, j'allais éprouver de la répulsion pour celle que j'avais eu tant de plaisir à enlever comme une princesse mystérieuse. Pour tenir cette répulsion à distance, j'ai cogné à coups de poing sur mon volant et j'ai éclaté de rire.

« Bon, moi, je m'appelle Travenne, mais vous, comment dois-je vous appeler ? Mon lieutenant ? Mon commandant ? Mon général ? Ou tout simplement : Madame l'officier ?

— Ne riez pas, monsieur, c'est la vérité. Je suis "capitaine". Et cette marche à pied à travers la

France n'a rien à voir avec l'armée. C'est une promesse que j'ai faite à quelqu'un : je vous l'ai dit ! Nous avons été rappelés en France, cet homme et moi. Une longue, une très longue permission… D'ailleurs, il faudra que je reprenne ma randonnée le plus vite possible. Il… il ne comprendrait pas que je m'arrête en chemin pour une malheureuse chute. Il serait furieux ! »

Elle a hésité avant de se présenter : « Je m'appelle Élisabeth Walter. » Dans sa voix une fêlure de crainte, imperceptible vibration du mensonge. J'ai aperçu dans le rétroviseur un visage fermé, des yeux étincelants. J'éprouvais le besoin de la questionner.

« Quel genre de mission ? Et cet homme qui, si j'ose dire, vous fait marcher… Où est-il en ce moment ? Il va bien falloir le prévenir. »

Elle s'est tue, longuement, tandis qu'à chaque carrefour je cherchais la bonne direction. « Mâcon », puis « Centre hospitalier ».

« Alors ? On peut savoir ? Quel genre de mission ? Dans quel coin du monde ? »

Enfin à bout de nerfs, elle a crié. Elle m'a injurié. Elle puisait une grande fureur dans sa souffrance. J'ai rentré la tête dans les épaules comme si elle allait me frapper par-derrière, me serrer la gorge.

« Mais qu'est-ce que vous me voulez, à la fin ? Qui êtes-vous ? Qui vous envoie ? Et comment avez-vous fait pour me retrouver ? »

Arrivant à trop vive allure devant l'hôpital, j'ai freiné violemment devant l'entrée des Urgences, ce qui a arraché une nouvelle plainte à ma passagère. Une fois le moteur coupé, j'ai pris le temps de lui déclarer : « Je suis extrêmement dangereux. Si vous saviez… Capable de haute trahison, de désertion, d'intelligence avec l'ennemi, bref, si vous devez vous méfier de quelqu'un, c'est bien de moi ! »

11

Bien décidé à ne plus prendre cette femme dans mes bras, je suis allé chercher un fauteuil roulant. J'y ai installé la drôle de soldate qui avait réussi à se blesser toute seule, en temps de paix, sur un chemin tranquille de la campagne française.

Un moment plus tard, un garçon vêtu de blanc se penchait sur la jambe douloureuse. Pour juger de la gravité de la blessure, il a découpé complètement l'étoffe déjà fendue du pantalon. Moue professionnelle, hochement de tête, « Hum, pas joli joli... ». Son intervention me délivrait du fardeau dont je m'étais chargé. L'infirmier a ajouté : « On va vous donner tout de suite un calmant mais pour l'examen, la radio et les soins, il va falloir attendre. Il y a eu un accident très grave. Des blessés arrivent. Nous ne sommes pas assez nombreux dans le service. »

L'urgentiste a tout de même commencé à remplir une feuille d'admission. Celle qui m'avait dit se prénommer Élisabeth cherchait des papiers dans la poche latérale de son sac à dos que j'avais accroché au dossier. Lorsque l'homme a souhaité inscrire un nom, j'ai entendu distinctement, à mon immense surprise : « Keller, Marion Keller… » La femme blessée tendait une carte à l'homme en blanc qui épelait avec application : « Keller… »

Elle a immédiatement levé les yeux vers moi. Elle ne semblait pas gênée, mais exaspérée. Cette fois, je me sentais vraiment de trop. Tout sonnait faux. Mâle indélicat, témoin d'un mensonge inutile, il était préférable que je l'abandonne à ses pitoyables mystères. C'est alors qu'elle m'a dit, avec un mouvement impérieux du menton, qui m'a semblé légèrement forcé, en tout cas maladroit : « Vous pouvez partir. Merci, merci pour ce que vous venez de faire. Mais partez, maintenant ! Vous voyez, on va s'occuper de moi. » Puis elle a répété brutalement : « Partez. »

Interdit par ce ton qui n'admettait pas de réplique, m'attendant presque à ce qu'elle ajoute « C'est un ordre ! », j'ai haussé les épaules et me suis dirigé fermement vers la sortie. Des blouses blanches couraient à mes côtés. Une grande agitation s'emparait des Urgences. Au loin, les sirènes des ambulances.

C'est alors que, dans mon dos, j'ai cru entendre la voix claire mais imperceptiblement suppliante de la randonneuse. Elle me rappelait ! Elle prononçait même mon nom sur ton infiniment plus doux, plus humble, plus désolé, mais qui sonnait tout aussi faux :

« Monsieur… Monsieur, euh, monsieur Travenne ? »

En me retournant, j'ai eu la vision de la même femme, arborant un extraordinaire sourire. Merveilleux sourire qui feignait d'être plein de regrets ou de confusion, mais qui se voulait avant tout séducteur. Sourire à double ou triple fond, témoignant d'une connaissance raffinée de la grande faiblesse mâle. Comme lors de son apparition à la table d'hôtes, j'ai pensé à ces sourires trompeurs des héroïnes de films noirs. Angéliques et fatales.

Elle s'était très légèrement laissée aller dans le fauteuil roulant, telle une dame dans un sofa, la jambe souverainement allongée sur le support chromé, les seins soulevés au rythme d'une respiration exagérément rapide comme pour laisser croire à une émotion soudaine. Malgré les taches de sang séché sur son front, ses bras écorchés, son vêtement déchiré, il y avait sur elle, et autour d'elle, une étrange clarté. On aurait dit qu'elle flottait au-dessus de l'agitation ambiante, dans le pinceau d'un puissant projecteur. Lèvres humides et entrouvertes, dents éclatantes. Vague promesse ou délicieuse menace. Princesse mollement allongée, dans les loques d'une mendiante. Curieusement, on ne déplorait plus l'absence de la belle chevelure dorée. Au contraire, les cheveux tellement courts étaient à l'origine d'un charme singulier car ils dégageaient un visage à la fois régulier et troublant.

Un répit dans la douleur faisait que ses yeux

étaient à nouveau bleus et attirants. Un lac glacé où l'on désire se jeter sans se soucier du danger. Bref, en quelques secondes, elle s'était métamorphosée. Comment parvenait-elle à passer aussi vite d'une expression à une autre ? D'un visage, et même d'un corps, à un autre ? Elle a esquissé de la main un geste vraiment désolé, puis tout en continuant à sourire de façon amusée, un peu triste, mais toujours savamment séductrice, elle m'a fait signe de revenir.

« Non… Attendez un peu. Ils vont nous dire si je me suis cassé ou démis quelque chose. »

J'ai fait mine de n'attacher aucune importance à tout ce qui venait de se passer entre nous. Je me suis durci et assombri pour me prémunir contre tant de charme. Elle a encore dit, mais en baissant délicieusement la tête : « Pardonnez-moi. Je vous en prie. En ce moment, dans certaines situations, je ne sais pas très bien ce que je dois faire. Là-bas, tout était très différent. Depuis mon retour, je n'arrive plus à me comporter avec… disons avec naturel. Vous comprenez ? »

Je n'avais aucune envie de comprendre. Il n'y avait sans doute rien à comprendre. Tout m'apparaissait dans un grand flou cotonneux. Je lui ai donc à nouveau tourné le dos et je m'en suis allé, tandis qu'en sens inverse secouristes et pompiers transportaient en courant plusieurs blessés sur des brancards.

Rompu de fatigue, incapable d'adresser la parole à qui que ce soit, incapable d'aller où que ce soit, j'ai erré un moment sur le parking de l'hôpital, me faufilant entre des voitures vides dont je tapotais la carrosserie comme pour m'assurer qu'elles étaient bien réelles. Pas la moindre envie de retrouver ma propre voiture, caisse perdue au milieu de toutes ces caisses parallèles. Tout ce qui m'arrivait depuis mon séjour en Ardèche, et même depuis ma fuite de l'aéroport m'apparaissait comme un bloc de petits faits absurdes. L'idée même d'une suite n'avait plus aucun sens.

« À suivre… » deux petits mots magiques que j'aimais tellement lire, enfant, au bas des pages des magazines de bandes dessinées. J'avais alors la certitude que si les aventures de mes héros s'arrêtaient net, en plein suspense, en plein danger, en plein mystère, jusqu'au jeudi suivant, la coupure n'était que provisoire puisque tout avait été préétabli par le scénariste et le dessinateur. Au bout d'une semaine, il y aurait à nouveau de l'action, des hasards, des rebondissements et des coups de théâtre, jusqu'à un dénouement, jusqu'au non moins magique petit mot « Fin ».

Combien de fois, au cours de mes voyages à l'étranger, dans la solitude d'une chambre d'hôtel, ressemblant à n'importe quelle chambre précédente ou prochaine (de même que chaque aéroport ressemble à n'importe quel autre aéroport), avais-je été effleuré par l'idée que la croyance en une suite résulte d'un mélange de naïveté, de bêtise ou d'angoisse, alors que tout peut se réduire à la présence lourde d'un corps assis au bord d'un lit, dans le silence, le ronflement du climatiseur ou le bourdonnement coloré du téléviseur, sans envies, sans perspectives, sans lendemains, sans espoir. Un corps à l'abandon, avec sa mémoire fripée et sa fatigue. Un reflet de chair blanchâtre dans le miroir, une bouche qui avale sa salive, des pieds nus qui froissent par ennui les pages d'un journal qui traîne sur la moquette. Mais pas de « suite » ! Tout au moins, pas de suite réelle. Suite des affaires, suite de l'entreprise, suite de l'existence. Continuer ? Une illusion par excellence. Les projets, les rendez-vous importants du lendemain comme les images tremblantes d'un rêve dont il ne subsisterait plus tard que quelques visions surexposées et peut-être un ou deux mots flottant sur du non-sens.

Soudain, sur le parking, une voiture a démarré près de moi sans que j'aie vu monter un conducteur. À la place qu'elle occupait, un rectangle boueux. J'ai frissonné. De froid. De faim. De malaise. Au fond de la poche où j'enfouissais ma main, j'ai manipulé nerveusement mon petit téléphone portable qui a émis des tintements signalant plusieurs messages.

Debout, seul, au milieu de la case vide, j'ai écouté distraitement les voix. Au bureau, le désarroi de nos secrétaires allait croissant. Leur instinct professionnel leur faisait pressentir la catastrophe imminente de notre entreprise pourtant objectivement florissante. Fragilité originelle de la marque « T. & W. ».

« Monsieur Travenne, en votre absence, nous faisons tout ce que nous pouvons pour...

Mais… » Le nombre des appels était important. Je les supprimais au fur et à mesure, sans aller jusqu'au bout. J'ai tout de même pris le temps d'écouter une bonne partie d'un des fameux monologues de ma mère. Une de ses méditations lointaines mais toujours tonique, qui ne m'était que très partiellement destinée. Cette fois, elle éprouvait le besoin d'évoquer une jeune femme de sa connaissance, petite-fille d'une de ses amies venue lui rendre visite. Désireuse de revenir sur leur conversation, elle avait composé mécaniquement mon numéro. Sans doute parlait-elle en s'occupant à autre chose car certaines bribes m'échappaient. « … venue me voir, très gentiment… J'étais très touchée… Toujours mignonne. Charmante. Tu sais qu'elle n'a toujours pas d'enfant ? Elle prétend qu'elle n'en veut pas… Elle a trente-sept ans ! Un âge décisif pour une femme. Tu te rends compte ? Tu me diras ne pas vouloir d'enfant, c'est presque normal. Surtout actuellement. Pourtant, la femme, un jour, sans savoir pourquoi, s'aperçoit qu'elle a cessé de ne plus vouloir être mère. Alors, quand tout va bien, elle fait ce qu'il faut. Et l'enfant arrive. Interroge-toi, ma petite, je lui ai dit ! Regarde en toi. Peut-être que tu as cessé d'être dans ce refus. Réfléchis. Sinon, plus tard, tu regretteras. Une femme qui n'a pas eu d'enfant, il arrive toujours un moment où elle a le sentiment d'avoir manqué quelque chose… »

L'exaltation avec laquelle ma mère vantait la maternité contrastait avec mon malaise. Pour elle, l'idée de suite était une évidence. Les enfants après les parents. La vie après la mort. Et, toujours, elle pensait à la vie après sa vie à elle. « Je ne prétends pas qu'avec un enfant on soit moins seule… Au contraire ! Quand une femme a mis un enfant au monde, qu'il soit tout petit, ou qu'il soit "devenu grand", elle entre dans une autre solitude terrible. Une solitude faite de jubilation et d'inquiétude. Il n'y a pas de mots pour ça ! Un mélange de bonheur et de détresse. Une fierté immense, idiote. Un sentiment de la fragilité des êtres. Un souci qui peut la rendre folle et dont elle ne parle pas. Tout en sachant que les autres mères ont ça aussi dans le ventre. Les femmes qui n'ont pas eu d'enfant ne connaissent que la solitude solitaire. La même que les hommes. Pas cette solitude terrible des mères. »

Après ce morceau de bravoure, ma mère a semblé se souvenir que c'était à moi qu'elle téléphonait. « Voilà, Marc, ce que je lui ai dit. Mais la pauvre petite, elle est toujours en train de courir ! Un métier trop prenant. Je ne sais pas ce qu'elle poursuit, mais elle court ! Comme toi ! Oui, toi aussi, mon grand, tu n'arrêtes pas de courir. Je ne te vois pas souvent… Maintenant, dans la grande vieillesse, je peux dire que ça me fait rire tous ces gens qui courent. La poursuite infernale ! Il y en a des presque aussi vieux que moi qui courent encore. La mort aux trousses ! Je les regarde. Je vous regarde tous. Oui, ça me fait rire. Il y a les "poursuivants" pleins de désir ou d'illusion, et les "poursuivis", crevés de peur. Tous coureurs ! »

Posé comme un pion sur le grand échiquier délabré, j'ai encore écouté un moment cette leçon de sagesse à bon marché. Ma mère riait de bon cœur cette fois. Un petit rire en cascade, d'abord cristallin, puis plus rauque. Elle a encore évoqué celle qu'elle appelait la « blême poursuivante ». « La seule poursuivante sérieuse, tu sais ! Tenace, patiente, maligne, musclée, dopée. Bref, increvable. Elle sait qu'elle te rattrapera de toute façon. Alors elle peut choisir son moment. Moi, depuis de nombreuses années, j'ai cessé de courir. Apparemment, elle aussi ! Nous reprenons notre souffle. Nous nous observons. Je l'attends. Je ne bouge plus. Trop mal aux jambes. »

En enfouissant le téléphone dans ma poche, je n'ai pu m'empêcher de regarder autour de moi comme si j'allais apercevoir, à quelques mètres, la Mort en short et en baskets, sautillant sur place, prête à reprendre la course. Fin de journée très sombre, très humide. L'hôpital comme un bloc obscur troué de lueurs jaunes ou bleues. J'ai songé à ma folle matinée de « poursuivant ». Vitesse. Routes et sentiers. J'ai songé à celle dont je ne savais si elle se prénommait Élisabeth ou Marion, avec sa cape trempée et ses chaussures boueuses de « poursuivie ».

Finalement, je me suis écroulé sur le siège de ma voiture et me suis endormi. Un drôle de rêve : j'étais sur le tarmac d'un aéroport aux dimensions d'un désert. Près de moi, il y avait un entassement de valises, de malles. Des bagagistes s'en emparaient de façon extrêmement brutale, les jetaient sur des chariots puis dans des soutes d'avions où elles s'écrasaient les unes sur les autres comme des corps dans une fosse commune. Je souffrais pour tous ces bagages maltraités. « Les malheureux ! pensais-je. Les malheureux ! » Car j'étais seul à connaître le secret. Seul à savoir que tous ces contenants, tous ces sacs et valises inertes appartenaient à une espèce particulière de crustacés. À l'intérieur, il y avait de la chair, de la vie, des secrets, du parfum, du linge, de la soie, des pages de romans ou de carnets intimes, mais surtout la vieille souffrance opaque des homards, des crabes, des langoustes, qu'on manipule comme des emballages avant de les jeter dans l'eau bouillante où s'agitent désespérément leurs pinces et leurs antennes. « Les malheureux ! me lamentais-je sans pouvoir remuer, je suis seul à connaître leur secret puisque c'est moi qui les mets au monde... »

Cauchemar ! Je me suis réveillé en sursaut : quelqu'un frappait avec vigueur contre ma vitre. Je me suis redressé. J'ai effacé la buée avec mon poing. J'ai vu une tête d'ange. C'était une infirmière grelottant dans la blouse blanche qu'elle portait à même la peau qui se penchait vers moi avec un sourire timide : « Vous êtes monsieur Travenne ? Mme Keller, la dame que vous avez accompagnée, m'envoie vous chercher. Ils l'ont plâtrée. Ils ne la gardent pas. Je crois qu'elle a besoin de vous... C'est elle qui m'a dit où était votre voiture... »

Sous le choc, à peine sorti de mon rêve, émerveillé de pouvoir remuer, répondre, marcher, j'ai suivi la jeune infirmière. Dans le service d'orthopédie, Marion Keller, puisqu'il faut bien la nommer d'une façon ou d'une autre, m'attendait dans un minuscule réduit où s'entassaient des dossiers médicaux. La lumière qui tombait d'un tube de néon rendait cette femme livide. J'ai tout de suite remarqué la lueur d'inquiétude dans ses yeux. Elle m'a prié de fermer la porte. Cette fois, elle avait une voix douce de petite fille punie. Dans l'ascenseur j'avais eu le temps de sentir monter en moi quelque chose comme de l'indignation mais, au moment où j'ouvrais la bouche pour lui demander comment elle avait pu se douter que je n'étais pas parti, elle a murmuré : «Je sens ces choses-là. J'ai connu des hommes dans votre genre. J'étais certaine que vous seriez là... » Et, comme j'allais m'étonner de la retrouver dans un endroit aussi exigu, elle m'a encore dit, à voix basse : «J'ai demandé à vous attendre ici. Il m'avait semblé voir des types bizarres rôder dans le service. Enfin, je me trompe peut-être. J'ai passé des années à me méfier de tout le monde. Voyez, on m'a mis un beau plâtre. Ce sont les os du pied... Cassés ou fissurés. De petits os compliqués, paraît-il. Il faut attendre qu'ils se ressoudent. Rien d'autre à faire. Et puis, il paraît que je me suis aussi déchiré des ligaments. C'est ce qui me faisait tellement souffrir. »

En plus du plâtre, on lui avait enserré la jambe dans une longue attelle d'épaisse toile bleue mais Marion, s'aidant de béquilles toutes neuves qu'elle maniait avec une étonnante aisance, était déjà prête à partir.

« Oui, vous pouvez l'emmener, m'a dit une doctoresse passant rapidement la tête par la porte. Elle ne doit pas poser le pied par terre avant deux ou trois semaines. Elle doit aussi se reposer. Elle est épuisée. Il faudra refaire une radio la semaine prochaine. »

Donc « à suivre... » ! J'ai bien vu que cette femme paradoxale comptait à présent sur mon aide. Qu'elle disposait encore de réserves de charme et d'énergie. Sur une seule patte et deux béquilles, elle s'est mise à avancer incroyablement vite à travers les couloirs, en regardant autour d'elle avec méfiance. J'ai dû insister pour porter son sac. Quand je lui ai demandé si elle ne souhaitait pas prévenir quelqu'un afin qu'on vienne l'aider ou qu'on la ramène chez elle, elle m'a fait comprendre qu'actuellement elle n'avait pour ainsi dire pas de « chez-elle », et qu'elle ne se sentait pas encore la force ni le courage de prévenir l'homme dont elle m'avait parlé (« À moins qu'il ne sache déjà, évidemment, comme il sait tout... » a-t-elle ajouté pour elle seule). Elle souhaitait seulement s'allonger quelque part, attendre, mais surtout réfléchir, et pour l'instant, si je le lui permettais, la banquette de ma voiture lui suffisait.

Une fois dehors, j'ai appelé Jacqueline, la secrétaire qui avait l'habitude d'organiser mes voyages. Elle a émis un petit « Ah ! » de surprise. « C'est vous ? » Je lui ai laissé croire que je travaillais, à ma façon. Puis je lui ai indiqué où je me trouvais et lui ai demandé de chercher le meilleur hôtel de la région et de m'y retenir deux chambres pour le soir même.

Quelques minutes plus tard, elle me rappelait. Tout était arrangé. Un « Relais et châteaux » au milieu d'un parc à quelques kilomètres. C'est ainsi qu'à la tombée de la nuit je me suis retrouvé en train d'installer une inconnue claudicante dans un décor beaucoup plus luxueux que le gîte où je l'avais rencontrée, valide, quelques jours plus tôt.

12

Contre toute attente, j'avais donc retrouvé la randonneuse, et puis je l'avais vue courir et tomber de façon inexplicable. Et cette situation nouvelle complètement imprévue réveillait mon désir d'en savoir plus. Cette fois, elle allait me livrer un peu de son histoire.

Je l'ai invitée à s'allonger sur le lit, elle avait besoin de repos. Les calmants qu'on lui avait donnés à l'hôpital semblaient l'avoir assommée. Pendant que j'avais roulé vers l'hôtel, elle n'avait absolument rien dit. Pas un mot non plus lorsqu'elle avait pénétré dans la confortable suite.

J'ai regagné ma chambre, qui n'était séparée de la sienne que par un petit salon privé. Sur une table basse, entre de profonds fauteuils, une bouteille de champagne dans un seau à glace et un bouquet d'iris nous souhaitaient silencieusement la bienvenue. J'ai trouvé la force de faire sauter le bouchon. J'avais soif. J'ai rempli les coupes. La mousse a débordé puis coulé sur le sol. J'ai crié

« Champagne ? » en direction de la porte restée entrouverte. Silence... J'ai bu seul. Les deux coupes. D'un trait.

Avant de me précipiter sous une douche j'ai téléphoné à la réception pour demander qu'on nous monte un repas complet et deux bouteilles de vin. Sous les jets d'eau brûlante, j'ai essayé de réfléchir à ce qui était en train de se passer. Tous ces jours glacés au cours desquels je n'avais fait que marcher sans but dans la solitude ardéchoise, j'avais attendu confusément qu'il se produise quelque chose. Ce qui venait d'avoir lieu se dérobait à toutes les explications. Aussi bien mon absurde fascination pour une femme de passage que ma tentative quasi hypnotique de la rattraper ou que l'incroyable hasard qui m'avait fait la retrouver.

Les précieuses questions qui partout m'accompagnent pointaient aussi leur museau de rongeuses. Comment atteindre le « noyau d'énigme » ?... accueillir une histoire errante ?

Je suis allé rejoindre Marion que j'imaginais affamée. Je l'ai trouvée assise au bord du lit. Dès qu'elle m'a aperçu dans l'encadrement de la porte, elle a tressailli, gênée que je la surprenne au téléphone. Elle a encore prononcé quelques mots à voix très basse masquant sa bouche avec sa main. Puis elle a raccroché. Je n'ai fait aucun commentaire.

Elle était nue sous un peignoir d'éponge blanche qui faisait ressortir le hâle soyeux de ses cuisses. Elle était parvenue à se déshabiller toute seule, à prendre, elle aussi, une douche bienfaisante sans mouiller son plâtre qui lui faisait un pied monstrueux. Encore trempés, ses cheveux tellement courts, qui n'avaient plus aucun éclat doré, lui faisaient un sombre bonnet. Mais son visage n'en apparaissait que plus fin et régulier.

J'ai demandé au maître d'hôtel qui arrivait d'installer près du lit la table roulante sur laquelle notre repas était servi. Mon invitée pourrait ainsi manger « à la romaine ». Je nous ai tout de suite servi deux verres de bourgogne que j'ai feint de lever à notre rencontre. J'ai approché un fauteuil.

Elle a vidé son verre avec un plaisir manifeste puis m'a souri avec ce que j'ai voulu prendre pour de la gratitude. Elle a mangé presque goulûment.

Quand je lui ai proposé de la laisser dormir, elle m'a souri à nouveau, de façon narquoise cette fois, avec un brin de commisération. Mais, se ravisant, elle a pris un petit air contrit pour m'assurer que non, que ça allait, elle n'avait pas besoin de toutes ces prévenances, elle en avait vu d'autres, elle avait traversé des épreuves bien plus dures, elle pouvait supporter la douleur et surtout le manque de sommeil. Elle a ajouté que, quand il le fallait, elle pouvait rester très longtemps sans dormir.

Je l'ai félicitée ironiquement. J'avais envie de déclarer que l'armée avait fait d'elle « un homme, un vrai » !

« Dans ce cas, ai-je ajouté, nous allons enfin

pouvoir nous raconter comment nos trajectoires se sont croisées. Pour l'originalité, je sens que vous allez me battre à plate couture… »

Je lui ai confié que je n'étais qu'un petit entrepreneur en cavale, un type qui avait récemment cherché à être seul, dans un coin perdu, et qui se demandait si quelque chose pouvait encore lui arriver. Tout en mangeant elle m'écoutait, puis elle a ri de façon un peu triste et ses yeux se sont perdus dans le vague.

Comme si elle jetait très loin, dans les profondeurs de sa mémoire, un filet qu'elle allait péniblement ramener, elle m'a expliqué qu'elle s'était engagée très jeune dans l'armée, mais que jamais, au grand jamais, elle ne se serait attendue à tout ce qui lui était arrivé depuis. Des choses qu'elle ne pourrait sans doute jamais raconter à personne. Des choses incroyables et terribles qu'elle n'était toujours pas capable de regarder en face.

Si elle avait accepté, récemment, de faire cette marche absurde, c'était afin de disposer du temps et de la solitude qui seuls lui permettraient de comprendre. Mais, de paysage en paysage, de gîte en gîte, elle avait eu l'impression que dix ans de sa vie s'écoulaient d'elle, comme du sable ou comme du sang, sans qu'elle parvienne jamais à y voir clair. C'était un peu, m'a-t-elle dit, comme les souvenirs d'une autre, des visions lointaines. Des drames relatés dans un magazine. Des horreurs racontées dans une langue étrangère. Des clichés. Des photos choquantes. Un film saccadé. « Mais pas moi ! J'ai l'impression que ce n'est pas moi, pas moi qui ai vécu tout ça, pas moi », a-t-elle répété avec un léger tremblement dans la voix. Elle a réfléchi, a encore évoqué une lumière qui se serait perdue, ou doucement éteinte.

« C'est dans cette lumière, unique au monde, que tout s'est déroulé. Une lumière que je ne revois qu'en rêve... »

Je l'ai regardée. Elle fouillait des yeux l'obscurité de la chambre comme si elle cherchait une lueur. Puis elle s'est ressaisie : « De toute façon, je n'ai pas le droit d'en dire plus ! Après tout, c'est peut-être ça qui m'empêche de me souvenir. Surtout de comprendre. Vous voyez, rien de très original. Et même cet accident idiot, ce pied cassé, ces ligaments déchirés, je ne parviens pas à y croire. Il va falloir que tout s'arrange. Vite. Que je marche à nouveau. »

Toujours ce courage très touchant d'animal prêt à se défendre. J'ai vu aussi son désarroi. Pour rompre le silence qui s'installait à nouveau entre nous, j'ai demandé :

« À propos... vous êtes-vous décidée à prévenir l'homme qui vous fait marcher ? Le spécialiste de la Diagonale du vide. Le mystérieux amateur de territoires à l'abandon ? Vu l'état de votre jambe, ça va être à lui de terminer la folle randonnée, non ?

— Vous vous souvenez du fauteuil dans lequel vous m'avez gentiment poussée, à l'hôpital ? Eh bien, à l'heure qu'il est, l'homme dont vous me parlez est prisonnier d'un fauteuil, exactement pareil. Mais lui, c'est pour le restant de ses jours ! »

Sans réagir, j'ai attendu qu'elle me donne des précisions, des détails. Ses seins palpitaient très fort dans l'échancrure du peignoir. Je sentais poindre chez elle une vive émotion qu'elle ne pourrait sans doute atténuer qu'en parlant davantage.

« Oui... Une balle dans le dos. Colonne vertébrale sectionnée. Tétraplégie. Tout son corps est comme mort. »

Visiblement le souvenir d'une scène terrible la bouleversait. Ses lèvres remuaient comme pour balbutier quelque chose mais aucun son ne sortait, ou alors, peut-être le mot « malheur ». Elle a plaqué ses mains sur son visage.

À cet instant, il m'a semblé entendre, venu de très loin dans mon passé, un petit bout de phrase : « C'est pas le malheur qui manque... Pas le malheur qui... » « Chacun, chaque nuit, tout seul dans sa boîte à malheurs... »

Je n'avais pas la moindre idée des circonstances dans lesquelles cet homme s'était fait tirer dessus. Ni du rôle que cette femme avait joué. Sur quel théâtre d'opérations ? Dans quelle région du monde ? Mais j'ai pensé que nous avancions — ou plutôt qu'elle m'entraînait... — sur une sorte de ligne de partage des douleurs et que, au cours de la nuit qui avançait, nous allions glisser, inexorablement, sur une pente dramatique.

Alors, provocateur, moi aussi : « S'il est militaire

de carrière, comme vous, on peut dire que ce sont les risques du métier, non ? »

Furieuse, elle s'est tournée vers moi : « Ne plaisantez pas. J'étais avec lui. C'est à cause de moi que ces hommes, armés jusqu'aux dents, sont devenus fous. À cause de moi qu'ils ont ouvert le feu. Je suis responsable ! Je ne sais pas. Je ne sais plus. Il a failli mourir. Il n'a jamais voulu que nous reparlions de ce jour-là. C'est un cauchemar trop compliqué, trop embrouillé. Je ne peux pas croire que nous ayons pu faire ce que nous avons fait… »

Puis, devenue gravement songeuse : « Que va-t-il devenir ? a-t-elle ajouté. C'est un homme d'action. J'ai peur que ça le rende fou ! Ou alors encore plus dur. Avec lui-même surtout… »

Le fait de parler de cet homme la troublait, une fois de plus. Elle était allongée sur le lit. Elle a rabattu les pans du peignoir sur ses cuisses. Resserré le col autour de son cou comme si elle avait froid. Croisé les bras. Il ne restait plus que la moitié de la deuxième bouteille de bourgogne. J'ai repoussé la table roulante, j'ai déplacé mon fauteuil pour être plus près d'elle. Alors, avec mille précautions, je l'ai questionnée sans insistance, pour savoir qui était cet homme pour elle.

« C'est d'abord à lui que je dois d'être devenue militaire, vous savez… Je l'admirais avant même qu'il ne remarque que j'existais. Je suis née dans une famille nombreuse. Modeste. Mes trois frères aînés étaient dans l'armée. C'est par eux que j'ai connu Francis. Ils parlaient de lui très souvent. Il était leur chef. Leur commandant. Il lui arrivait de passer les voir à la maison. Moi, j'écoutais tout ce qu'ils racontaient. Cette vie physique, rude. Je faisais énormément de sport. Un jour, alors que je me tenais discrètement dans mon coin, le commandant a braqué sur moi un regard vif, autoritaire, mais chaleureux. Un regard qui m'a transpercée. Qui m'a donné la chair de poule. Je venais d'avoir dix-huit ans. Il m'a déclaré fermement : "Une fille aussi, je veux dire une fille comme toi, peut faire un très bon soldat !" J'étais écarlate. Je ne fréquentais que des garçons assez jeunes. Quand ils me disaient qu'ils me trouvaient belle, qu'ils me désiraient, ça me faisait rire. C'était la première fois qu'un homme produisait sur moi un effet pareil.

« Francis — enfin, à l'époque, je ne l'appelais pas Francis, mais "commandant", — m'a encore affirmé : "Je suis sérieux, tu sais : si tu veux, on en reparle." Mes frères fronçaient les sourcils. Quelque chose de merveilleux était en train de m'arriver. Ma vie basculait. J'étais fière. Bouleversée. Heureuse comme une petite fille. Excitée comme une femme. J'ai voulu le revoir. Lui parler. Il n'a pas eu de mal à me convaincre. L'impression d'être un tout petit corps lisse et frémissant entre des mains impitoyables. Le commandant me tenait. Il me fascinait. Il pourrait faire de moi ce qu'il voudrait !

« M'engager dans l'armée, c'était comme me donner à lui ! Vous ne pouvez pas comprendre… Grâce à lui, je me suis enfin sentie une femme. Et bizarrement parce qu'il considérait que je pouvais appartenir à cet univers de mâles, manier des armes, me battre. Dites-vous qu'une femme soldat, c'est une femme comme les autres, mais dans un milieu que les autres femmes ignorent. L'armée de terre. Les fantassins. Je suis montée très vite en grade. Francis veillait sur moi. Je voulais surtout qu'il m'admire. Je l'ai aimé éperdument. Pourtant il était dur, déjà très dur. Souvent taciturne. Bientôt, j'ai appris qu'il n'était pas seulement officier mais qu'il se livrait à de mystérieuses activités. Toujours pour l'armée, mais de façon plus secrète. Je devais ne jamais lui poser de questions. Il partait. Des missions lointaines. Je l'attendais. J'étais heureuse de le retrouver. Tout ce que je désirais, c'était qu'il me revienne vivant. Moi aussi, j'étais envoyée en opérations avec mon bataillon. Des opérations extérieures. Le Rwanda, le Tchad. Mais c'était la routine. Le « maintien de la paix », comme disent les communiqués officiels. La paix, on ne la voyait jamais. Des positions qu'il fallait tenir entre des troupes soutenues par la France et des rebelles. Presque sans jamais combattre… Ou alors des accrochages. Parfois mortels pour nos hommes. J'aimais cette vie. Malheureusement, Francis et moi étions de moins en moins ensemble. Toujours, je pensais à lui. Partout, je me comportais comme s'il me regardait, comme si son tout premier regard était encore braqué sur moi. »

Marion s'est interrompue un moment. Elle avait le regard perdu dans un lointain intérieur, apparemment en butte à des sentiments ambivalents, car elle a d'abord souri doucement puis s'est rembrunie, mais elle a repris son récit.

« Un jour, Francis m'a demandé si je voulais participer à des missions un peu spéciales. Il avait la possibilité, disait-il, de me faire détacher dans certains services qui dépendaient directement de ce qu'il appelait "les plus hautes sphères de l'État". Je crois que je ne l'ai jamais aimé aussi follement que ce jour-là. Je me foutais complètement de ce que pouvaient exiger d'une fille comme moi "les plus hautes sphères de l'État". Je ne me doutais pas du tout de ce qui m'attendait, mais j'ai dit oui, oui, et encore oui ! Oui, pour qu'il m'emmène avec lui. Oui, pour lui montrer tout ce que je pouvais encore accomplir pour lui. Même mourir... Bien sûr, mourir, je l'aimais tant. Alors, j'ai reçu une formation encore plus poussée. On m'a entraînée à la "nage de combat". Au saut en parachute. À manier des explosifs. À posséder toutes les techniques de survie en milieu hostile. En plus d'une formation, disons, psychologique. J'ai dû m'engager, solennellement, à ne jamais rien divulguer. À personne. Jamais. Même à ma propre mère ! De toute façon, avec le temps, Francis était devenu ma seule famille.

« La discipline ne m'a jamais coûté le moindre effort, au contraire ! Pour moi, obéir aux ordres, c'était lui obéir à lui. D'ailleurs, le plus souvent, c'était lui mon chef de mission. L'obéissance, l'amour : pour moi, presque la même chose. J'étais comme une petite chienne heureuse.

Chienne de chasse aussi ! Ensemble, nous sommes allés partout. En Afrique, bien sûr. Dans les Balkans. Une fois, dans le Pacifique… Parfois, sous de fausses identités, nous étions mari et femme. Parfois, j'étais sa collaboratrice. Sous un autre nom encore. Tout était faux, complètement faux : nos professions, nos activités. Mais pour moi tout était vrai, coloré, intense. Je devenais qui il voulait. J'étais avec lui. »

13

Marion Keller n'était plus adossée aux oreillers, la jambe sagement allongée, mais assise sur le lit, très agitée. J'ai tendu le bras, posé la main sur son épaule. Je lui ai fait comprendre que toute son histoire ne me laissait pas indifférent. Je ne croyais pas qu'elle mentait mais ce qu'elle racontait ne trouvait aucun écho dans mon expérience. Une histoire à jamais étrangère ou plus exactement interdite.

« Oui, interdite ! » ai-je répété. Et je lui ai expliqué qu'à présent, je craignais qu'elle ne m'en dise trop, qu'elle ne m'en ait déjà trop dit, puisque, si j'avais bien compris, il s'agissait de « services secrets », et puisqu'elle était « tenue » de garder tout cela pour elle. Alors, afin de lui éviter de futurs ennuis, je lui ai proposé qu'elle se taise. Qu'elle continue d'oublier. Que la lumière s'éteigne, et qu'après une pareille journée nous nous décidions à dormir.

Dès que je l'avais vue, j'avais désiré mieux la connaître, mais, finalement, j'en savais bien assez. Au fond, me suis-je dit, elle est désormais pour moi un personnage. Un être suffisamment romanesque pour que je puisse, plus tard, me laisser aller à d'intéressantes rêveries à son sujet. Que demander de plus ?

« Calmez-vous, lui ai-je recommandé avec douceur. Vous avez peut-être trop bu. J'aime les récits, mais je me méfie des confessions et plus encore des confidences. Gardez vos secrets. »

Elle a suffoqué d'indignation. Elle s'est retournée brusquement vers moi. « Garder le secret ? Garder le silence ? Mais vous ne comprenez donc pas ? Tout ça n'a plus aucune importance pour moi ! Je m'en fous, je m'en fous complètement ! Après ce qui est arrivé, là-bas, j'ai besoin de parler, de raconter tous ces secrets de pacotille, de déballer les dessous des minables stratégies en toc des "plus hautes sphères de l'État" ! Des missions pour rien, vous entendez ? Secrètes pour rien ! De vilaines machinations, imaginées dans des bureaux par des imbéciles qui n'ont pas la moindre idée du terrain ni de la mentalité du pays. Exécutées par des pantins comme Francis qui ne savent qu'obéir. Et qui finissent dans un fauteuil roulant, la moelle épinière bousillée par une balle de kalachnikov. Ou qui finissent, comme moi, égarés dans des coins sordides. Ou encore pire : allongée sur un plumard, en causant à un type comme vous. Je n'en peux plus !

« Et d'ailleurs, qui êtes-vous, un mouchard à leur service ? Je me trompe ? Car ils savent parfaitement dans les fameuses "hautes sphères", que je n'en peux plus. Que je déteste toute cette fausseté. Et lui aussi, dans son fauteuil roulant, il le sait que je n'en peux plus ! Que j'en ai trop vu.

« Ils ne me lâchent pas. Ils me font suivre. Surveiller. Des méthodes que je connais par cœur. Vous êtes content ? Vous allez pouvoir faire votre rapport ? Et lui, le commandant estropié, avec sa foutue discipline, et son idée de randonnée à travers la France, il souhaitait sans doute que je me calme, que je me rendorme. Il voulait tester ma soumission ! Mais je n'ai été une chienne que tant qu'il était lui-même un maître. Un mâle. Fort. Rusé. Savant. Audacieux. Redoutable. Mon chef ! Mon homme ! Ils ont fait de lui une loque sur roulettes ! Ça vous dit quelque chose ? »

J'ai remarqué qu'une fois encore elle faisait un grand effort pour se contenir. Au fond d'elle-même, quelque chose se rebellait, menaçait de jaillir ou d'exploser, mais de longues années de sévère discipline lui ont permis de retrouver son calme, presque instantanément. Elle a secoué tristement la tête, plus sereine.

« Aujourd'hui, je suis prête à tout dire ! Tout déballer comme on dit. Et ça m'est bien égal que vous soyez un espion ou… un idiot. Sachez seulement que j'ai vécu des choses insupportables. » Elle a soupiré profondément avant d'ajouter : « Des choses très belles aussi… Inoubliables. Car il y a cette lumière qui a éclairé ma vie, jusqu'à ces derniers temps, jusqu'à la catastrophe, et qui est en train de s'éteindre. Cette lumière que je voudrais tant retrouver. Ne serait-ce qu'un instant, comme on retrouve, parfois très tard, une clarté d'enfance. En parler à quelqu'un, c'est faire en sorte qu'un très faible souffle ranime une flamme. »

L'émotion singulière avec laquelle je l'entendais répéter le mot « lumière » m'émouvait. Lorsqu'elle articulait « lu... », ses lèvres faisaient un petit mouvement très séduisant en avant, esquisse d'un baiser dans le vide, puis elles prononçaient « mière » en un minuscule sourire sans destinataire. J'entendais « lumière » et quelque chose de très énigmatique s'éclairait.

J'étais sincère en lui demandant de se taire. Pourtant, je n'ai pas résisté à poser la question : « Quel genre de lumière ? Dites-moi... Où tout cela s'est-il passé ? »

Au bout d'une très longue minute, elle a répondu : « Je vais vous dire... En Afghanistan ! C'était en Afghanistan. C'est là-bas qu'il y a la plus belle lumière du monde. Et c'est dans cette lumière que tout a eu lieu. Que le pire a eu lieu. Vous savez, l'armée m'a envoyée dans toutes sortes de pays mais, nulle part, je n'ai baigné dans une lumière aussi... comment dire ?... miraculeuse. L'Afghanistan ! Je ne peux plus prononcer le nom de ce pays sans trembler. Quoi qu'il puisse m'arriver à l'avenir, j'ai ce pays dans la chair. Pour toujours. » Son corps a été parcouru par un frisson.

Le mot « Afghanistan » n'a suscité, en moi, qu'un déferlement de clichés et d'idées toutes faites : la guerre, bien sûr, les guerres successives, les bombardements sur les villes, la riposte presque surréaliste aux terribles attentats de New York, la prise de Kaboul par l'Alliance du Nord, après des années de brutale occupation soviétique, l'abominable régime religieux des talibans, et la résistance des moudjahidin. Bref, une terre de souffrance, un coin de planète désespérément martyrisé dont, malgré moi, m'arrivaient des images presque trop belles d'hommes lourdement armés, au visage buriné, coiffés de turbans ou du fameux pakol de feutre, et de femmes humiliées sous leurs grillages. Qu'est-ce que cette passante hivernale à présent allongée pouvait bien être allée manigancer, ces dernières années, dans une région du monde aussi dangereuse ? À nouveau, ma curiosité était à son comble.

La nuit avançait. Nous avions beaucoup bu. Elle, beaucoup fumé. Je la sentais déchirée entre le respect du secret militaire et un violent désir de dynamiter le barrage de ses souvenirs. C'est autour de minuit que l'explosion a eu lieu, libérant un flux de paroles torrentueuses et désordonnées. Marion s'est donc mise à parler sans que jamais son regard ne croise le mien, et sans me laisser la possibilité de l'interrompre. Ses paroles transmuaient la pénombre en pure lumière afghane. J'avais l'impression de me trouver sur une rive, accroché à quelque rameau fragile de ma propre vie, bien pauvre et banale comparée à tout ce que cette femme évoquait dans un débordement de mots qui menaçait de m'emporter.

Petit à petit, j'ai cru comprendre que Marion

Keller et son acolyte étaient entrés clandestinement en Afghanistan, environ deux ou trois ans plus tôt, en passant par le Pakistan, pendant la grande terreur que les talibans faisaient encore régner. Je ne suis pas sûr que les choses aient été exactement formulées en ces termes, mais voilà à peu près l'histoire qui s'est projetée comme un film très lent et sans fin. Ma jolie soldate et son énigmatique commandant ou amant étaient apparemment des agents des « services spéciaux » français, habitués au danger et aux situations difficiles, et chargés d'une mission dont il valait mieux que je ne sache rien. Sans que j'aie la moindre idée de ces aventures secrètes, les mots de cette femme ont fait apparaître des paysages, sur l'écran de mon imagination.

« Les montagnes afghanes, a-t-elle murmuré. Des montagnes, comme ceux qui ne sont jamais allés là-bas ne peuvent en imaginer. Plus massives et imposantes que partout ailleurs dans le monde, vous savez ! Des blocs énormes, pelés et gris, des murailles monstrueuses et désertes, avec leurs arêtes qui déchirent le ciel, comme si l'homme n'était pas encore apparu sur la terre, et des cols à trois mille mètres d'altitude qu'on n'atteindra jamais tant sont étroits les chemins qui longent les ravins au fond desquels gisent des squelettes d'ânes, de chèvres, de chevaux qu'un faux pas a précipités dans le vide. Et toute cette neige éternelle, sur les sommets, ces barres de blancheur !

« Et ces mêmes montagnes, en avril, qui se couvrent en quelques jours d'un fin duvet vert cru, de taches blanches, de fleurs sauvages tandis que les torrents couleur d'émeraude se précipitent vers la plaine pour devenir de belles rivières qui s'élargissent en décrivant d'amples courbes à travers les champs. Leurs eaux glacées courent à grand fracas sur les pierres de leur lit. Elles traversent ces villages presque invisibles tant les cubes de terre des maisons se confondent avec le sol. Des villages tassés sur eux-mêmes dans l'air vif, ou subissant les assauts du vent qui passe sur les mottes friables avec un rêche raclement. C'est l'Afghanistan, répétait-elle, l'Afghanistan.

« Mais là-bas après chaque journée étouffante il y a ce que j'appelle la récompense du soir, ce moment de pure clarté afghane, lorsque les choses semblent posées dans la transparence et comme nimbées par un poudroiement doré, une pluie de particules d'or, poussière ou pollen autour des corps, tandis que les ombres des maisons, des hommes et des bêtes, ombres épaisses et brunes comme du feutre, s'allongent démesurément sur le sol encore brûlant jusqu'à ce que le soleil disparaisse et que le poudroiement ne soit plus qu'une nuée lasse et soudain cendreuse, soulevée par les sabots des bêtes qui ne bougent presque plus dans la nuit qui tombe, ou par les pneus d'un de ces majestueux camions afghans, qui surgit tout à coup, surchargé, avec des images naïves, souvent drôles, peinturlurées partout sur son capot et ses portières. »

J'écoutais. Je voyais. Après le mot « lumière »,

c'était à présent le mot « poudroiement » qui résonnait dans l'espace de la chambre, me faisant halluciner ces régions lointaines, plus somptueuses d'être ainsi évoquées que si je les avais parcourues moi-même. Poudroiement d'or. Poudroiement de cendres. Et le « rêche raclement du vent »...

Ma compagne a repris un peu sa respiration et a murmuré sur un ton légèrement différent de celui de ses évocations : « C'est étonnant... À l'instant, ici, cette nuit, avec vous, en France, je revois pour la première fois, oui, je commence à revoir ce que je ne parvenais pas à retrouver depuis mon triste retour. Pourtant, en marchant sur les petites routes de l'Ardèche, je faisais beaucoup d'efforts pour repenser à l'Afghanistan mais, avec la pluie et le dégoût, tout se muait en une pâte grise et froide. Comme si je n'étais jamais allée là-bas. Comme si même le passé récent se dissolvait dans cette pâte. »

D'autres mots apparaissaient, d'autres visions, d'autres intuitions.

« Car comment comprendre, demandait la femme, semblant se parler à elle-même, comment admettre que dans une telle sérénité, une paix presque inhumaine faite d'un excès d'immobilité ou d'éternité, éclate, depuis si longtemps, la violence la plus extrême ? Car des hommes surgissent dans ces paysages. Leur silhouette incongrue se découpe soudain sur le sol beige et craquelé. Ils vivent là depuis des siècles, écrasés par la matière, par le ciel et par Dieu tout en proclamant spontanément, dans leurs gestes, une espèce de liberté simple et sèche comme un coup de fouet. Une liberté immédiate et cruelle.

« Car les hommes de ce pays, quelles que soient leur ethnie, leur langue, leur croyance, se ressemblent étrangement. Ils se sont faits à l'extrême rudesse des grands espaces. Ils se sont imprégnés de lenteur et de violence, susceptibles à tout moment de leur faire substituer aux lois les plus douces de l'hospitalité un geste fatal et meurtrier, habitués qu'ils sont au sang, au danger, à la cruauté, aux armes et aux guerres qui jamais n'en finissent.

« Oui, ils sont habitués aux guerres incessantes, répétait ma compagne. Dès les premiers jours en Afghanistan, plus nous avancions dans le pays, Francis et moi, plus nous constations que partout où des gens avaient construit, planté, cultivé, vécu avec leur famille et leur bétail, il n'y avait plus qu'amas de ruines, routes bombardées et parcourues de hordes de réfugiés faméliques, canaux d'irrigation transformés en saignées d'eaux stagnantes. Partout, partout cette présence de la mort. Partout des traces de destruction et de ravages. »

Selon Marion, tout ce qui n'avait pas été brisé ou brûlé quelques années plus tôt par les Russes l'était par les talibans. Car les Russes avaient bombardé de façon abominable même de tout petits villages perdus.

« Ce que j'ai découvert, m'a-t-elle expliqué, c'est que c'est toujours dans les lieux propices à des instants de pure douceur que s'accumule la possibilité du désastre. Et c'est au milieu de ce désastre que je me suis acquittée, avec une impeccable discipline, de tâches auxquelles je ne comprenais rien ! Jusqu'à la fin. Jusqu'à l'horreur finale. Sans que je puisse savoir si j'avais apporté cette horreur avec moi, si cette horreur était en moi, ou si elle n'était qu'un effet du désastre. »

J'ai deviné qu'une des premières missions secrètes de ce couple étrange avait été, si l'on peut dire, une mission archéologique. Une tâche qui avait, dans un premier temps, enthousiasmé Marion Keller. Elle a fait clairement allusion au pillage de milliers d'œuvres d'art que dix ans de combats et de désordres avaient permis dans ce malheureux pays. Principalement au musée de Kaboul, mais aussi sur les sites de fouilles.

« Un trafic d'une ampleur inouïe, vous ne pouvez pas imaginer ! Des trafiquants du monde entier étaient accourus et des réseaux d'écoulement et de vente de tous ces trésors avaient été mis en place. D'abord par les Russes et par toutes sortes de bandits locaux, puis par les talibans eux-mêmes. »

Partout dans le monde, de riches collectionneurs cherchaient à se procurer des objets provenant d'une région culturellement extraordinaire puisqu'elle se situait à l'un des plus grands carrefours de civilisations : la Grèce et la Chine, l'Inde, l'Égypte, le bouddhisme et l'islam et leurs plus subtils mélanges, leurs plus étonnantes fusions.

Marion Keller m'a appris que la France avait

toujours eu des relations privilégiées avec l'archéologie afghane, passant des accords, parfois secrets, avec certaines autorités politiques ou intellectuelles conscientes de leur formidable richesse. Durant la période la plus noire, l'affreuse nuit des talibans, les conservateurs en exil, les responsables de chantiers de fouilles à l'abandon ne sont pas restés inactifs. D'abord, un véritable trésor a été enfermé par leurs soins à la banque centrale, dans les coffres inviolables, résistant même aux explosifs russes et ne s'ouvrant qu'à condition de réunir les sept détenteurs de sept clés différentes. Et puis ces honnêtes défenseurs de l'art afghan ont été assez influents pour convaincre la France, au plus haut niveau de l'État, de faire quelque chose pour empêcher ou tout au moins atténuer l'hémorragie de pièces archéologiques inestimables. Mais, dans un pays en pleine terreur talibane, seuls les services secrets pouvaient agir efficacement.

« Quand nous sommes entrés en Afghanistan, m'a-t-elle expliqué, des agents à nous, des "contacts" que nous avions sur place avaient préparé notre venue. Francis et moi prétendions être un couple d'antiquaires suisses agissant pour des commanditaires américains, chinois et anglais, riches collectionneurs sans scrupules prêts à investir des sommes colossales dans certains objets dignes des plus grands musées. Notre seul but : découvrir les réseaux d'écoulement et de sortie des œuvres, mettre les trafiquants en confiance, mais surtout localiser les caches les plus importantes, car, si les bijoux en or et les monnaies antiques étaient déjà loin, beaucoup de pièces importantes volées à Kaboul n'avaient pas encore quitté le territoire, et particulièrement les plus lourdes statues bouddhiques ou indo-grecques. Certaines étaient dissimulées dans de modestes maisons, dans des villages perdus, au nord ou au sud-ouest du pays, d'autres enfouies dans des grottes. Nous avions des quantités de faux papiers et d'attestations d'origines très diverses, et nous pouvions verser de fortes sommes dans des banques suisses, luxembourgeoises ou pakistanaises.

« Il ne faut pas croire que les chefs talibans que nous avons rencontrés voyaient d'un mauvais œil notre activité manifestement malhonnête. À condition de profiter du trafic au passage, bien entendu ! Certains d'entre eux nous ont même beaucoup facilité les choses, préférant les marchands d'art de haut vol que nous étions censés être aux minables revendeurs locaux. Certains chefs talibans que nous avons approchés étaient seulement des aventuriers hypocrites, prêts à retourner un jour dans une riche famille saoudienne jouer à la bourse et au golf. Seuls les exécutants étaient des fanatiques à turbans noirs. Nous utilisions de gros pick-up japonais avec un chauffeur et un individu nous servant de guide, quelqu'un d'important dans le nouveau régime. À l'occasion, quelques manutentionnaires nous aidaient à passer des pièces au Pakistan où venaient régulièrement des experts du musée

Guimet. La presse, en Europe, racontait que le pays était totalement fermé et isolé du monde par les fameux "étudiants en religion", mais en fait, il s'y déroulait une foule de choses clandestines et malhonnêtes, violentes et folles. Nous savions éviter les zones de combat, traverser des lignes, nous concilier les adversaires.

« C'est Francis, une fois de plus, qui en quelques semaines m'avait formée à cette mission. Il m'avait appris très vite à reconnaître, à admirer, à toucher les bronzes, les terres cuites, les bracelets d'or et de turquoise de Tillia Tepe, le verre bleu soufflé des vases de Begram, l'ivoire des plaques gravées, les visages de marbre d'Ai Khanoum, les petits bouddhas assis en lotus arrachés sauvagement à des stupas, et les bas-reliefs, et les chapiteaux, bref, toute une beauté que certains ne songeaient qu'à collectionner et à vendre !

« Les trésors cachés étaient presque tous authentiques. À maintes reprises, j'ai été stupéfaite par l'immense culture de Francis. Sa préparation à ce genre de mission était parfaite. Un jour, au bord d'une route où nous étions arrêtés par un barrage, je l'ai entendu, sous le coup de l'énervement, dire quelques mots dans ce qui devait être du pashtou. Où avait-il appris cette langue ? Combien de fois était-il déjà venu dans ce pays sans moi ? Qui était-il ? Il me cachait mille fois plus de choses de sa vie qu'il ne m'en livrait. Je pensais parfois que depuis le début, il me manipulait, m'utilisait sans scrupules. Mais je l'aimais ! Encore et toujours ! Tout ce que je voulais, c'était que nous soyons ensemble, chaque soir, dans cette lumière merveilleuse. Je l'aimais…

« Il m'a pourtant contrainte à faire des choses terribles, parfois. Des choses qu'un homme qui avait son entraînement, son absence de scrupules aurait dû faire lui-même. Tuer ! Mais il voulait que ce soit moi. Une fois, c'est avec une sorte de sadisme qu'il m'a demandé de nous débarrasser d'un intermédiaire ouzbek qui commençait à douter de notre identité. Francis a exigé que j'aille toute seule à un rendez-vous, la nuit, en sachant que l'autre serait sur ses gardes. Je voulais que le seul être au monde qui comptait pour moi sache que je pouvais tout faire, même le pire, s'il me le demandait. J'étais prête à tuer cet Ouzbek mais, quand je suis arrivée sur les lieux de notre rendez-vous, il était déjà mort ! Assassiné par quelqu'un d'autre de façon répugnante. J'ai vomi après avoir vu son cadavre. Mais le pire est arrivé plus tard. Je ne m'y attendais pas. Je dis que c'est le pire parce que j'y étais engluée, mêlée. Le pire, c'est quand le mal a n'importe qui pour complice ! Mais ça non plus, vous ne pouvez pas comprendre ! »

14

Elle a attendu un très long moment avant d'entamer, de façon de plus en plus hésitante, la seconde partie de son récit :

« Vous savez, m'a-t-elle dit, nous sommes restés tellement longtemps en Afghanistan, même si nous allions parfois nous reposer à Islamabad ou à New Delhi, que j'ai fini par sentir, très lentement, dans ce pays où pourtant rien ne bouge, que les choses étaient sur le point de changer profondément. Même si l'on se trouve au fin fond d'une vallée afghane, au milieu de champs de pavots brûlés, de pauvres gens égarés n'ayant plus ni maison ni troupeau, ou nez à nez avec une troupe de jeunes barbus au regard sinistre armés de fouets et de kalachnikovs, on peut avoir l'intuition d'un changement. Dans le pays comme dans le monde, j'ai senti que quelque chose de grave allait se passer, qu'une ligne invisible était franchie. D'ailleurs, moi aussi, j'avais changé !

« Le jour où ces fous ont détruit les bouddhas de Bamiyan, je me suis dit que ça allait trop loin, il y avait une escalade dans la folie religieuse, une volonté d'agression mais aussi de suicide généralisé. J'étais dans un hôtel d'Islamabad et j'ai vu à la télévision les images du massacre. J'ai vu toute cette fumée, cette prétendue canonnade et puis ce vide dans les niches gigantesques où les bouddhas, impassibles, se tenaient depuis des siècles. J'ai eu, une fois de plus, envie de tuer. Oui, quand on a tué une fois, puis une autre, sur ordre évidemment, on sait que l'envie peut revenir. On a ça dans la peau.

« Quelques semaines plus tôt nous étions à Bamiyan. Car à Bamiyan il y avait aussi d'autres statues bouddhiques, d'une finesse et d'une élégance incroyables. Ces statues, plus petites, cachées dans des temples retirés, les talibans ne les avaient pas fait sauter : ils les avaient sciées à la base, volées puis vendues. Et nous, à Bamiyan, nous étions sur le point de retrouver ces statues... D'ailleurs, il ne faut pas croire que ce sont les talibans tout seuls qui ont anéanti les grands bouddhas. Les services secrets pakistanais étaient sur place, avec leur savoir-faire, leurs explosifs, leur haine de tout ce qui n'est pas l'islam sans visages. Nous les avions repérés, le soir à Bamiyan. Pendant des jours ils avaient équipé la grotte, comme des alpinistes, afin de mieux pouvoir escalader et placer les explosifs dans le dos, la nuque des bouddhas.

« C'était au mois de mars, il y a deux ans ! Il y a eu aussi l'attentat contre Massoud. Le résistant exemplaire, ils lui ont fait sauter la gueule avec une caméra bourrée d'explosifs elle aussi. Et tout de suite après, c'étaient les grandes tours américaines qui s'effondraient. Oui, la fin de quelque chose.

« Francis et moi, nous nous sommes mis à l'abri pendant les terribles bombardements sur Kaboul. Les Français, les Américains, tout le monde bombardait. Tous ne faisaient que détruire des choses déjà détruites ! Le seul effet des bombes, ce n'était pas d'affaiblir les talibans, mais d'ajouter des morts aux morts.

« Nous sommes revenus dans un pays occupé par l'armée des États-Unis d'Amérique. J'ai pensé d'abord que notre mission allait en être facilitée. D'autant que les nouveaux responsables du musée de Kaboul se sont manifestés très vite. Par-dessus la tête des Américains, la France continuait à leur promettre, symboliquement, de l'aide et un soutien artistique.

« Francis m'a annoncé que notre mission changeait du tout au tout ! Des ordres venus de très haut. Il m'a dit que nous restions en Afghanistan, mais que nous allions encore une fois changer d'identité et devenir un médecin militaire et une infirmière.

« Découvrir, sur des documents, ma photo accompagnée d'un nom d'emprunt, voilà ce dont j'ai le plus souffert dans ces années-là. Comme si la disparition de mon nom de naissance avait anéanti la petite fille et la jeune fille que j'avais été avant d'entrer dans l'armée.

« Un matin, dans Kaboul ravagé, Francis m'a

conduite, à travers les rues encombrées et bruyantes, à travers des monceaux d'ordures, dans la fumée et les odeurs, jusqu'à un grand bâtiment délabré, sans doute un ancien immeuble officiel relativement épargné des bombardements, devant lequel étaient stationnées des ambulances afghanes presque hors d'usage et des véhicules de l'armée américaine.

« À peine le porche franchi, on entendait des femmes crier, des bébés hurler. Plusieurs grandes salles s'ouvraient sur un patio. Elles étaient bondées. Allongées sur une vingtaine de hautes tables de fer rouillé, à quelques centimètres les unes des autres, des femmes étaient en train d'accoucher dans des conditions rudimentaires. Le visage caché par le foulard, les jambes relevées sous des épaisseurs de tissu, une cuvette en matière plastique placée sous elles, elles se tordaient de douleur, le poing dans la bouche pendant les contractions, elles poussaient pour mettre un petit au monde. L'unique médecin, entouré de quelques aides-soignantes aux blouses tachées, était débordé. Dans les couloirs, Francis, imperturbable, a salué des personnes qu'il semblait connaître, car beaucoup de monde allait et venait dans cet endroit, sans souci de pudeur ni d'hygiène : des Afghans en civil, des Américains, et un Français qui nous a fait un petit signe de connivence.

« De l'autre côté du patio, Francis m'a montré plusieurs salles vides, dévastées. Il m'a annoncé que les Américains allaient installer ici un grand orphelinat.

« Tout le bâtiment va être remis en état. Ici, au moins, les enfants seront rassemblés, soignés… Tu vois ? Il s'agit de leur donner une chance de survivre. C'est tout… »

« Je n'arrivais pas à le croire. Si Francis avait tenu à ce que je découvre de mes propres yeux l'emplacement du futur orphelinat, c'était surtout pour que notre nouvelle mission me paraisse plus crédible. Il m'a alors raconté que, dans une zone tribale, une O.N.G. avait installé une sorte de dispensaire. De courageux médecins canadiens bénévoles, qui avaient réussi à travailler en Afghanistan même sous les talibans, soignaient des petits enfants en dépit des plus extrêmes difficultés. Des « pédiatres sans frontières », conscients de risquer leur vie en protégeant des enfants, souvent contre le gré de leurs parents et les coutumes du pays. D'après Francis, il s'agissait de les convaincre de nous remettre certains de leurs petits protégés n'ayant plus de parents ou rejetés par leur famille, de nous laisser les transporter jusqu'à Kaboul pour les installer dans le nouvel orphelinat.

« J'ai tout de suite trouvé l'idée bizarre. Pourquoi les médecins et leurs équipes risquaient-ils de faire des difficultés ? Qu'est-ce que c'était que cette histoire d'orphelinat à Kaboul ? Francis me cachait quelque chose. Mais je voulais, encore et toujours, lui obéir. D'ailleurs, son ordre était sans appel : “Nous partons demain !”

« Il disposait de tous les papiers susceptibles de donner aux pédiatres de la téméraire O.N.G. des garanties de sécurité et de bonnes raisons de nous confier les enfants : un laissez-passer américain, l'accord officiel des nouvelles autorités médicales afghanes, et une recommandation française assez prestigieuse, qui, d'après lui, aurait raison de tous les obstacles. Il m'a expliqué que nous devrions à tout prix les mettre en confiance, les convaincre qu'à Kaboul les enfants seraient mieux traités. Puis il a parlé de sélectionner certains enfants. "De ça, je me chargerai le moment venu. Tu sais, ces 'humanitaires' s'attachent à ces enfants et ne peuvent plus les lâcher. Particulièrement les filles, même les toutes petites, sous prétexte qu'elles risquent la mort lorsqu'un frère, un oncle, un ami de la famille ou même leur propre père les a violées. Comme elles ne sont plus vierges, on les tue ! Ou on les livre à des groupes de combattants qui en font ce qu'ils veulent. Tu vois ?"

« Oui, c'est la coutume, m'a expliqué Marion Keller d'une voix plus forte et un peu tremblante, une sorte de loi tribale horrible et silencieuse. On ne dira jamais assez qu'il s'opère, là-bas, un véritable massacre des filles, des femmes. Vous entendez ? Massacrées corps et âme ! »

Ma compagne de plâtre était de plus en plus agitée. En l'écoutant avec attention, j'avais compris que leur projet bizarre avait dû mal tourner, mais j'ai tout de même demandé s'ils étaient parvenus à ramener quelques enfants dans ce fameux orphelinat de Kaboul. Alors, elle est restée silencieuse. Seules quelques bribes de phrases à peine articulées jaillissaient dans le silence de la chambre. J'ai cru l'entendre murmurer : « Les enfants… Des petites filles… Toutes encore si fragiles… La terreur dans leurs yeux… » Puis elle a hurlé : « Les égorgeurs ! » D'une voix rauque, elle a crié : « Nour ! La petite Nour… » Avant d'appeler plus doucement et désespérément : « Nour… » comme si un petit être muet ou malade était tapi, à deux pas de nous, dans un coin de la chambre.

À bout de forces, elle s'est tue. À l'évidence, elle ne me dirait plus jamais rien.

Et pourtant, je me suis encore entendu la prier de parler, avec des accents de tendresse qui m'ont surpris moi-même. J'ai pris sa main que j'ai gardée au creux de la mienne, me demandant quel mal cette petite main ferme avait bien pu commettre. Combien de fois s'était-elle servie d'une arme à feu ? D'une arme blanche ? Je n'étais plus sensible qu'à ce bout de détresse palpitante et chaude, lovée dans ma paume, comme un concentré de la terreur et de l'horreur qui avaient pris possession de son corps.

Assise sur le lit, elle se penchait douloureusement en avant, serrant sur son cœur un coussin de velours contre lequel elle appuyait sa joue. Elle avait si mal, elle était dans une telle détresse que cette détresse me submergeait à mon tour. Détresse enfantine. Détresse des femmes sous le voile, sous le plomb, sous les pierres. Détresse muette.Je me suis assis contre elle. J'ai passé mon bras autour de ses épaules, mais cela n'avait rien de sensuel : j'avais, très exactement, l'impression de soutenir une femme malade. C'est dans cette position de fœtus recroquevillé qu'elle a fini par sombrer dans un lourd sommeil.

Un moment plus tard, elle s'est mise à ronfler. Un ronflement puissant, presque obscène. Un ronflement qui a envahi la chambre. J'ai beaucoup attendu avant de faire basculer, avec précaution, son corps sur le côté afin qu'elle se trouve couchée en chien de fusil. J'avais le bras engourdi, l'épaule douloureuse, mais je me sentais surtout honteux comme un voyeur qui n'a rien vu. Elle tenait le coussin de velours entre les bras comme un enfant et je suis allé chercher de quoi la couvrir puisque je ne pouvais défaire son lit sans risquer de l'arracher à cette fragile inconscience.

Avant de me retirer, sans bruit, à reculons, j'ai encore regardé ses joues que le sommeil rosissait à nouveau, ses cheveux tellement courts, ses paupières closes et le très fin duvet sur sa nuque. C'est alors qu'une pensée, qui depuis notre première rencontre ne m'avait jamais effleuré, a surgi évidente : « Elle pourrait presque être ma fille ! Presque… » Voilà ce que j'ai pensé, soudain. « Comme elle dort bien, à présent. Le malheur s'éloigne… La nuit est là. Une petite fille… »

Pas une seconde, depuis le début, je ne l'avais considérée autrement que comme une femme. N'importe quel regard mâle, même lorsqu'il se pose sur une très jeune fille ou sur une jeune femme, ne reste-t-il pas chargé d'une concupiscence ambiguë qui l'empêche de distinguer certains traits enfantins qui devraient lui sauter aux yeux ? De même, lorsque j'étais en voyage dans des pays de grande pauvreté et que des filles extrêmement jeunes m'avaient approché de façon maladroite, provocante, mais surtout misérable, dans le triste espoir de se vendre, je n'avais malheureusement vu, le plus souvent, que des femmes au lieu de fillettes apeurées sous le fard.

Je suis pourtant le père d'une fille, ai-je pensé. Je l'ai été en tout cas. Mais je ne me souviens pas d'avoir pris le temps de la regarder dormir avec le même attendrissement. « Tu n'as même pas vu grandir tes enfants », m'avait maintes fois reproché ma femme. Comme c'était vrai. Pas pris le temps de me pencher sur leur enfance.

La nuit était très avancée. La parole tarie. La lumière afghane éteinte. L'or se changeait en cendre. Et voilà qu'un peu d'enfantin, une sorte de vapeur d'enfance, venait nimber le minuscule visage qui seul émergeait de la couverture de laine déployée à la surface du lit.

Je me suis endormi à mon tour, tout habillé, dans l'un des profonds fauteuils du salon qui séparait nos deux chambres. « Afghanistan » : ces syllabes d'ocre et de safran résonnaient dans ma tête, des lambeaux de rêves agités, magnifiques et atroces. Je marchais sans fin, dans une lueur rouge, sous une pluie de poussière ou de sable. C'était l'Afghanistan ! Puis il faisait noir. De plus en plus égaré, je trébuchais sur des ossements, des mâchoires arrachées, des têtes de morts aux orbites pleines de coton sanglant…

Un léger bruit m'a réveillé en sursaut. Combien de temps avais-je dormi ou somnolé ? De petits chocs, à la fois sourds et métalliques. De l'autre côté de la porte restée entrouverte, Marion allait et venait sur ses béquilles, elle devait se contorsionner pour s'habiller sans l'aide de personne.

J'ai attendu. Ne sentant plus mes doigts au bout de mon bras, je devais offrir un spectacle pitoyable : le « genre de type » (pour parler comme elle) qui, après avoir réservé deux chambres dans un hôtel de luxe, passe finalement la nuit dans un fauteuil, entre une bouteille de champagne vide et un bouquet de fleurs dont les pétales tombent un à un, tandis que la femme qui l'accompagne, serrant un coussin entre ses bras, dort, toute seule, à la surface d'un lit pas même défait !

Au prix d'un sérieux effort, je me suis levé pour rejoindre Marion. Elle se tenait devant la fenêtre par laquelle arrivait la faible clarté d'un jour nouveau. Se retournant, elle m'a gratifié d'un pitoyable sourire qui ne faisait que souligner sa mine défaite. Elle avait revêtu une impeccable jupe grise, suffisamment longue pour dissimuler sa jambe. L'aube avait fait s'évanouir la femme nue sous un peignoir blanc qui tremblait sous le poids de souvenirs insupportables.

« Ils sont déjà là, m'a-t-elle dit. Ils viennent me chercher. Hier soir, au téléphone, j'ai prévenu Francis. Je n'ai pas pu m'en empêcher. Il m'a demandé le nom de l'hôtel, l'endroit où je me trouvais. Mais je crois qu'il le savait déjà, qu'il ne m'a jamais lâchée. Comme il est cloué dans son fauteuil, il a envoyé des hommes… C'est peut-être mieux comme ça. Même pour vous…

— Il a fait vite, votre Francis. Il doit craindre que vous ne parliez un peu trop ? Je me trompe ? »

Elle n'a pas répondu mais elle a frissonné violemment comme si elle avait froid ou peur. Ou les deux. Je me suis emparé du sac à dos, posé sur le lit qu'elle avait refait et bouclé.

Au rez-de-chaussée de l'hôtel, nous avons traversé une enfilade de salons déserts, surchargés de meubles anciens, de tableaux et de tapis. Dans le dernier salon, le plus proche de l'entrée, j'ai découvert deux hommes embusqués dans la pénombre. Le plus âgé, costume bleu marine, cheveux en brosse, fine moustache blanche, compulsait des documents. Il nous a entendus approcher mais n'a pas tourné la tête dans notre direction. Le plus jeune, debout près de la porte, crâne rasé, épaules larges, blouson de cuir, n'a pas bougé non plus.

Alors j'ai vu ma compagne d'un jour et d'une nuit s'immobiliser devant l'homme aux cheveux blancs qui s'est enfin levé en faisant une sorte de salut militaire sommaire, trois doigts contre la tempe, que la femme lui a rendu de façon plus solennelle. Pendant ce temps, l'homme au crâne rasé s'était approché de moi. Me dévisageant de façon provocatrice. Sa main énorme s'est emparée autoritairement du sac que je portais à l'épaule. L'autre, toujours muet, mais vigoureux et svelte comme un tigre, s'est dirigé vers la sortie.

Marion a fait un mouvement pour le suivre. Elle a hésité, puis s'est ravisée. Elle a glissé sa canne droite sous son bras gauche, s'est tournée vers moi et m'a tendu timidement la main. J'ai regardé ses belles lèvres qui s'entrouvraient mais ne pouvaient sourire. Je la sentais reprise en main. Interdite de larmes et d'émotion. Malheur intime et obéissance tressés ensemble.

Enfin, dans un souffle, sa main s'arrachant prestement à la mienne qui la retenait encore un peu : « Adieu… monsieur Travenne… Je n'oublierai pas. »

L'attirant contre moi, j'ai posé un rapide baiser sur son front et caressé une dernière fois à contre-poil le soyeux tapis-brosse de ses cheveux blonds. Il est possible que j'aie répondu que moi non plus je ne l'oublierais pas, mais elle avait déjà disparu.

Les pelouses du parc étaient couvertes de givre. Une brume légère se dispersait avec lenteur entre les branches noires et humides des arbres. Le ciel d'un bleu très pâle. Un peu plus loin, sur l'allée de graviers blancs, j'ai vu la jeune femme s'engouffrer dans l'énorme 4×4 noir qui attendait comme une bête faussement somnolente. Le jeune costaud a claqué la portière.

Avant de se mettre au volant, ce gars qui ne devait jamais sourire a fait quelques pas dans ma direction. Les yeux dans les yeux, il m'a craché une petite phrase sibylline : « Nous savons que vous vous appelez Marc Travenne. Nous ne tenons pas à vous donner de nos nouvelles.

Nous ne voulons pas non plus en avoir de vous. D'aucune sorte ! » Il se tenait face à moi, cherchant le contact. Mais je ne bronchais pas, mes yeux dans ses yeux, tandis que nos souffles vaporeux se mêlaient. Il a levé une main menaçante, comme s'il s'apprêtait à me frapper mais il s'est contenté d'épousseter vigoureusement ma manche, du bout des doigts, comme pour en chasser un imperceptible flocon. Avant de tourner les talons, il a ajouté : « On se comprend, n'est-ce pas ? »

J'ai regardé l'imposant véhicule s'éloigner. J'aurais aimé apercevoir, une toute dernière fois, le visage courageux et soumis de ma petite soldate. Où l'emmenaient-ils ? Qu'allait-elle devenir ? Qu'allaient-ils lui faire ? Mais les vitres teintées ne reflétaient que les branches et la brume. Griffes noires et robes en lambeaux.

À peine le 4×4 avait-il parcouru deux cents mètres qu'il s'est à nouveau immobilisé. Il se passait quelque chose à l'intérieur. Plein d'espoir, je me suis mis à courir pour le rejoindre. Une portière s'est ouverte. Un bras vigoureux l'a refermée. Elle s'est à nouveau entrouverte. Me rapprochant le plus vite possible, je comprenais qu'il y avait une lutte, du désordre. J'ai cru entendre un cri étouffé, mais le 4×4 a démarré en trombe à l'instant où j'allais l'atteindre. Avalé par la brume.

Ainsi s'achevait, du moins le croyais-je, cette course absurde. Étais-je poursuivant ? Étais-je poursuivi ? (Pour reprendre les catégories existentielles de ma mère.) Qu'importe ! Pour moi, il ne semblait pas y avoir de ligne d'arrivée. Pas de but. Pas de passage de relais. Mais plutôt un abandon par défaut, en rase campagne, dans un parc couvert de givre.

Car, si je n'avais pas tenté plus fermement de soustraire Marion Keller à ses ravisseurs, c'est que je me trouvais à une trop grande distance de tout ce qu'elle m'avait raconté. Certes, j'y avais cru, comme on adhère à l'intrigue d'un roman d'aventures. Mais je restais très loin de tout ça, subjugué mais perplexe, privé d'histoire personnelle, bref, complètement seul, pétrifié dans mon petit désert de sel.

Indécis, le soleil faisait des efforts pour se lever, tandis que je remontais lentement les marches du perron de l'hôtel. Soudain, mon téléphone, si calme ces derniers jours, s'est mis à sonner de façon sinistre. Sonner. Me sonner comme une pauvre créature. Était-ce pour m'entraîner vers la suite ? M'arracher à la Diagonale ?

Je n'avais aucune envie de savoir qui pouvait bien m'appeler ainsi, à l'aube ! Alors je suis remonté m'allonger un moment sur le lit où la soldate au casque d'or avait passé la nuit. J'ai enfoui mon visage dans l'oreiller peut-être afin d'y retrouver son odeur, me couvrant sommairement avec le peignoir abandonné, cherchant à sombrer dans le sommeil, à oublier. Mais je gardais les yeux ouverts, dans cette chambre devenue hostile. Je me suis assis au bord du lit, j'ai saisi par le goulot la bouteille vide et l'ai lancée à l'autre bout de la pièce, mais elle a roulé sur le sol, sans se briser. J'ai décroché le combiné du téléphone de l'hôtel. Alors que je songeais à tout autre chose, ce sont mes doigts, mes doigts seuls et indépendants, qui ont appuyé sur la touche marquée d'un « R » et permettant de refaire le dernier numéro composé. Et c'est mon oreille tiède et disponible qui a perçu des petites tonalités aiguës, des sonneries, puis une voix qui répétait, très loin, quelque part : « Ici, Centre Général Mongeot, nous allons donner suite à votre appel… », et enfin une voix masculine qui, confrontée à mon silence, demandait avec de plus en plus d'agacement : « Qui demandez-vous ? » J'ai raccroché violemment comme pour assommer un lointain standardiste, gardant pourtant en mémoire : « Mongeot », nom de ce « centre » mystérieux que la femme avait dû appeler, la veille, lorsque je l'avais surprise, combiné en main, en train de parler à quelqu'un.

15

Brutalement, l'hiver a pris fin. On a souvent l'impression, à partir de petites sensations — soirées plus fraîches, fruits trop mûrs, ombres plus bleues, premières feuilles brunes arrachées par le vent qui se recroquevillent dans les angles morts —, que l'été, à peine commencé, est déjà en train de finir. Mais, à l'inverse, il semble généralement que l'hiver ne finira jamais, qu'on est définitivement cerné par l'humidité glacée, engoncé dans des épaisseurs de laine, voué aux nuits interminables, aux journées trop courtes, à une pénible et fatale frilosité du corps et de l'âme.

J'en avais vraiment assez de cet étrange hiver, de ma vie de ruptures et de retraits, d'immobilités et de poursuites sans que rien — mais alors vraiment rien ! — ne m'arrive pour autant. Cependant, c'était plus fort que moi, je ne pouvais m'empêcher de penser à celle que j'appelais « la randonneuse ». La destinée de cette prétendue soldate me préoccupait encore. Elle ne me fascinait pas simplement comme une femme séduisante ou intéressante, rencontrée au cours d'un voyage, avec son corps, ses yeux, sa chair et tel ou tel prénom, mais comme un être hybride, combinant qualités énigmatiques et détails inattendus : phalange entre les dents d'un renard mort, mèche blonde cachant un œil gris-bleu, résistance, solitude, fausse infirmière et peut-être vraie tueuse. Plus que tout, c'était ce qu'elle disait de la lumière afghane qui me captivait. L'évocation d'une clarté singulière. Des paysages que j'avais cru voir, de façon presque hallucinatoire. Des paysages rêvés.

« *Vous savez, ces rêves qu'on retrouve, des rêves rerêvés qui vous ramènent à une maison qu'on n'a jamais vue, un monde uniquement nocturne, avec ses fleurs et ses lumières, des rapports entre les gens qui n'ont rien à voir avec les liens entre ceux qui nous entourent éveillés, tout y est changé, les sentiments, les hiérarchies, la philosophie ou la religion, les codes, les coutumes, les vêtements… pourtant on les retrouve après des mois, parfois des années d'absence…* »

Pour être exact, moins une femme qu'une nébuleuse jamais observée jusque-là. Je n'étais plus capable de me consacrer à autre chose qu'à l'observation de cette étrange constellation dans le vide bleu foncé de mes jours. Pas une femme, donc, mais un ciel. Une terre lointaine. Hautes montagnes blanches, poussière ocre. Désormais, pour moi, le mot « Afghanistan » ne désignait plus seulement un pays et une guerre, un peuple et ses drames, mais cette lumière que la voyageuse portait avec elle. Elle était l'étrangère, l'Afghane, la passante que j'avais laissée partir.

Dans le gîte d'Ardèche, elle avait pris le temps de m'expliquer ce que les géographes appellent, en France, la Diagonale du vide, et je finissais par me demander s'il n'existait pas, dans ma vie comme dans celle de chaque individu, une diagonale analogue, large bande de solitude et d'abandon où les sensations sont atténuées, les événements absents. Comme si les temps forts, les aventures, les grandes et les petites passions avaient toujours lieu ailleurs, au loin, dans quelque Afghanistan mental, dans le roman de la vie des autres, dans un passé aboli ou dans un futur menaçant.

Ce n'est donc pas sans une certaine jubilation qu'au cours de ces semaines de printemps je me suis employé à dissoudre la société T. & W. J'ai mis en vente nos locaux et fait le bilan de la situation avec les banquiers et avec le fisc.

Le jour où à l'aube, dans le parc de l'hôtel, j'avais regardé disparaître dans la brume le sinistre 4×4 noir emportant la soldate, le coup de fil inopiné, sur mon portable, n'avait pas réussi à m'arracher à ma torpeur. Je n'avais pas répondu. Plus tard, en conduisant sur les routes de France, j'avais écouté puis réécouté ce nouveau message. Il émanait de mon amie Irène Dautry qui insistait pour que je la rappelle, sur un ton qui se voulait chaleureux. Elle prétendait que mes secrétaires l'avaient « beaucoup inquiétée » à mon sujet. Mais c'était la fêlure de sa voix, un désespoir étouffé qui me parvenaient : « … te parler, Marc, quand tu voudras, quand tu pourras… C'est difficile à dire. C'est si loin. Le temps est passé si vite… »

Alors, après avoir hésité plusieurs longues semaines, j'ai tout de même décidé d'appeler Irène. Accepté de la revoir même si sa proposition tombait on ne peut plus mal. Je n'avais pas grande envie de savoir ce qu'elle tenait tant à « m'expliquer », après tant d'années presque sans nouvelles. À la vérité, si je reprenais contact, c'était, je crois, dans l'intention de lui parler de ma randonneuse. Sachant le vaste réseau de renseignement qu'Irène savait se constituer dans tous les milieux, pourquoi ne pas lui demander si toute cette histoire de « services secrets français » sur la piste d'œuvres d'art afghanes avait quelque vraisemblance ? Espionnage et énigme. Elle aurait peut-être une idée de l'endroit où des agents zélés avaient bien pu conduire une « agente » devenue trop bavarde. Et elle m'aiderait — pourquoi pas ?— à percer le mystère de l'identité du fascinant commandant Francis.

Nous nous sommes donné rendez-vous, une fin d'après-midi, au Montmorency, à deux pas des Jardins du Palais-Royal. Je suis arrivé très en avance et, en ce début de soirée printanière et plutôt douce, il m'était agréable de m'installer, pour la première fois depuis longtemps, à une terrasse avec un Martini. Je n'étais pas du tout somnolent ni absent, mais à distance des choses. À distance du verre, du liquide ambré, des glaçons, de ma propre main qui tenait le tout. À distance des fenêtres aveugles de la place. Des voitures emportées par le courant des avenues. À distance des gens, surtout. Des gens si nombreux, des gens partout. En fait, j'aurais apprécié qu'Irène me fasse faux bond. Au bout de dix-sept ans, ces retrouvailles ne signifiaient plus grand chose.

Le plus drôle, c'est que j'ai aperçu Irène par hasard, de l'autre côté de la rue, avant même qu'elle ne traverse, ne se dirige vers le café et ne commence à me chercher parmi les consommateurs de la terrasse. Je l'ai reconnue à sa façon de bouger, un subtil mécanisme d'identification m'ayant permis d'isoler sa silhouette dans la foule. Durant quelques secondes, j'ai pu observer l'expression de son visage lorsqu'elle se croyait seule.

C'était bien la femme que j'avais si fugacement connue, une nuit, à New York, mais elle avait profondément changé. La même allure, la même coiffure, mais ses traits n'étaient plus exactement les mêmes. Plus creusés, plus graves. Quelque chose avait disparu. Rien à voir avec le passage fatal des années à travers la chair d'une femme, mais un phénomène indépendant du temps. Un peu de la douceur distante et rêveuse qui m'avait tant charmé, autrefois, s'était retiré d'elle. Cela sautait aux yeux ! Même de loin, dans la brusquerie de cette apparition, je constatais que l'attendrissante et fugitive mélancolie que j'avais remarquée dans son regard, à New York, avait pris le dessus.

« *Chaque être est détruit quand nous cessons de le voir; puis son apparition suivante est une création nouvelle.* » Lus un jour, quelque part, ces mots retentissaient dans ma mémoire. Destruction. Apparition. Création. Éternel retour et différence radicale.

Irène avait maigri de façon effrayante. Je l'avais connue hâlée : elle était pâle, cireuse sous le maquillage. Mais elle avait toujours cette élégance de femme active et inquiète, sac en bandoulière, dont les grands pas nerveux masquent la lassitude. Toujours myope (portait-elle encore des verres de contact?), elle a plissé les yeux en me cherchant et j'ai pu assister, à son insu, à la métamorphose de son visage dont elle a réussi, presque instantanément, à effacer l'air anxieux au profit d'un sourire artificiel, mais toujours adorable. Enfin, ça y est! Elle me voit. Ma main s'agite. Irène se glisse entre les tables. Je me lève pour l'accueillir. Sourire forcé. Embrassade un peu gênée, le temps d'installer nos corps l'un près de l'autre, de préparer les premières paroles, d'improviser à la dernière seconde les propos des retrouvailles.

Le sort n'est pas ironique : il est plein d'un humour de mauvais goût. Si Irène m'avait téléphoné ne serait-ce qu'un an plus tôt, j'aurais sans doute fait semblant de croire, en dépit du temps et de l'espace, à un possible rattrapage de ce qui avait été manqué entre nous. J'aurais même convoqué, dans l'urgence, l'orchestre à cordes de la nostalgie :

« Oublier ? Bien sûr que non, Irène ! Je n'ai pas oublié cette réception au consulat de France, au cours de laquelle nous nous sommes rencontrés. Il y a dix-sept ans, oui, c'est vrai ! Mais je me souviens très bien de cette soirée étouffante de juillet. De ces vastes salons au-dessus de Central Park. Un ciel rouge et mauve posé comme un couvercle sur la ville surchauffée. L'impression que le dernier souffle d'air salvateur dépend d'un infime mouvement du feuillage des arbres sombres, au-dessous de nous. Partout, grondements incessants en dépit de la canicule. Tous ces gens, un verre à la main, picorant des sushis dans des assiettes à liseré doré, marquées d'un "R" et d'un "F" dorés, qui riaient de n'importe quoi avec un enthousiasme artificiel, parlant de choses dérisoires. Des hommes d'affaires, des artistes, écrivains, journalistes s'agitaient entre le buffet et les balcons, après avoir frénétiquement échangé leurs cartes de visite.

« Je me souviens comme si c'était hier du moment où je t'ai remarquée, toi, Irène, dans cette assemblée. Élégante inconnue, cheveux châtains mi-longs, tu portais à même ta peau hâlée un tailleur de lin d'un gris lumineux, et des bijoux d'argent. Tout de suite intrigué, attiré par quelque chose de décalé dans ton allure, tes mouvements. Tu passais comme une ombre entre les nombreux invités. Tout le monde paraissait te connaître, mais ta distance et ta réserve tranchaient dans ce petit monde où chacun s'efforçait de prouver sa jovialité.

«Je me souviens aussi de la façon dont tu t'es emparé d'une coupe volante et pétillante, puis t'es immobilisée un peu à l'écart, debout dans l'encadrement d'une porte-fenêtre ouverte, très seule, les yeux perdus dans le paysage, bras croisés, te mordillant les lèvres, comme absorbée dans une méditation secrète et grave.

«Je t'ai d'abord prise pour une Américaine. M'étant approché de toi, je te regardais sans discrétion. Alors, t'arrachant à ta rêverie, tu t'es tournée vers moi, ta coupe vide au bout des doigts, et tu m'as demandé quelque chose en anglais, d'une voix rauque. Ta voix. Mon mauvais anglais t'a fait rire de bon cœur : "Mais vous êtes un compatriote !"

« Tu m'as expliqué qu'entre New York et Washington, tu couvrais l'actualité culturelle américaine pour un magazine français et l'actualité politique pour une radio d'information. Ton enjouement tranchait avec le regard un peu perdu qui m'avait troublé un instant plus tôt. J'ai compris que tu étais très à l'aise avec les codes mondains de la grande cité. C'était il y a dix-sept ans, Irène, à New York, centre du monde, où misère et brutalité étaient transfigurées par un mirage d'opulence et de sécurité. Les tours encore fièrement dressées ! Pas de fêlure apparente chez des citadins confits dans le vinaigre reaganien. Aucun soupçon de la grande menace. Aucune prémonition de futurs bourbiers guerriers. Optimisme, dollars, agitation, et ce qu'ils appelaient "notre liberté" !

« Je me souviens que tu m'as dit : "Vous avez manqué, à dix jours près, le centenaire de leur statue de la Liberté. Enfin, elle est aussi un peu française, cette chère Miss Liberty ! Ici, ils n'ont que ça à la bouche : la liberté individuelle ! En même temps, ils sont effrayés par n'importe quel individu vraiment libre. Enfin, libre au sens où nous l'entendons... vous et moi..."

« Ce "vous et moi" m'a fait un effet bizarre mais délicieux. Légère chair de poule. Petite chaleur au ventre. Qu'est-ce que tu pouvais bien savoir de ma conception de la liberté ? Nous n'allions plus nous quitter durant le reste de la soirée.

« Et rappelle-toi, brusquement tu m'as proposé de partir. Et cela m'a semblé aussi évident que le fait d'entrer à tes côtés, un peu plus tard, dans un bar que tu aimais. Évident de nous parler de la vie, du Temps, de la distance, des rencontres, de la solitude, des échecs, ou de l'étrange musique qui semble provenir de certaines situations que rien ne laissait présager, comme la nôtre cette nuit-là... Parler de tout, mais pas un mot sur nos métiers respectifs. Pas un mot sur l'actualité du monde. Pas un mot sur le design et l'art d'emballer les restes...

« Nous avions déjà beaucoup bu lorsque tu as fait allusion à tous ces hommes que tu connaissais, amants, amis, amours, types bizarres ou parfaitement ordinaires qui, si je comprenais bien, traversaient tes jours. Tu m'en parlais avec une affectueuse amertume. Et cela aussi m'a paru faire partie de ton personnage. Des liaisons nombreuses, successives ou simultanées, que tu évoquais avec naturel, de façon désabusée ou amusée, toujours tendre. Comme si dès qu'un homme, quel qu'il soit, t'approchait un moment, tu éprouvais le besoin d'entrer dans son intimité. Le désir qu'il entre dans la tienne. Et la déception avait lieu chaque fois. Les hommes s'éloignaient, te quittaient. Mais il en venait d'autres. Tu ne te lassais pas. Tu les accueillais, te donnais distraitement à eux. Tu les regardais comme des brutes et des enfants.

« Je me souviens que tu m'as raconté tout cela tandis que nous trinquions, visage contre visage, serrés l'un contre l'autre, dans le bruit et la fumée, et plus tard dans la nuit, réfugiés derrière les portes de velours bleu d'un cabaret où une chanteuse, robe fourreau, frange brune et lèvres écarlates, flottait dans la lumière, sur un air tellement connu et bêtement sentimental qu'il donnait envie de pleurer sur le gâchis universel des existences.

« Je me souviens que j'ai doucement essuyé une larme idiote sur ta joue. Mon excitation était d'autant plus vive que je ne te connaissais que depuis quelques heures.

« Je me souviens aussi, Irène, que pour aller d'un lieu nocturne à l'autre, tu te tenais fermement à mon bras, que tu posais délicatement ta tête sur mon épaule, prenais ma main ou enfouissais ton gentil museau dans l'échancrure de ma chemise. Je n'ai pas non plus oublié la formule que l'ivresse te faisait répéter doucement : “Il faut prendre ce que la vie nous donne… Ne pas en demander plus… Et vive la vie !” Pas dupe, je savais que tu te livrais à la même cérémonie avec chaque compagnon de rencontre, mais j’étais presque heureux de prendre ma modeste place dans cette ronde rapide.

« L’aube nous a surpris. “Déjà ?” J’étais rongé par une fatigue acide mais chaviré par le plaisir de ta présence. Brutalement, comme si tu étais revivifiée par la clarté laiteuse qui suintait le long des buildings et des avenues désertes, tu as embrassé mes joues devenues piquantes et prétendu que tu devais absolument te sauver sous prétexte d’aller interviewer, durant la matinée, un réalisateur célèbre et dingue. “Un rendez-vous pris depuis longtemps. Je suis une des seules journalistes à qui il accepte de parler…”

« Je me souviens de m’être demandé : “Mais quand dort-elle, cette femme ? Comment fait-elle pour paraître aussi fraîche après une nuit blanche et surtout tant de verres, de paroles, de musique, de fumée ?” J’ai pensé que nous n’allions jamais nous revoir. Au moment où tu partais — tu te rappelles ? —, je t’ai annoncé que je quittais New York le lendemain. Et c’est alors que les yeux dans les yeux, avec l’audace d’une Américaine et la gentillesse d’une célibataire française, tu m’as demandé si j’accepterais de passer avec toi ma dernière nuit en Amérique, affirmant avec ton irrésistible sourire que tu en serais très heureuse. Et je n’ai pu que balbutier : “Oui, Irène, viens, oui, si tu veux, ce soir, oui…”

« Bien sûr, je t'ai attendue. Tu es arrivée en fin de journée, très en beauté, parfumée, vêtue d'une robe noire dégageant tes épaules bronzées. D'abord, cocktails sur cocktails au bar de mon hôtel. Excellent repas de poisson. Puis trajet en ascenseur jusqu'à ma vaste chambre à travers laquelle, Irène, tu t'en souviens, tu allais et venais comme si nous la partagions depuis des semaines. En toute simplicité, sans préliminaires, tu t'es assise au bord du lit, et tu as sorti de ton grand sac une bouteille de vodka, deux petites boîtes rondes pour enfermer tes verres de contact, une boîte de boules Quies, un tube de Lexomil, disposant méthodiquement le tout sur la tablette, à la tête du lit. J'étais sidéré mais séduit par tant d'aisance, de bizarrerie ou d'audace. Enfin, je t'ai regardée enlever tes lentilles en écarquillant les yeux, te mettre toute nue et te glisser sous les draps, me demandant : "Viens, viens vite", avec un petit mouvement du menton et un frémissement doré des épaules, en faisant tinter tes bracelets au-dessus du drap blanc.

« Nuit étrange, au cours de laquelle, faute de nous donner l'un à l'autre, nous nous sommes mutuellement volé un peu de plaisir. Sans précautions, sans retenue, avec une sorte d'urgence sensuelle complètement indifférente à la réalité de nos sentiments. Chacun à l'abri d'une peau mentale, solide comme une combinaison de plongée. Sans fusion ni confusion.

« À l'aube, je me souviens que je t'ai regardée dormir. Pétrifiée par le cachet de Lexomil, coupée du monde par les boules Quies. Je me suis trouvé dans une solitude effroyable. En proie à un vaste dégoût. Recroquevillé et nu au bord d'un fauteuil glacial. Ton sommeil chimique me propulsait à des distances prodigieuses. Tu avais l'air d'une morte, d'une folle, d'une étrangère. Je me demandais ce que nous faisions là, complètement séparés, dans ce silence, ces bruits d'eau derrière les cloisons.

« Enfin, au moment de mon départ, ma valise bouclée, comme j'allais appeler un taxi, tu m'as demandé, de ta petite voix plus enrouée que jamais : "Ne t'en va pas. Pas aujourd'hui. Reste encore un peu… Reste avec moi. Seulement quelques jours… Pourquoi pas ?"

« Après tout, prolonger mon séjour, prendre un autre avion, "rester encore un peu" m'était parfaitement possible. Quelques autres nuits. Quelques autres bars. Fumées. Chansons idiotes. L'occasion d'autre chose. Pourquoi pas ?

« Mais toi, tu dois te souvenir de mon air embarrassé, de mon refus de rester, sec comme un coup de fouet. "Non ! C'est absurde, Irène, impensable. Du travail. Un emploi du temps chargé. Désolé, désolé, je m'en vais…"

« Tu n'as pas insisté, Irène. Tu as même su retourner la situation avec élégance, en raison peut-être de ton habitude de ce genre de scènes, prétendant qu'après tout j'avais raison, que c'était mieux ainsi, "prendre ce que la vie nous donne… Rien de plus…". Tu m'as embrassé une dernière fois. "Et vive la vie !" as-tu ajouté en souriant. “Quelle vie ?” me suis-je demandé. Bientôt, il y aurait un océan entre nous. Tu vois, je n'ai rien oublié, Irène, rien. Tant d'émotion pour si peu de temps. »

Je n'ai pas prononcé une seule de ces paroles nostalgiques. Ce soir-là, au Montmorency, pas de « je me souviens » en cascade. Au contraire, j'ai choisi de faire part à Irène des quelques récentes et piteuses péripéties de mon existence : retraite ardéchoise, isolement brumeux, dissolution de ma société. Puis, sans perdre de temps, je lui ai raconté le passage de la randonneuse. Ne pouvant m'empêcher de m'étendre sur tant de mystère, je n'en finissais plus d'évoquer un Afghanistan de livres d'images, d'inventer, à haute voix, les aventures d'une inconnue. Les montagnes, le ciel, la lumière. Toute une vie secrète que le hasard m'avait permis d'effleurer. Déjà, je pressais Irène de se renseigner, dès que possible, sur ce mystérieux « Centre Général Mongeot ».

Le visage d'Irène était fermé. Elle se mordillait les lèvres comme elle le faisait au moment où je l'avais vue pour la première fois. Quelque chose n'allait pas. Mais plus je sentais que je l'indisposais, plus je pataugeais dans mes descriptions ardéchoises ou afghanes. Le gîte. La route. La Diagonale du vide. Elle a profondément soupiré, fermé les yeux, faisant un effort pour se ressaisir. Elle a vidé ce qui restait de mon Martini. « Oh ! Tu sais, je n'ai pas besoin de boire dans ton verre pour connaître tes pensées, à l'instant. Je suis seulement déçue. Mais c'est ma faute. T'appeler n'était pas une bonne idée ! Je ne sais plus ce que je dois faire. Ce que je dois te dire. » Puis brusque, elle a hélé le serveur : « La même chose ! »

Je me suis senti pris au piège. Condamné à poser des questions dont les réponses ne m'intéressaient pas. Ne songeant qu'à fuir, à errer seul dans la ville, je me suis entendu prier ma compagne de me raconter pourquoi elle était revenue vivre en France.

« Vivre ? » m'a-t-elle répondu.

J'ai vainement passé mon bras autour de ses épaules. Je touchais une femme dont je ne savais rien. Je ne touchais personne. Les premières années qui avaient suivi notre liaison de quelques heures, nous ne nous étions pour ainsi dire jamais fait signe. Une carte amicale de temps en temps. Petit à petit, nous nous étions écrit un peu plus souvent. Je recevais des lettres embrouillées auxquelles je répondais par des messages laconiques. À certains détails j'avais cru comprendre qu'Irène devait s'occuper d'un enfant. Était-ce le sien ? Était-elle mariée ? Elle me faisait part, de façon imprécise, de ses soucis ou de ses attendrissements. Missives troublantes et étonnantes, tristes mais très dignes, que je relisais avec plaisir. Puis nous étions passés aux coups de téléphone, espacés et imprévisibles, au fax, au courrier électronique, parvenant à garder le contact tout en ignorant tout l'un de l'autre.

Rentrée à Paris, Irène avait encore attendu plus d'un an pour me proposer une rencontre.

Et voilà que nous étions là, parallèles et encombrés de nous-mêmes. Chacun sur sa ligne. Irène a reposé son verre vide. Ses doigts ont agrippé le tissu de ma veste. J'ai senti qu'après avoir songé, elle aussi, à me planter là, elle se décidait enfin à parler.

Elle m'examinait sous toutes les coutures comme si elle doutait de ma présence réelle. Elle s'est levée brusquement : « Allons marcher, s'il te plaît, je pèle de froid tout à coup... »

Comme nous faisions une première fois le tour du Palais-Royal, sous les voûtes où la voix d'Irène résonnait, j'ai remarqué son essoufflement. Elle m'a tiré légèrement par le coude, afin que je marche moins vite.

« Oui, j'ai voulu rentrer en France, Marc, mais en réalité, cela n'avait rien à voir avec le terrorisme. Avec toute cette horreur, là-bas. Avec cette panique et cette paranoïa insupportables qui s'étaient emparées des Américains. Tu sais, le 11 septembre, il n'y a pas que leurs putains de tours qui se sont effondrées ! Pour moi, le 11 septembre est la journée la plus épouvantable de ma vie. Une journée d'horreur et de folie où tout a basculé. Le démon était à New York, ce jour-là ! Le démon Marc, oui, le *dé... mon* ! C'est bien moi qui parle comme ça, aujourd'hui. J'ai été en contact avec le démon ! Au milieu de toute cette cendre. Sous le panache de fumée noire. Ne me crois pas folle, je t'en prie ! C'est une façon de parler, si tu veux, mais c'est aussi la vérité, Marc. Je suis affreusement malheureuse, mais je ne suis pas folle. »

La voix d'Irène n'était ni exaltée ni désespérée, mais claire et nette. Elle se répercutait le long de la galerie qui devenait de plus en plus sombre. Son essoufflement augmentait.

« Si je suis revenue, c'est parce que je suis malade, Marc. Très malade. Un cancer. Découvert bien trop tard, complètement par hasard, lors d'examens médicaux qu'ils ont à tout prix voulu me faire, sous prétexte que j'avais respiré cette saloperie de fumée et le nuage de poussière qui noyaient Manhattan. Comme tant d'autres New-Yorkais, au lendemain de la catastrophe, je toussais, j'avais des nausées, des vertiges, une fatigue anormale. "Vous êtes soignée pour votre tumeur ?" m'a demandé le type en blouse blanche qui examinait les radios et les analyses des centaines d'habitants qui avaient des douleurs physiques, mais surtout une immense angoisse. "Ainsi, vous ne connaissiez pas l'existence de cette tumeur ?" répétait-il, ne croisant pas mon regard mais pointant un doigt sur mes poumons blancs et noirs qui s'étalaient sur l'écran lumineux. Le toubib ne comprenait pas que je prenne la nouvelle aussi calmement. Moi, je savais ce qui s'était passé. Je savais qu'il y avait quelque chose de démoniaque là-dessous… Mais laisse-moi le temps de t'expliquer. Je n'ai vraiment parlé de tout ça à personne. Surtout pas à Luc… »

En quelques minutes, entre Irène et moi, l'atmosphère était devenue extrêmement lourde. Le Palais-Royal plongé dans une obscurité glacée. De loin en loin, des statues, de lourdes portes entrouvertes sur nulle part. Des trous. Des lueurs. Un homme et une femme marchant côte à côte. Au hasard.

D'abord, Irène s'est cramponnée à mon bras, m'obligeant à la soutenir, comme au cours de notre nuit new-yorkaise. Elle était épuisée mais le fait de marcher, de bouger, l'aidait à me raconter, en désordre, un mal et un malheur dont je ne me doutais pas quelques minutes plus tôt. À quoi avaient donc servi nos rares contacts téléphoniques ou épistoliers ? Et puis, le souffle court, elle m'a demandé à s'asseoir. Le premier banc venu.

« En vérité, Marc, je suis rentrée en France pour me soigner. Enfin, pour tenter quelque chose. Une chimiothérapie qui m'a complètement démolie. Qui n'a surtout servi à rien. À Paris, il me semblait aussi que Luc serait à l'abri. À Paris, l'ancien temps, la paix des matins, le côté village faisaient encore semblant d'exister. Toujours Paris ! Comme si de rien n'était. Alors qu'à New York, tout le monde avait compris que rien ne serait plus jamais comme avant. Tout se déglinguait et se fissurait depuis des années, mais désormais, oui, c'était là ! La catastrophe. Un truc rampant. Mortel. Maléfique. La sécurité nulle part. Pour très longtemps.

« Bien sûr, tu me diras que partout dans le monde, les gens ressentaient la même chose. Mais pour eux, pour vous, en France ça restait abstrait. Un film catastrophe. Non, vraiment, il n'y a qu'à New York qu'on a respiré cette odeur de cendre, cette puanteur particulière de brûlé, de poussière, d'essence, de gravats. Une odeur qui est pour moi, aujourd'hui, l'odeur de l'existence. Odeur cancéreuse. Mon odeur… Tout pue ! Les rues, le pain, les journaux, mes mains, mes vêtements, mon corps. Tu ne peux pas comprendre ! »

À nouveau j'étais un type condamné à regarder des petits bouts de films projetés au hasard. Sentiment de déjà-vu et impression d'étrangeté absolue. Ce devait être ça, aussi, la Diagonale du vide.

16

C'était inévitable : Irène allait me raconter « son » 11 septembre ! Impossible de m'y soustraire. Horreur, terreur, démon. Sa version à elle. Son angle intime. Car une catastrophe collective affecte les individus un par un. Malgré moi, j'allais prêter l'oreille à l'histoire que voilà :

En ce mardi matin, 11 septembre, Irène avait dû se lever particulièrement tôt. Quitter l'appartement de Hudson Street où elle logeait avec son fils Luc qui avait à peu près quinze ans à l'époque. Donc, tout près des tours. Vers huit heures, elle avait pris un taxi pour se rendre à la projection privée d'un film dans le sous-sol d'une galerie d'art contemporain à l'angle de la 21e Rue ouest et de la 10e Avenue.

La minuscule salle de cinéma était un véritable bunker. À peine une vingtaine de personnes : le réalisateur, l'artiste lui-même, des amis, des galeristes et quelques critiques d'art. À huit heures quarante-huit, quand le premier avion a percuté la première tour, personne n'a rien soupçonné.

Le film, en noir et blanc, montrait un enchevêtrement de corps humains dénudés, remuant encore un peu, et de rouages de machines fonctionnant au ralenti. Puis une coulée de pâte grise, une sorte de lave translucide, submergeait tout avec une infinie lenteur. Une bande-son très violente superposait des cris d'animaux qu'on égorge, des grincements, des coups de fouet ou de feu, à une mélodie mélancolique, un peu kitsch, venue d'une ancienne mémoire des hommes. C'était la performance. L'œuvre d'art. Chair, acier, pâte, souffrance animale, désolation.

Il devait être dix heures moins le quart lorsqu'une employée de la galerie d'art est descendue dans le bunker, criant qu'il se passait quelque chose. Ses hurlements avaient du mal à couvrir les cris poussés dans le film. L'événement terrible dont elle parlait semblait être un simple prolongement de ce qui se déroulait sur l'écran. Personne n'a bougé.

Mais, au bout d'un moment, Irène et quelques autres spectateurs sont tout de même sortis. Dans le hall, un attroupement en pleine sidération. Des gens, bouche bée, devant des téléviseurs. On voyait les deux tours qui brûlaient. Le ciel bleu. Les flammes. Quelque chose d'irréel. Un accident terrible. Une sorte de reportage auquel on avait du mal à croire.

« Luc ! » Irène avait hurlé. Elle venait de réaliser que ce qu'on apercevait sur l'écran était en train de se passer vraiment. Carambolage images réalité…

« Luc ? Mais il est dans l'appartement, puisqu'il m'a dit, hier soir, qu'aujourd'hui il n'allait pas en classe… Dans l'appartement, tout seul. »

Alors, elle s'est précipitée dans les rues de New York où tout semblait bizarre. Des voitures effectuaient de brusques demi-tours. Des gens, à pied, couraient en direction du sud.

Irène a couru à son tour. Bientôt elle a vu l'épaisse fumée noire. « Luc ! » Elle répétait « Luc ! ». « Pourvu qu'il ne lui soit rien arrivé. Pourvu qu'il n'ait pas peur. J'arrive. J'arrive ! » Elle se souvenait effectivement que, la veille, son fils lui avait dit n'avoir pas classe le lendemain. Elle n'y avait guère prêté attention car il se débrouillait très bien tout seul lorsqu'elle était prise par son travail. « … et si l'immeuble avait été touché lui aussi ? » Sans cesser de courir, elle appuyait sur les touches de son portable : « Luc, réponds, nom de Dieu ! Réponds ! » Mais rien.

C'est à dix heures dix, au moment où elle atteignait Canal Street, que la tour Sud a commencé à s'effondrer alors que des policiers tendaient vainement des bandes colorées pour tenter d'interdire le périmètre. Des gens continuaient à avancer vers le lieu de la catastrophe, et puis ils ralentissaient, tête levée, yeux exorbités, se figeant peu à peu dans le formidable grondement tandis que le monstrueux nuage s'enfonçait dans les rues.

À dix heures et demie, Irène essayait d'approcher de l'appartement, avec la plus extrême difficulté, dans cet épais brouillard, tandis que les hurlements des sirènes lui parvenaient de façon assourdie. Elle avait dépassé d'autres policiers puis croisé tous ces spectres blancs et hagards qui arrivaient en sens inverse, des serviettes sur la tête, leur chemise devant la bouche, certains en chaussettes, terrorisés mais étrangement muets, les bras levés au-dessus de la nuque comme pour se protéger de ce qui derrière eux s'effondrait, les rattrapait, de tout ce qui tombait de centaines de mètres de hauteur, pluie lourde de débris carbonisés, morceaux de corps humains peut-être, entre les milliers de feuilles de papier blanc qui planaient doucement.

Mais ça devenait irrespirable. Irène était une statue de cendres qui avançait encore un peu, toussait, étouffait. De la cendre sur les cheveux, sur le corps. De la cendre dans les narines, la gorge, les poumons. Elle s'asphyxiait, titubait, en hurlant « Luc ! Luc ! » sans qu'aucun son ne sorte de sa bouche. À ceux qui couraient dans la direction opposée, la bousculaient, elle voulait dire « Mon fils est là-bas. Là-bas dedans ! Là-bas dessous ! Le retrouver… ». Mais tout devenait extrêmement obscur. Il n'était plus possible de progresser dans ce roulement de tonnerre ponctué d'explosions. Elle allait s'évanouir.

Assise contre moi, sur le banc du Palais-Royal, Irène ne lâchait pas mon bras. À tout ce qu'elle me racontait, je superposais ce petit nombre de clichés banalement horribles à travers lesquels nous sommes à jamais condamnés à visualiser le « 11 septembre ». Mais soudain, elle s'est détachée de moi, m'a presque repoussé, s'est mise debout, m'a fait face et, malgré sa fatigue, m'a parlé avec une vigueur peu commune.

« Tu vois, Marc, c'est à ce moment précis que du fond de mes entrailles est montée une supplication terrible. Je suppliais, je demandais dans le vide, dans la cendre, dans l'air irrespirable, que l'Horreur me frappe moi et épargne Luc. Que si le démon était là, sur nous, sur la ville, immense et noir, il me prenne moi et lâche mon fils. Je demandais à je ne sais quelle puissance diabolique, de toute mon âme, que la malédiction s'acharne sur moi, pourvu que mon fils, lui, reste vivant ! J'étouffais, ma poitrine me brûlait, je pleurais, mais, dans ce chaos aveugle, je désirais qu'il existe un être d'une méchanceté absolue avec lequel je pourrais faire un pacte. Que moi je meure ! Que le mal soit en moi ! Donnez-moi la maladie la plus atroce, la douleur la plus insupportable, à moi, sa maman, mais laissez-le, lui, si doux, si droit, si pur, si seul parfois, et un peu triste… Si jeune encore ! Je vous en prie. Prenez-moi ! Moi sa mère, mais pas lui ! Moi à sa place !

« Je n'en pouvais plus. Je trébuchais. Je tombais. Mais j'implorais toujours le démon. À ce moment-là, deux hommes m'ont prise chacun par un bras, stoppant net ma progression mortelle dans la fumée. Deux poignes de fer au milieu du chaos, de tout ce bruit que je ne percevais même plus. Je les ai vaguement distingués. Comme dans un cauchemar. L'un d'eux était torse nu, l'autre était couvert de sang et de poussière blanche. Ils m'ont entraînée violemment en arrière, m'ont traînée sur le sol. À la fin, tout en courant, ils me tiraient par les poignets, comme une loque, une maman éperdue. Plus loin, les deux hommes m'ont aidée à me remettre sur pied. Ils m'ont poussée dans le hall d'un immeuble où des gens m'ont prise en charge. Des mains me tendaient des bouteilles d'eau. Des bras entouraient mes épaules. On m'obligeait à m'asseoir, à m'adosser au mur. J'ai bu, longuement. J'étais morte. Les deux hommes qui m'avaient sauvée s'aspergeaient eux aussi le visage, mais sans un mot. Personne n'avait les mots. Personne ne disait rien. Pourtant, tout à coup, au cœur de ce désastre, alors que de l'eau dégoulinait sur mes cheveux et mon visage, j'ai eu la conviction que le démon avait accepté mon pacte. Oui, il avait dit "oui", je le sentais. Alors je suis devenue étrangement calme. Épuisée, vidée, mais calme. Rassérénée. Toujours assise sur le sol, je regardais les silhouettes qui couraient, de l'autre côté de la baie vitrée, mais je n'avais plus envie de bouger, de courir vers Luc, de le retrouver. Maintenant, ça pouvait attendre. Je savais qu'il était vivant !

« J'ignorais, bien sûr, quel genre de mal le démon m'avait inoculé mais mon fils était vivant, j'en étais absolument sûre. Car la veille, je m'en souvenais à présent, Luc ne m'avait pas seulement dit qu'il n'allait pas en classe : il avait ajouté, sans que j'y prête vraiment attention, qu'il devait partir très tôt lui aussi, pour une sortie scolaire... Un musée lointain ? Un parc naturel ? Ponctuel comme il était, Luc avait forcément quitté l'appartement quelques minutes après moi. Avant l'attentat, donc. Avant l'écroulement, surtout ! C'était sûr, il était loin de tout ce désastre. Il était à l'abri. Le démon avait donc accepté de me prendre ! Moi à la place de mon enfant ! C'était ça le pacte ! Et je me fichais complètement de ce qui allait m'arriver. Je restais là, à demi allongée dans ce hall, me sentant capable d'accueillir n'importe quelle malédiction, puisque, avant la fin de ce jour maudit, nous allions forcément nous retrouver quelque part. Nous allions être à nouveau tous les deux. Et nous allions foutre le camp de cette ville ! De ce pays ! »

J'avais devant moi une Irène inimaginable quelques instants plus tôt. Maternelle jusqu'au délire. Mère entre toutes les mères. Mère en temps de guerre. Prête à pactiser avec le diable pour sauver la vie de son enfant. Soudain, les paroles de ma propre mère me sont revenues en mémoire : « Quand une femme a mis un enfant au monde, qu'il soit tout petit ou “devenu grand”, elle entre dans une solitude terrible », « pas de mots pour ça… », « une impression de la fragilité des êtres… », « un souci dont elle ne parle à personne… », « ça dans le ventre… » La voix de ma mère. La maternité de ma propre mère. Du coup, j'ai senti à quel point j'avais été privé, moi, toute ma vie, de ce souci inexprimable. Privé de cette solitude. De ce désespoir à propos de la fragilité des enfants. Mâle en marge. Toujours trop léger. Toujours trop lourd. Trop absent. Trop évanescent.

« Tu comprends, m'a dit Irène, pourquoi je n'ai pas été surprise quand le toubib, les yeux braqués sur mes radios, s'est mis à me parler d'une tumeur. “Inquiétante ! disait-il. Très inquiétante.” Je devais traîner ça depuis de longs mois, deux ans peut-être, mais c'est seulement en cette mi-septembre, quelques jours après la catastrophe, que ça s'est révélé. Que le mal montrait son mufle puant. Pour moi, ce n'était pas un hasard, mais la confirmation du pacte ! Trois mille morts : moi, une tumeur. Moi malade mais Luc sain et sauf. Et il a même été plutôt content lorsque je lui ai annoncé que nous allions rentrer en Europe. Habiter Paris qu'il connaissait à peine. »

Irène s'est alors un peu calmée. Elle s'est assise à nouveau contre moi, sur le banc. Elle a encore tenu à me raconter comment, au soir du 11 septembre, Luc et elle avaient réussi à se retrouver, en ayant tous deux l'idée de se rendre chez des amis de Brooklyn dont le téléphone fonctionnait encore. Puis, à voix très basse, comme une dernière confidence, elle a ajouté :

« Tu sais, Marc, il est possible que je meure avant la fin de l'année. C'est bizarre de pouvoir tenir des propos pareils, non ? C'est parce qu'on n'y croit pas. Toutes mes dernières analyses sont très mauvaises. Comme je te l'ai dit, la chimio n'a servi à rien. Cette saloperie s'est développée, au contraire. Des métastases partout. Qui grossissent vite. Foie. Pancréas. Tu sais qu'ils vous disent absolument tout aujourd'hui ! Le pire. Avec un petit air professionnel et désolé. “Votre cancer s’est mis à flamber, madame”, voilà ce qu’ils me disent. Ils trouvent même incompréhensible que je sois encore capable d’aller et venir, de travailler encore un peu. Parce que je veux faire mon métier jusqu’au bout. Mais il paraît que d’un jour à l’autre ça va basculer. “Flamber.” Des douleurs. Insupportables. Ils ont un joli terme pour ça : “douleurs transfixantes”. Comme un javelot qui te traverse le ventre. Alors ça va très vite. La morphine. De plus en plus de morphine ! En tout cas je l’espère. C’est de souffrir que j’ai peur ! Mais surtout, je ne voudrais pas que Luc me voie trop délabrée. Sans moi, je ne sais pas ce qu’il va devenir… Je suis inquiète, Marc, affreusement inquiète… »

Deux heures plus tôt, j’étais installé devant un Martini. Seul, très légèrement halluciné, mais plutôt calme. Presque bien. En tête, un autre paysage et un autre visage. Et voilà qu’après les révélations d’une femme que je connaissais à peine, je restais abasourdi, groggy comme un boxeur en plein match soudain propulsé dans les cordes, les yeux pleins de sang.

En même temps, sous ce récit, je sentais une menace. Une menace bien réelle. À la façon dont Irène m’a soudain regardé, j’ai compris qu’en moi, quelque chose la décevait toujours profondément.

« Je me sens très mal, m’a-t-elle dit. Je veux rentrer. Tu proposais que nous dînions ensemble, mais je n'ai plus faim. Je suis trop fatiguée. Te revoir n'a servi à rien. »

J'ai insisté pour la raccompagner. Marche silencieuse. Immeuble. Appartement. Intérieur nuit. Irène a claqué la porte derrière nous, éclairé plusieurs lampes, quitté et lancé ses chaussures à travers le hall d'entrée, s'est précipitée vers le réfrigérateur, a sorti une bouteille, m'a placé deux verres dans les mains, puis, m'invitant à la suivre, elle est allée s'effondrer sur un canapé.

« Regarde, elle est toute givrée. Pour que la vodka soit bien glacée, je la laisse dans le congélateur. »

Boire lui a redonné quelques forces. Les joues plus roses. Les jambes repliées sous elle. Elle s'était mise à l'aise. Jupe remontée très haut, chemisier à demi défait. Elle passait vigoureusement la main dans ses cheveux comme pour se tenir éveillée. Imperceptiblement, dans la douce lumière des lampes, elle a commencé à ressembler à la belle journaliste rencontrée autrefois. Avec ce charmant sourire à la fois mondain, mutin, chaleureux et triste que je lui avais connu. Métamorphosée par l'alcool, elle s'est détendue. Comme si elle ne m'avait jamais parlé de sa maladie. Comme si elle n'avait pas évoqué, quelques minutes plus tôt, cette proximité de la souffrance et de la mort, ni fait part de son inquiétude à propos de son fils. On aurait dit que je venais de sonner à sa porte et que nous nous consacrions, sur-le-champ, à d'amicales retrouvailles.

C'était absurde, bien sûr, mais ce faux-semblant

m'a légèrement rassuré et, au bout de quelques minutes, c'est elle qui a insisté pour que je lui parle à nouveau de ma course folle sur les petites routes et les chemins à la poursuite de l'énigmatique femme soldat. Irène s'indignait que j'aie laissé enlever cette créature par des sbires. À son tour, elle se passionnait pour toutes ces histoires d'agents secrets, de trésors archéologiques, d'orphelinats, de médecins humanitaires, d'actes horribles et mystérieux commis par une femme blonde, en Afghanistan. À son tour, elle s'intéressait à l'étrange « commandant Francis », à ses missions, à sa rigidité militaire, à sa folie, à une rafale de MK45 dans ses vertèbres, à sa tétraplégie et à sa Diagonale du vide.

« Si tout cela est réel, bien sûr ! Si elle ne t'a pas trop menti. Si tu n'as pas rêvé. » Elle a ajouté : « Je connais quelqu'un qui pourrait peut-être t'aider. Un homme qui sait beaucoup de choses sur les activités secrètes de la France à l'étranger. Un type plutôt trouble. Un ancien de la D.G.S.E. mais qui a encore d'autres activités que j'ignore. Il a été une de mes sources pour des articles délicats. Il s'est aussi servi de moi, à l'occasion, lorsqu'il voulait laisser filtrer certaines informations secrètes, tout en restant dans l'ombre. Tu verras, je peux te recommander auprès de lui. »

Irène faisait soudain comme si tout était absolument normal ou banal. Les services secrets, les terroristes, le cancer. Comme si tout continuait : la vie, le journalisme, l'alcool, la conversation.

Elle a encore beaucoup bu. La vodka comme

de l'eau. Elle s'est enfin écroulée. Dans cet appartement que je ne connaissais pas, j'ai voulu trouver sa chambre afin de l'allonger plus confortablement. Réalisant avec effarement à quel point Irène était légère, je me suis retrouvé dans l'entrée, puis dans un couloir, avec cette femme dans les bras. Impression de répétition. Impression amère comme la mort. Grande solitude.

J'ai poussé une porte, cherché à tâtons un interrupteur. C'était manifestement la chambre de Luc. Un univers d'adolescent. Lit étroit, petit bureau, livres et revues en désordre mais, sur les murs, de grandes feuilles de papier à dessin couvertes d'illustrations qui ont accroché mon regard. Ce n'étaient pas des affiches, mais des œuvres originales, exécutées à l'encre de Chine, au lavis, avec des dégradés de gris et de sépia, qui représentaient des villes fantastiques, un vaste univers architectural où toutes les formes et tous les styles de bâtiments se mélangeaient, se combinaient les uns avec les autres, et flottaient dans l'espace. Irène, ouvrant un œil, a murmuré, contre mon cou, d'une voix pâteuse :

« Non, ma chambre est plus loin… Tu as vu, c'est Luc qui fait ça. Il dessine tout le temps. Toujours la même chose… C'est beau, tu ne trouves pas ? »

Je commençais à m'habituer à déposer des femmes inconscientes sur un lit, à étaler affectueusement une couverture sur leur corps inerte. En souvenir d'un vaste lit américain, je me suis allongé à côté d'Irène, et j'ai sombré.

À l'aube, des bruits m'ont réveillé en sursaut. De l'eau coulait. Aucune femme n'était plus blottie contre moi. J'avais froid. Il faisait encore très sombre. Pieds nus, j'ai longé silencieusement le couloir jusqu'à la cuisine, seule pièce éclairée dont la porte ouverte faisait une sorte d'écran lumineux sur lequel on voyait Irène s'agiter, premiers gestes matinaux, tasse et cafetière. Hagarde, froissée, elle semblait faire un effort terrible pour se reprendre et émerger, passait et repassait ses mains sur son visage comme pour effacer un malaise.

Craignant de la gêner en faisant irruption dans sa débâcle intime, j'ai tenté de me fondre dans le noir. Dans le rectangle coloré, un pénible spectacle : Irène assise seule à la petite table, puis se relevant, nerveuse, une main sur la poignée du réfrigérateur. Soudain, elle a saisi une bouteille de vodka, s'est versé un verre qu'elle a vidé d'un trait. Elle a ensuite avalé une longue gorgée de café, a reposé sa tasse avec brusquerie, et a pris sa tête dans ses mains. Pleurait-elle ? Était-elle trop mal en point pour pleurer ? Une attitude qui disait sa solitude sans limites, son désespoir, sa lassitude, mais surtout, c'est ce que j'ai pensé, l'impossibilité de parler de tout ce malheur à qui que ce soit, moi y compris, moi qu'elle avait pourtant appelé, retrouvé et entraîné chez elle. J'aurais voulu disparaître. J'aurais voulu être ailleurs. Loin.

Je croyais qu'Irène ne se savait pas observée. Sans relever la tête, les doigts toujours enfouis dans ses cheveux en désordre, elle m'a soudain parlé, d'une voix qui m'a paru trop forte dans le silence de l'aube : « Approche, Marc, ne reste pas comme ça dans l'ombre. Je ne suis pas belle à voir, ce matin. Viens. Il y a du café. »

Elle m'avait donc entendu. J'ai fait trois pas en avant pour la rejoindre. Je me suis dit que lorsqu'on regarde un être en sachant qu'il se trouve « du côté de la mort », chacune de ses paroles prend une profondeur effrayante, chacune de ses réactions une signification obscure.

Lorsque je me suis assis en face d'elle, Irène a redressé son buste, essuyé ses yeux, lissé ses cheveux et m'a souri avec un mélange de détermination et de tristesse. Un sourire qui m'a bouleversé.

« Pardonne-moi, Marc. Je n'ai pas trouvé le courage, hier soir, de te dire certaines choses. Je me suis effondrée un peu vite. Moi aussi. Mais peut-être as-tu déjà tout compris ? À treize heures, si tu veux, rejoins-moi à La Chambre. Tu connais, bien sûr ? J'y déjeune assez souvent. C'est dans ce restaurant que Luc et moi devons nous retrouver, tout à l'heure. Il était en Normandie, chez ma sœur. Il arrive par le train. Je voudrais que tu le rencontres, que tu le voies. Au moins une fois. D'ailleurs, l'homme dont je t'ai parlé, l'ancien de la D.G.S.E., y déjeune aussi souvent. S'il y est, je tâcherai de lui toucher deux mots de ton histoire d'espionne. On verra bien… »

Irène partie travailler, je suis resté seul, perplexe, tandis que le mot « espionne », « une espionne » flottait dans beaucoup de gris, et je savais que je n'allais pas manquer le second rendez-vous qu'Irène me donnait.

J'avais du temps devant moi. J'ai eu envie de pousser à nouveau la porte de la chambre de Luc. Revoir les dessins qui m'avaient fugitivement troublé, la veille. Immédiatement, mon regard a été absorbé par cette accumulation de détails appartenant à une construction fantastique. Portes, fenêtres, rues, couloirs, arcades, ponts, par centaines. Passerelles et escaliers interminables, balcons, terrasses et tourelles qui montaient jusqu'à quelque ciel ou s'enfonçaient dans les profondeurs, tandis que volumes, cellules, recoins obscurs se développaient, se multipliaient, s'enchevêtraient, du premier plan à l'infini. Impossible de se repérer dans cette cité infinie, ce monde follement urbanisé, sans bord ni centre, où se mélangeaient toutes les inventions humaines.

On était pris de vertige, car tout reposait sur un vaste trompe-l'œil dû à des audaces graphiques savamment calculées. Un dispositif optique compliqué empêchant de se faire une idée de l'échelle et contraignant à passer sans cesse de la vision globale à la forme la plus minuscule. Des traits noirs extrêmement précis finissaient par s'écheveler pour se fondre dans un dégradé de lavis qui donnait à son tour naissance à des filaments engendrant d'autres formes.

Le plus angoissant, c'était cette impression de désert. Pas une présence humaine ! Pas un corps apparent. Pas une tête, pas un visage, pas un regard. Personne. Une gigantesque construction, mais vaine et vide. Inhumaine. Un lendemain de catastrophe. Une abolition de toute présence charnelle, animale, végétale, vivante. Rien. Le prodige d'une prolifération architecturale vouée aux courants d'air. Et encore ! S'il y avait de l'air…

17

Bien sûr que je connaissais La Chambre, brasserie renommée située en plein milieu du « triangle des pouvoirs », à presque égale distance des ministères, des grandes maisons d'édition, et des organes de presse ou de publicité les plus influents. Depuis longtemps, s'y côtoyaient les hommes politiques et leurs amis, quelques banquiers, des ténors des médias ou de la mode, écrivains, éditorialistes et éditeurs. Une toute petite surface triangulaire où tout le monde se connaissait, se congratulait. Chacun cherchait l'appui ou la faveur du puissant du jour tout en en médisant le plus possible. Le fiel des confidences circulait à la vitesse des meilleurs poisons. L'essentiel était avant tout d'être vu en ce lieu, reconnu, salué d'un « Ça va ? », appelé par son prénom. Connivence et calomnie. Affaires et alliances. Complots et contrats. Bref, en cas d'ambition, il était préférable de « garder la Chambre » ! À une époque, j'y avais moi-même déjeuné assez souvent en compagnie de designers, d'industriels, et de prétendus experts en communication. C'était donc là qu'Irène continuait à venir. Se montrer. Faire des rencontres. Établir des contacts. Prouver qu'elle existait toujours. Même malade et désespérée. Tenant à donner le change le plus longtemps possible.

Lorsque je me suis glissé entre les pans de l'épais rideau rouge, j'ai tout de suite repéré Irène, amaigrie mais maquillée, occupée à faire de petits signes familiers et complices aux uns et aux autres. Elle m'a accueilli avec un sourire excessif et crispé et s'est d'abord amusée à m'égrener un chapelet de noms propres dont les possesseurs jouissaient d'une provisoire notoriété.

Ce qui m'a semblé le plus saugrenu, dans cet aquarium des mondanités où nageaient, entre algues et bulles argentées, toutes sortes de poissons ambitieux, c'est l'insistance d'Irène pour que je lui raconte à nouveau comment j'avais décidé de tout arrêter, de me débarrasser de l'entreprise, et d'aller passer de courtes journées et de longues nuits d'hiver dans la solitude du plateau ardéchois. Elle m'écoutait avec grande attention, un air immensément triste, comme pour se cramponner, elle aussi, à une autre histoire que la sienne. Puis elle a exigé que je lui décrive avec précision l'allure de la randonneuse. Sa cape de pluie. Son accoutrement. La couleur de ses cheveux. Ses gestes. Son doigt dans la bouche du renard. Puis sa tête tondue.

À La Chambre, l'après-midi était déjà bien entamé, les déjeuners se prolongeaient et s'étiraient en longueur, le vacarme allait croissant.

Chocs des verres et éclats des voix. Une tablée était plus bruyante que les autres. Presque exclusivement des hommes qui riaient très fort. Irène a remarqué que je les considérais avec agacement.

« J'imagine que tu en reconnais un certain nombre, non ?

— Plus ou moins. Leur visage me dit quelque chose, mais les noms me manquent.

— Presque tous sont des hommes politiques importants, députés, ministres, chefs de cabinet. Mais le plus drôle, c'est qu'ils appartiennent à des partis politiques qui s'affrontent durement dans l'hémicycle et plus encore sur les plateaux de télévision. »

Et Irène s'est appliquée à me nommer ceux qui appartenaient à la majorité, ceux qui appartenaient à l'opposition, à la gauche de l'opposition, au centre droit ou gauche. Au centre du milieu. « Ici, à La Chambre, il n'y a qu'un seul parti », a plaisanté Irène.

Les hommes politiques riaient de plus belle. Ce qui m'a soudain frappé, en les observant, c'est un mouvement compulsif, un peu comme un tic nerveux qu'avaient ces hommes de pouvoir et qui consistait à saisir la vaste serviette de table blanche et empesée, à s'en essuyer vigoureusement la bouche et le bas du visage, comme pour tenter d'effacer à tout prix leurs rires de leurs visages cramoisis ou au moins empêcher que cette hilarité ne leur déforme les traits et ne leur dévore toute la tête.

J'ai fini par céder à une sorte d'hypnose. Les bruits et les voix ne me parvenaient plus que par intermittence, de façon lointaine. Lequel de ces êtres ruisselants de pouvoir ou notoriété avait un jour ressenti le désir de « tout arrêter » ? De partir ? De liquider, de perdre, d'abandonner ? D'être abandonné ? Lequel aurait un jour l'envie de devenir, enfin, imperceptible.

Me voyant perdu dans ma rêverie, Irène avait quitté notre table pour aller rejoindre un homme qui déjeunait seul. Je l'avais déjà remarqué, veste de tweed, cravate noire, cheveux de couleur métallique, regard inexpressif. Impassible, au lieu de se plonger dans un journal ou de se pencher sur son assiette, il observait, méthodiquement, tous ceux qui s'agitaient autour de lui.

Irène lui parlait à voix basse mais l'homme ne la regardait pas. Ne perdant sans doute pas une miette de ce que cette femme lui racontait, il continuait à scruter la salle, sans bouger le torse ni la tête, son regard perçant tournant lentement, de droite à gauche, de gauche à droite, comme le pinceau d'un phare qui, au lieu d'éclairer, absorberait la lumière. Seules bougeaient les lèvres d'Irène et j'ai cru y lire des mots comme « Afghanistan » ou « services spéciaux ».

À un moment, j'ai senti que le lent faisceau m'effleurait, arrachant à mon apparence une foule d'informations.Je suis resté à table, mais j'ai déplacé ma chaise afin de lui tourner le dos.

Un très jeune garçon venait de faire son apparition entre les pans du rideau rouge. Timide entrée en scène de celui qui ne pouvait qu'être Luc, tant ce mince corps adolescent, ce visage anguleux et pâle, cette tignasse noire en bataille paraissaient déplacés sur cette scène impitoyable. Apparition soudaine. Fragilité en chemise blanche. L'ange de l'impouvoir ! Une gêne discrète, engoncée dans un manteau difforme. Un être léger, venu d'ailleurs, qui s'était glissé par la fente cramoisie dans un univers hostile. Sous son bras, un grand carton à dessins qui semblait l'encombrer. Le garçon est resté debout, devant le rideau, comme un acteur qui s'est trompé de représentation et qui, se trouvant soudain face au public, ne dispose d'aucune réplique correspondant à la pièce dans laquelle il a fait irruption, s'exposant aux huées ou aux rires.

Après avoir intensément regardé dans ma direction, étonné que sa mère ne soit pas à sa table habituelle, il s'est mis sur la pointe des pieds afin d'avoir une vue plus générale de la salle, mais, de l'entrée, il lui était impossible d'apercevoir le recoin où complotaient Irène et l'homme aux cheveux métalliques. Comme Luc me considérait à nouveau en fronçant les sourcils, j'ai esquissé, presque malgré moi, un geste de connivence qui l'invitait à s'approcher.

J'ai senti son désir de s'enfuir, sa tentation de traverser les plis du rideau et de disparaître. Mais il y avait aussi en lui une sorte de courage ombrageux qui l'a décidé à faire quelques pas, et à se planter devant moi, silencieux, attentif à ce que j'avais à lui dire.

Tout s'est passé très vite. Je me suis présenté. Vieil ami de sa mère. Attablée un peu plus loin, elle n'allait pas tarder. Spontanément, j'ai tutoyé ce garçon, ce qui n'a pas eu l'air de le choquer. Avait-il mangé ? Voulait-il un café ? Voulait-il s'asseoir en face de moi ? Silence. Ou laconisme hostile. Je souriais le plus aimablement possible. Il demeurait distant. Quelques questions conventionnelles à propos de ses études, de ses projets, de ses goûts. Entre nous le grand carton à dessins qu'il avait posé sur la banquette. Alors, sans lui avouer qu'il m'avait été donné d'examiner attentivement les grandes images de sa chambre, j'ai risqué : « Je crois que tu dessines beaucoup ? Ce sont tes dessins ? » Il a haussé les épaules. Regardé ailleurs. Après un nouveau silence, j'ai laissé entendre que, à une période de ma vie (je n'ai pas précisé laquelle), le dessin avait tenu une place très importante (je n'ai pas précisé quelle place). Tandis que je me livrais, presque malgré moi, à cette demi-confidence, j'ai senti une agréable électricité parcourir mon bras, contracter les muscles de ma main et les nerfs de mes doigts qui se sont convulsivement rassemblés autour d'un crayon fantôme, et ont esquissé dans le vide une forme invisible. Ce discret mouvement n'a pas échappé à Luc. Il a très légèrement changé d'expression, esquissé un sourire timide et plutôt gentil, comme si le mot « dessin », prononcé dans cet endroit où il venait rarement et dont manifestement il se méfiait, permettait l'esquisse d'une complicité entre nous. Il s'est demandé quel type je pouvais bien être. Ami ou ennemi ? Il était sans doute habitué à trouver dans l'entourage de sa mère ces individus détestables qu'elle feignait de fréquenter pour raisons professionnelles mais qui l'aidaient surtout à se persuader qu'en virevoltant dans la mondanité, elle pouvait encore vivre longtemps. Survivre. Tenir le coup. Pour lui, Luc, qui ne savait pas qu'elle allait mourir.

Lorsque je lui ai demandé, pour donner le change, quelle sorte de dessins il faisait, il a prétendu que ça n'avait aucun intérêt, qu'il s'agissait d'un univers strictement personnel, et même obsessionnel dans lequel il évoluait tout seul. Bon, très bien…

Irène ne revenait pas, mais jetait des coups d'œil furtifs dans notre direction sans faire aucun signe à son fils. Ni à moi.

Des convives se levaient, quittaient le restaurant à grand bruit. Vidée d'un coup, la partie de la salle où Luc et moi attendions devenait moins bruyante. Je ne disais plus rien. Absorbé dans mes pensées, je regardais ailleurs. Je réalisais que durant tout le repas, en dépit de la distraction offerte par la faune locale, j'avais attendu l'arrivée annoncée du fils d'Irène avec une certaine anxiété. Une inexplicable boule dans la gorge. Mais à présent qu'il était là, avec ce corps et ce visage, cette voix douce mais ferme, cette méfiance sans excès et cette espèce de fierté tranquille, je constatais que la boule oppressante avait disparu. Au contraire, je me sentais étrangement bien en sa compagnie. J'appréciais même notre duo mutique. Assis l'un en face de l'autre. Les yeux baissés. Les doigts jouant avec les miettes éparpillées sur la table.

Front plissé, maintenant fermement son carton à dessins posé entre nous tel un mur protecteur, il m'observait à la dérobée. « Vous voulez jeter un coup d'œil ? m'a-t-il soudain demandé comme on se décide à sauter dans un lac glacé.

— Juste un coup d'œil. Tu prétends que c'est un monde à toi. Alors il faut le protéger. C'est précieux. »

Sans attendre, les longs doigts maigres de Luc ont tiré sur les lacets noirs, noués en boucle sur les trois côtés du carton qui n'a fait que s'entrouvrir. Mon jeune compagnon en a extrait une feuille épaisse et toute vibrante, qu'il a tenue à bout de bras devant moi. J'ai éprouvé le même vertige que devant les grands dessins sur les murs de sa chambre. Agacement et admiration face à ce prodige optique qui nous plaçait au centre d'une ville divine et infinie dont le centre était partout et la circonférence nulle part, évidemment ! Une nouvelle fois, mon œil s'est laissé tromper par ces immenses perspectives. Luc tenait fermement la feuille. Je hochais la tête, mais ne faisais aucun commentaire.

Il m'a expliqué que chacune de ses planches pouvait se connecter à toutes les autres, que ces images appartenaient au même ensemble. Dessiner, pour lui, c'était se déplacer dans cet univers en faisant des relevés de la cité géniale et démente, qui s'était un jour imposée à lui, et à travers laquelle il se mouvait, chaque nuit, dans ses rêves. Il avait baptisé ce labyrinthe « Chaosmopolis ». Vaste désordre d'espaces architecturaux parfaitement ordonnés.

C'était assez impressionnant. J'éprouvais à nouveau un léger malaise. J'ai seulement dit : « Mais, il n'y a personne là-dedans. Tout est désert !

— Oui, ou plutôt non ! m'a rétorqué Luc. Il y a un habitant ! Un seul. Il erre entre les murs. Un être qui ne cesse de se déplacer, de guetter, de chercher, d'observer. Il est partout. Il fait des repérages. Il a ses itinéraires, ses pistes. Il voudrait passer partout. Il est infatigable. Mais surtout il attend.

— C'est toi, cet habitant ? ai-je demandé. Il attend quoi, ton personnage ? Ou qui ? Et d'abord où se cache-t-il ? »

Luc s'est contenté de poser un doigt sur le papier, à un endroit précis.

« Ici ! Vous le voyez ? Ses yeux, dans l'ombre, vous les voyez ? Sa silhouette ? Et là, aussi, sous ce porche. Et là, dans la tour. »

Soudain, ça m'a semblé évident : dans un entrelacs de traits, dans une tache dont l'encre se diluait en gris de plus en plus clairs, j'ai aperçu, effectivement, la forme étirée d'un corps. Des mains, peut-être des griffes, mais surtout des yeux immenses. Il était presque imperceptible et pourtant il était là. Minuscule présence. Fantomatique et hagarde. Discrète et effrayée. Dans les plis et replis minéraux de Chaosmopolis.

Qui guettait-il, ce fantôme, dans la ville infinie ?

Qui attendait-il, ce petit monstre d'après la catastrophe ? Je n'ai pas pu en savoir plus, car Irène a fait irruption dans la bulle où nous voyagions Luc et moi, dans une autre dimension, au fil des traits et des formes. Tout de suite, d'une voix qui se voulait joviale mais qui sonnait faux, elle s'est dite très heureuse que son fils et moi ayons fait connaissance. Elle nous dévisageait, tour à tour, avec un air bizarre qui n'échappait pas au jeune garçon. Pour dissimuler son émotion elle faisait le même énorme effort que pour camper, devant le public de La Chambre, son personnage de journaliste active. Elle ne m'en a semblé que plus pathétique et fragile.

En sortant du restaurant, j'ai eu l'impression de respirer un air plus vif. Ne se décidant pas à me quitter, Irène gardait ma main dans la sienne. Luc, gêné, s'éloignait déjà en direction de la bouche de métro après m'avoir fait un petit signe d'adieu. Irène, restée près de moi, m'a dit :

« L'homme que je suis allée voir à tout à l'heure, tu as compris que c'était mon informateur ? Lorsque je lui ai décrit ta marcheuse — à moitié folle, selon moi —, il m'a semblé qu'il en avait entendu parler. Et aussi de ce fameux commandant qui a l'air de l'inquiéter. Ce type ne te regarde jamais dans les yeux. On ne sait pas ce qu'il pense. En tout cas, tu l'intéresses. Il m'a posé des questions à ton sujet. Il m'a donné ce numéro. Il souhaite que tu l'appelles. Quand je dis "il souhaite", c'est une façon de parler.

— Qu'est-ce que tu veux dire, Irène ?

— Sache qu'il est encore très puissant. Et dangereux. Il se tient en retrait mais il contrôle beaucoup de choses. Il a créé une officine privée. Renseignement. Action. Coups tordus. Je veux dire que si tu ne l'appelles pas, il saura très vite mettre la main sur toi. Je crois qu'il se demande ce que cette femme a bien pu te raconter. À moins que ce ne soit autre chose qui l'intéresse… »

La précipitation d'Irène m'a agacé. Finalement, je lui en voulais d'avoir retourné la situation. Elle s'était emparée d'un épisode de ma vie dont je ne savais pas moi-même ce qu'il signifiait. D'ailleurs, je ne savais plus si je désirais retrouver Marion ou si je préférais ne me souvenir que de son beau visage — cheveux longs, cheveux courts —, baigné de lumière afghane ou trempé de pluie ardéchoise. L'insistance avec laquelle Irène me forçait à songer à une suite m'était d'autant plus pénible.

Brusquement, Irène a agrippé le revers de ma veste, m'a attiré vers elle avec des yeux implorants, posé son front contre ma poitrine. J'ai senti la chaleur de son souffle. Elle a dit :

« Marc, je vais très mal, aujourd'hui. Par moments ce n'est qu'une gêne. Par moments une brûlure atroce. Et puis je suis épuisée. Je… Luc n'en sait encore rien, mais demain je rentre à l'hôpital. Ils vont me faire passer un nouveau scanner. Je vais savoir. C'est un mal terrible qui me ronge, tu sais. Plein de mauvaises surprises. Une maladie dégueulasse. J'ai peur. Très peur. »

Elle m'a ensuite repoussé avec une certaine brusquerie : « Fais vite, je t'en prie. Va trouver cet homme qui sait tout. Découvre ce que tu veux découvrir. Décide de ce que tu attends de cette femme, mais, dès que tu le pourras, reviens-moi ! Reviens-nous… »

J'ai cru qu'elle allait ajouter « je t'en supplie », mais elle s'est élégamment ressaisie, a secoué la tête avec un pauvre sourire : « Allez, cours vite après ta belle espionne. »

Une heure plus tard, je défroissais un morceau de papier, réduit à l'état de boulette à l'intérieur de mon poing, et composais le numéro de l'homme du restaurant sur mon téléphone portable.

18

L'ancien agent de la D.G.S.E. m'attendait. Accueil courtois mais raide. À La Chambre, je ne l'avais observé que de loin et très vite, sachant qu'il m'observait aussi. À présent, je pouvais examiner ses joues glabres, son menton volontaire avec une épaisse cicatrice parallèle à la lèvre inférieure, ses yeux gris perdus dans la contemplation des fissures du mur qui se trouvait dans mon dos.

« Mme Dautry est une amie. Une femme que j'estime. Nous nous connaissons de longue date. Elle m'a parlé de vous avec beaucoup de chaleur, monsieur Travenne. Vous avez bien fait de prendre rapidement contact avec moi. Je me suis laissé dire que vous aviez récemment sabordé une entreprise florissante. Quel dommage ! Et que vous vous seriez découvert une tardive vocation d'anachorète ? On croit tout lâcher, on veut s'isoler. Mais voilà qu'une femme passe par là, monsieur Travenne… C'est un sujet de roman particulièrement rebattu. Pourtant, votre vie ne semble pas très… romanesque ? »

J'ai fait remarquer à l'homme aux cheveux couleur de métal qu'il savait beaucoup de choses sur moi, que je ne savais rien sur lui, mais surtout que j'étais étranger au monde clandestin auquel il semblait appartenir. Il a ironisé : « Ah oui ! Vous, vous concevez les coffrets. Moi, je m'occupe de ce qu'ils contiennent. De les fermer à clef. D'en enfouir quelques-uns dans des lieux impro-babables. »

Nous nous trouvions dans une soupente. Sur le bureau étroit, pas un papier, stylo ou trombone. Rien qu'une pipe, un cendrier de pierre et une boîte d'allumettes. Le local était si étroit que ma chaise était bloquée par le mur. Après mon appel téléphonique, un homme portant un chapeau gris était venu me prendre discrètement en charge, en pleine rue, afin de m'escorter jusqu'au dernier étage de cet immeuble vaste et silencieux.

« Si vous tenez absolument à des présentations, vous pouvez m'appeler Docteur Steiner. Ou Goliath. C'est selon. » Il s'est penché vers une serviette de cuir posée près de sa chaise et en a extrait un dossier cartonné contenant quelques photos et des documents. « Assurons-nous tout de suite que nous parlons bien de la même personne, monsieur Travenne. »

Il m'a montré des photos en noir et blanc, qu'il manipulait à toute vitesse, comme des cartes à jouer. J'ai reconnu Marion Keller. Clichés pris au téléobjectif, à différentes époques. Gros plans plus ou moins flous. On la voyait descendre majestueusement d'une voiture tandis qu'un homme, de dos, lui tenait la portière. Robe du soir, fendue très haut, on apercevait sa cuisse. On remarquait surtout la mèche de cheveux blonds qui lui masquait la moitié du visage. Scène d'un film noir. Femme fatale arrivant dans un cercle de jeu où l'attend le chef de la pègre, son amant. On la voyait aussi vêtue d'une sorte de treillis, cheveux presque rasés, mais souriante, montrant du doigt quelque chose hors cadre. On la voyait marcher, sac au dos, les traits tirés par la fatigue, les joues et le front noircis, une casquette informe enfoncée sur le crâne. On la voyait enfin, très jeune, au garde-à-vous, avec l'air appliqué d'une adolescente intimidée, sous un drapeau français flottant au vent.

« Un être paradoxal, n'est-ce pas ? » a commenté mon interlocuteur.

J'ai hoché la tête. J'attendais la suite. Le Docteur Steiner a sorti de sa poche un petit morceau de papier et un crayon avec lequel il a griffonné quelques mots. Il a plié le papier en quatre et l'a fait glisser vers moi.

« Vous allez apprendre tout cela par cœur et vous détruirez ce papier, devant moi. »

Très peu de renseignements : le nom de la localité où se trouvait le Centre Général Mongeot, celui d'un médecin militaire, suivis d'une formule vraiment ridicule : « Si le tamanoir a du goût pour les lettres, le tapir préfère les chiffres », mot de passe ou code secret à prononcer au moment voulu.

Pendant que je déchiffrais ses pattes de mouche, il avait déployé entre nous une carte d'état-major, sous la lampe. Son long doigt jaune pointait un secteur de quelques kilomètres carrés au nord-est de la France. Afin d'injecter un peu de réalité sonore à cette scène, j'ai prononcé à voix haute : « Tresange-les-Puits », ne pouvant m'empêcher d'imaginer un ciel plombé, la nuit qui tombe et treize anges impassibles, gardiens de puits effrayants. Manifestement, Tresange était situé à l'extrémité de la Diagonale du vide. Une diagonale qui commence où finit l'océan et qui s'achève dans de sombres forêts, entre de médiocres montagnes.

Sur un signe de mon informateur j'ai posé le papier dans le cendrier, j'ai gratté une allumette et j'ai regardé les mots se tordre, se recroqueviller, brunir et noircir entre les flammes jaunes et vertes. L'homme s'est levé, plantant sa pipe éteinte entre ses lèvres. Entretien terminé.

Après cette rapide entrevue, j'ai consulté d'autres cartes afin de mieux localiser Tresange-les-Puits et de décider d'un itinéraire. À mon grand étonnement, la route que je devais prendre passait à proximité de Saint-Euvert-les-Gorges. Traverser le village natal de ma mère, ce lieu mythique ou maléfique où je n'avais jamais accepté de la conduire, ne nécessitait qu'un faible détour. Comme si la Diagonale avait tendance à s'élargir. Comme si le vide gagnait bel et bien du terrain. Ainsi, le sort n'avait rien perdu de son humour !

J'ai conduit sans réfléchir. Je me suis trompé plusieurs fois. J'ai fait demi-tour à des carrefours. Je me suis précipité dans ce que je prenais pour des raccourcis. Certains s'achevaient en culs-de-sac. Je ne me décidais pas à m'arrêter pour vérifier mon chemin sur la carte. Je confondais les noms des localités. Je fonçais approximativement vers l'est avec une impression de monotonie en traversant d'interminables plaines dont les ondulations beiges et grises rejoignaient la ligne bleue de l'horizon, terre et ciel mêlant leurs couleurs et leurs substances.

Au cœur de vastes terres labourées, des mares d'eau stagnante où se reflétaient les nuages. Le vert des collines avait le plus grand mal à se distinguer du gris. Parfois, en plein milieu d'un champ sans limites, un arbre magnifique se dressait, déployant sous le ciel gris le volume de ses ramures. Mais tellement seul, tellement vain, cet arbre.

J'ai traversé des contrées mornes dont le sol, au cours des âges, avait absorbé de grandes quantités d'acier, de chair humaine, de sang, de terreur guerrière. De loin j'ai aperçu des foules de croix blanches, comme des cannes d'aveugle plantées dans un désert de silence sous une mince nappe de brume.

J'ai traversé des villages fantomatiques dont la plupart des boutiques avaient des vitrines passées au blanc de chaux et dont les maisons basses avaient les volets clos. J'ai vu des hangars effondrés, des usines éventrées, d'anciennes charpentes métalliques livrées à la rouille et au vent, comme des squelettes de dinosaures. Il m'était difficile de croire que la blonde randonneuse avait quelque chance d'être au bout de mon chemin, gardée par treize anges au bord d'un puits, à l'extrémité nord-est de la Diagonale. « Mais bon… » aurait dit Jean. Il me fallait poursuivre, ne pas me laisser retarder par des fantômes : la Diagonale du vide était un fleuve, sans eau, sans rives, au tracé incertain, mais que je devais remonter, en dépit des hauts fonds.

À force d'emprunter, malgré moi, le chemin le plus long, j'ai fini par lire, sur un panneau, que Saint-Euvert-les-Gorges ne se trouvait plus qu'à treize kilomètres. Décidément ! Une petite montagne boisée barrait la plaine. L'entrée des gorges de la Sarine était indiquée. Quelques minutes plus tard, comme je pénétrais dans le défilé, l'ancienne angoisse m'a serré la poitrine et la gorge. Des années que je n'étais pas passé entre ces parois verticales et humides, dans ce goulet naturel, avec les trois rubans parallèles serrés les uns contre les autres : la route, la rivière, la voie de chemin de fer. Loin du ciel. Sous les roches menaçantes. Dans le bruit des eaux. Soudain, j'ai reconnu ma vieille détresse. Gorge sèche. Cœur de marbre. Je me sentais mal. Je l'avais bien cherché.

Je ne pouvais plus m'arrêter. La Sarine coulait à grande vitesse en sens inverse. J'ai cru alors entendre à nouveau distinctement la voix de ma mère qui m'avait tant de fois raconté : « Tu sais qu'elle en a vu, des choses, cette rivière ! Qu'elle en a emporté des souvenirs. Des malheurs. Bien sûr, elle a vu aussi des joies. Des moments où les gens étaient heureux. Même avec le travail, l'usine, cette vie tellement dure. On savait s'amuser, tout de même, autrefois... La Sarine, bien sûr, ce n'était pas toujours facile de s'y noyer ! Il fallait attendre que la rivière soit grosse. Au début du printemps, ou bien à l'automne quand il avait beaucoup plu. Ou quand ils ouvraient les vannes des barrages. Parce que, à partir d'avril, on voyait les pierres de son lit. Les désespérés n'avaient aucune envie de se jeter dans un filet d'eau. Quand je dis les désespérés, c'est surtout à des filles que je pense. Souvent très jeunes, et toujours pour les mêmes raisons. » En général, sans attendre que je lui demande quelles étaient ces raisons, ma mère poursuivait : « Tu ne peux pas imaginer ce que c'était à l'époque, la vie des filles... Enfin des femmes ! L'école des filles était tenue par des religieuses, aigries, injustes : j'en sais quelque chose ! Et puis très vite, pour les plus pauvres, c'était l'usine. J'en ai même connu qui étaient toutes contentes de quitter l'école pour aller travailler dix heures par jour dans un atelier. Parce qu'à la sortie du travail, les filles pouvaient aller courir avec les garçons. Rire comme des folles. Sur la place. Ou sur les quais de la Sarine. Elles aimaient ça, les filles ! Et les samedis soir, à la belle saison, il y avait les bals. Pas un petit village, dans la montagne au-dessus de Saint-Euvert, qui n'ait eu son bal. Tout l'été. J'aimais ça moi aussi. Danser. Pour s'arracher à l'ombre de la vallée, grimper vers la lumière, on montait à pied, par des chemins bien raides. On coupait à travers les vignes, nos chaussures de bal à la main. Dans un village minuscule, il y avait un petit orchestre, des lampions. On dansait, on dansait. On redescendait tard dans la nuit, au clair de lune. C'était ça, les plaisirs qu'on avait. Alors, les filles, évidemment, elles tombaient enceintes ! Oui, on disait : « tomber enceinte ». Comme des mouches ! Et c'était bien une chute, si on veut. C'était surtout à cause des Italiens que tant de filles devenaient grosses. Ils étaient beaux, les Italiens. Les garçons français étaient jaloux. Il y avait des bagarres terribles. Les ouvriers italiens habitaient la cité la plus délabrée de Saint-Euvert. Ils venaient aux fêtes de village pour connaître des Françaises. Pour faire l'amour avec elles dans les prés, le soir, l'été. L'amour dans l'herbe, les fleurs, sous la lune… Enfin, tu vois ?

« Mais si une fille attendait un enfant et qu'elle n'avait pas d'argent ou de courage pour aller se faire charcuter par la "faiseuse d'anges", comme on disait, et que le père était inconnu, l'usine, c'était fini pour elle ! À la porte ! Et sa famille n'en voulait plus non plus. Tu parles ! Une pécheresse et une bouche à nourrir ! Alors il fallait qu'elle quitte Saint-Euvert, qu'elle aille chez d'autres religieuses, dans une institution qui accueillait les… filles mères. C'était horrible. Alors elles n'avaient plus qu'une envie, les filles : se jeter dans la rivière ! Se noyer. Et dès qu'on avait repêché le cadavre, il ne fallait plus en parler. C'était fini. »

Souvent ma mère n'en disait pas plus. Les filles engrossées. Leur désespoir. Leur saut dans le courant. Mais il lui arrivait, sur un autre ton, de poursuivre : « Ah ! Bien sûr, tu te demandes comment elles se tuaient lorsqu'il n'y avait pas assez d'eau ? Voilà... Il y avait un raidillon boueux, qui se glissait sous les branches, grimpait à flanc de montagne jusqu'à une retenue d'eau, une sorte de barrage, si tu veux, alimenté par un torrent. Un bassin bordé de ciment au bout duquel des vannes de fer, toujours rouillées, permettaient de lâcher de l'eau lorsque l'usine en avait besoin. C'était profond. Très profond. Une fois au bord, on se penchait au-dessus des eaux noires sur lesquelles flottaient des feuilles mortes et des branches. Un endroit vraiment effrayant, mais où se rendaient les filles qui voulaient se tuer. Souvent, on retrouvait leurs chaussures et leur petit chapeau qu'elles avaient délicatement déposés sur le ciment. Près des vannes, leur corps à demi immergé, le visage enfoncé dans l'eau, les cheveux ondulant doucement comme des algues, les bras en croix, les mains bleues. »

Je me suis arrêté à l'entrée du village. J'ai levé les yeux. Au-dessus de la cuvette naturelle, les petites vignes pentues avaient toutes disparu. Plus de replats herbus, mais des friches. Une végétation sauvage avait proliféré partout où on produisait autrefois la piquette locale, un vin blanc acide et râpeux, très efficace contre le désespoir vespéral, idéal pour les saouleries dominicales. Plus de vin, plus d'ouvriers, plus d'usine ! Même à bonne distance, on constatait que les bâtiments de l'usine, en partie carbonisés, étaient à l'abandon. Seule la haute cheminée de brique rouge, preuve fragile que des milliers d'existences s'étaient consumées en ces lieux, restait absurdement dressée au-dessus du silence.

Dans mon souvenir, comme sans doute dans celui beaucoup plus ancien de ma mère, le fond de cet entonnoir naturel avait toujours été bruyant, même si les bruits variaient selon les heures du jour. La sirène, les cloches de l'église, les pas des ouvriers sur les quais de la Sarine et sur les passerelles de fer de l'usine, mais surtout le bourdonnement, le miaulement des machines, les chocs et les cris, les coups de marteau sur les caisses, les roulements des énormes bobines, le fracas des trains ralentissant à l'entrée de la ville, les jets de vapeur des locomotives et, dans les parenthèses silencieuses, au milieu de la matinée comme à la tombée du jour, la chanson d'un artisan, la joie sifflotée d'un homme qui revenait de la pêche, les rires d'enfants en bandes et les appels pressants des mères penchées à la fenêtre, le torchon à la main, avant le repas du soir. Fond sonore incessant. Voix de toutes origines. Mots italiens. Accent polonais. Jurons français. Tout palpitait, grinçait, cognait, donnant l'impression du nombre et de la proximité. Désormais, la petite ville était entrée en léthargie. Usine morte. Bords de rivière déserts. Rues vides. Quelques rares véhicules. Des silhouettes fugitives. Tout me semblait plus petit, plus étroit que ce que j'avais connu lors de mes interminables séjours.

J'ai remis le contact et j'ai roulé. J'ai constaté que les anciennes esplanades de déchargement étaient devenues des terrains vagues. La gare était à l'abandon. Portes murées. Pendule sans aiguilles. De l'herbe dans les fissures des quais. Quelques maisons avaient surgi dans le plus grand désordre. La Grand-Rue de l'ancien centre-ville ainsi que quelques ruelles étaient réservées à des promeneurs invisibles. Dans les jardinières de ciment, aucune fleur ne poussait.

Champion du fourvoiement, alors que je visais Tresange, je m'étais jeté dans le piège de Saint-Euvert. Précipité au fond des gorges plutôt qu'au fond des puits. Il me fallait repartir au plus vite ! Mais j'ai voulu voir encore le quartier des cités. Cités où ma mère m'avait livré, sans scrupules, à la solitude, au malaise et à d'obscures frayeurs durant les semaines d'été de mon enfance. Je ralentissais autant que je pouvais. Tout m'a paru sombre et poussiéreux dans le silence moderne.

Alors… Stupéfaction ! Les cités avaient été entièrement rasées. À l'endroit où, quarante ans plus tôt, il y avait ces blocs grisâtres de quatre étages, entourés de cours grouillantes de monde, avec des meutes d'enfants armés de bâtons qui se poursuivaient entre d'immenses draps blancs qui séchaient sur des fils, avec des coulées bleues d'eaux de lessive, des entassements de bois ou de charbon, des charrettes, des chiens courant en zigzag, jappant et pissant partout, des groupes d'hommes causant la cigarette au bec, des petites femmes usées et pressées, des choses cassées, des tréteaux, des lanternes, il n'y avait plus rien ! Pas tout à fait le vide mais une zone indécise envahie par l'herbe et les ronces. Partout, des touffes d'orties brûlées par le gel et des fils barbelés et rouillés se faufilant parmi les tiges et les gravats.

Le plus extraordinaire, c'était que les bâtiments démolis donnaient l'impression d'avoir été sciés à la base. De tous les anciens appartements ouvriers, identiques et superposés, il ne restait que des vestiges, fragments de parois émergeant du sol, morceaux de cloisons de quelques centimètres de haut formant des sortes de murets. Impression de progresser dans un champ de ruines archéologiques où le peu qui reste d'édifices antiques permet au visiteur d'imaginer, tant bien que mal, un palais disparu, une cité enfouie pendant des millénaires sous la terre.

À l'emplacement exact des logements que j'avais connus, de simples rectangles fissurés et rongés par les pluies, qui avaient eux-mêmes contenu d'autres rectangles depuis longtemps anéantis : lits où de pauvres gens s'étaient écroulés de fatigue, accouplés et reproduits ; tables où ils avaient mangé la soupe, s'étaient saoulés de mauvais vin ou de paroles inquiètes sous la lampe descendue bien bas afin de déchiffrer les lettres violettes de missives venues de loin.

J'ai alors éprouvé le besoin d'aller marcher, ne serait-ce que quelques minutes, dans ce no man's land, en tenant la main du transparent fantôme de mon enfance. Avais-je la moindre chance de découvrir la cause de mes angoisses lointaines ? Je pensais aux filles noyées dont ma mère m'avait si souvent parlé. Je les voyais. Penchées au-dessus de la rambarde de fer, rendues folles par la transformation du plaisir d'un instant en opprobre. Lorsqu'elles avaient connu le plaisir ! Grosses. Terrifiées. Ce fœtus dans le ventre. Puis leur saut depuis le petit pont ou le bord du barrage. Et leur corps de jeune fille, de gamine devrais-je dire, corps gonflé, asphyxié, bleu, blanc, flottant dans l'eau verte ou emporté par le courant, je le voyais. Mais je ne voyais pas de sang. Or, c'était une vision sanglante qui m'effrayait lorsque j'étais petit. Celle d'un « Saigneur » régnant sur un troupeau de pauvres pécheurs et des entrailles dont il fallait bénir le fruit mystérieux.

C'est alors que mon petit fantôme enfantin a serré ma main plus fort. À la faveur de je ne sais quelle association d'idées, nous nous souvenions soudain, lui et moi, de la « chasse aux mouches ». De grosses mouches bleues ou noires qui éclataient et desquelles sortait un peu de sang, comme du jus. Au cours de mes après-midi d'ennui chez la mère de ma mère, il m'arrivait de m'emparer d'un torchon que je roulais et saisissais par les pointes pour en faire une souple matraque avec laquelle je poursuivais les mouches nombreuses et bourdonnantes, tentant d'écraser d'un coup sec celles qui se posaient sur un meuble ou sur un mur.

À ce moment, ce n'était plus la rumeur humaine de l'ancienne cité qui me revenait, mais le grésillement des mouches. Mouches derrière les rideaux transparents. Mouches immobilisées sur les vitres et se frottant les pattes. Mouches avançant sur la toile cirée. Mouches s'attardant sur une trace collante. Mouches grouillant au-dessus du trou puant des cabinets. Je les traquais et les affolais avant de les abattre par surprise, mon torchon à carreaux tombant sur elles comme la foudre.

Parmi les petits cadeaux que ma mère dissimulait au fond de ma valise et que je ne devais découvrir qu'après son départ, ou plus exactement son abandon, j'avais une fois trouvé un « manuel de pliage » apprenant aux enfants, à partir d'une simple feuille de papier, à confectionner des animaux, bateaux, pantins, châteaux, mais aussi plusieurs modèles de boîtes. Avec des pages de vieux journaux, je passais des heures à fabriquer, pli selon pli, de petits réceptacles. Dans chacun d'eux, j'installais délicatement le cadavre d'une mouche. Selon mon humeur, je procédais ensuite à des inhumations ou à des crémations. Telles étaient mes menues distractions aux heures silencieuses de la grande déréliction enfantine. Avec ces cercueils de papier, je faisais mes premiers pas dans l'art de l'emballage. Mais pas de sang ! Ou si peu…

Vite, il me fallait quitter cette vallée perdue !

Échapper à ce nouvel échouage. Poursuivre ma route. Savoir ce que je voulais, à la fin. Le hasard m'a fait retrouver le cimetière. J'aurais pu m'arrêter, pousser la grille grinçante, errer un moment entre les tombes en tentant de retrouver celle sur laquelle ma grand-mère me conduisait autrefois et dans laquelle elle reposait désormais. Mais le seul souvenir de ces longues stations, en plein soleil, entre les croix, les fleurs, les pierres couvertes du nom des morts, tandis que ma grand-mère s'adressait, d'une voix effrayante et basse, à un être dont je ne savais rien, m'a dissuadé même de ralentir. Seul dans ce cimetière, je n'aurais entendu que le bruit de mes pas et qui sait si, à ce moment précis, mon téléphone n'aurait pas vibré dans le silence, tandis que la voix de ma mère m'aurait paru sortir de l'un de ces caveaux, monter de la terre ou de l'ombre pleine de mauvaises herbes.

Alors, quitter l'endroit à toute vitesse, m'arracher aux sables mouvants du souvenir, ce que je ne pouvais évidemment pas faire, à sept ans, neuf ans, dix ans, accablé par l'idée que l'été ne finirait jamais.

19

Enfin j'ai atteint le bout de l'autre défilé et me suis éloigné des bords de la Sarine. J'ai roulé une partie de la nuit, faisant halte un peu avant l'aube pour somnoler quelques heures, tassé derrière mon volant. Au petit matin, après avoir longé l'affluent d'un affluent de la Moselle, vitre ouverte afin d'être giflé par le froid, je suis arrivé à Tresange-les-Puits. La forêt avait cessé brusquement et un sinistre village surgissait dans une clairière. Pas même un village, mais un ensemble informe de bâtiments austères, cernés par l'armée innombrable des arbres. Pas de centre apparent, pas de places, pas de commerces, mais des immeubles gris et massifs, tous identiques. Quelques petites maisons basses, toutes du même modèle, fermées sur elles-mêmes comme des huîtres, et une haute bâtisse, évoquant un palace délabré ou un centre de cure : « Centre Général Mongeot ». L'homme de la D.G.S.E. ne m'avait donc pas trompé. Si j'avais un but précis, je pouvais dire que j'y touchais !

Cette construction sévère se trouvait au milieu d'un parc fermé par des grilles et au bord duquel coulait la rivière. Rien de pittoresque, une sorte de discipline générale des choses : ciel bleu-blanc, façades grises, forêt, rivière, immobilité. Si, un ou deux drapeaux qui mettaient une note de gaieté sur toute cette tristesse comme font les chrysanthèmes sur les tombes.

Devant le capot de ma voiture, la barrière s'est levée. Un homme en faction m'a fait signe de passer. Une minute plus tard, je gravissais un escalier monumental. J'étais plus calme que je ne l'aurais cru. À l'intérieur, un autre garde m'a demandé d'attendre dans un grand hall. Personne ne semblait s'étonner de mon arrivée. Ceux et celles qui allaient et venaient étaient vêtus d'un uniforme gris-bleu. À peine un uniforme : tenue discrète et fonctionnelle sans signes distinctifs de grade ou d'arme. Bientôt, j'ai entendu le claquement régulier et rapide des pas d'un homme qui venait me chercher à travers un interminable couloir. Froid et laconique, il m'a prié de le suivre. Corridors et escaliers. Quelques blouses blanches affairées, disparues aussitôt qu'apparues. Une porte s'est ouverte. Le responsable qui m'a reçu dans son bureau portait, lui aussi, une blouse blanche déboutonnée qui pendait autour de son corps comme des ailes mutilées.

C'est à lui que j'ai récité ce que j'avais appris des goûts du tamanoir et du tapir. Sur le moment, je n'avais plus la moindre idée de ce à quoi ressemblait chacune de ces bêtes. Encore moins un tamanoir plongé dans un livre ou un tapir résolvant une équation.

L'homme a hoché la tête : c'était bien moi qu'il attendait. « Les lettres ! Les chiffres ! Allons donc… Enfin, puisqu'ils vous ont laissé venir… » Il est allé se poster devant la fenêtre qui donnait sur le parc, m'invitant à le rejoindre. D'un mouvement de tête, il m'a désigné, au-dessous de nous, dans la partie du parc qu'un soleil pâle commençait à éclairer, un appareil bizarre, énorme et noir fauteuil roulant occupé par le corps d'un homme dont la plus grande partie était dissimulée sous des couvertures.

« Il sort chaque jour, au moment où le soleil se lève, m'a-t-il dit. Je pense que c'est lui que vous souhaitez rencontrer ? Enfin, ce qu'il en reste ! Le commandant Francis séjourne ici depuis plusieurs mois. Une volonté de fer. Il n'a plus que la tête qui fonctionne, mais quelle tête ! Vous voyez, il a fait venir à ses frais ce drôle d'engin qui lui permet de se déplacer un peu partout. Du matériel allemand pour grands handicapés. Haute technologie. Fauteuil tout-terrain. Une autonomie étonnante. Bien sûr, la femme s'occupe aussi beaucoup de lui… » L'homme à la blouse est devenu songeur puis, vaguement admiratif, il a ajouté : « Aussi beau qu'un char d'assaut ! Vous verrez, la commande de l'appareil se fait avec la pointe du menton. Bon, à présent vous pouvez aller le rejoindre. Le matin il est plus calme. Il pense à tout. Il sait tout. Une incroyable lucidité. »

Dans le parc sablonneux, je me suis aussitôt dirigé, à travers une pelouse grisâtre, vers le pesant appareil roulant qui paraissait enserrer le corps de l'homme blessé comme un étau. Quatre larges roues, d'énormes batteries, cadrans et accessoires. Une sorte de 4×4 monoplace pour grand handicapé, sans doute confortable, mais avec quelque chose de guerrier. De la forme humaine, sous la couverture en poil de chameau, on n'apercevait presque rien. Sous le chapeau de feutre à large bord, entre les lunettes noires comme un masque et l'écharpe noire, on ne voyait qu'un nez proéminent, un menton carré, mais surtout les lèvres minces et bien dessinées d'une bouche paraissant sourire. Dans le soleil encore pâle, la peau des joues, burinée mais lisse et couverte de taches claires, semblait capter le plus possible de tiédeur et de lumière.

Un spectacle troublant : mains mortes, doigts écartés, reposant à plat sur d'étroites tablettes et, sous la couverture, bras morts, jambes mortes, épaules tombantes, buste amaigri, nerfs et muscles endormis à jamais. Seule la tête, qui paraissait difforme en raison de la débilité du reste du corps, était impériale, posée comme un défi au-dessus de tout ce délabrement. Dix fois plus imposante, cette tête, dix fois plus lourde de pensées, de secrets, de froide colère et d'intelligence que n'importe quelle tête accompagnée d'un corps en bonne santé. Dix fois plus effrayante, aussi. Même si le regard était dissimulé par les lunettes noires. Menaçante comme une bête qui parvient à leurrer ses proies en prenant l'apparence d'un rocher ou d'une plante. Pas une tête, mais un piège maudit. Un poisson-pierre. Une Gorgone.

De cette gueule chapeautée dans laquelle bouillonnait toute la fureur d'un homme démoli, j'ai tenté de m'approcher à pas feutrés mais, dans le grand silence, mes semelles crissaient sur le sol. Et lorsque je me suis immobilisé, à deux bons mètres de la forme affalée, un profond raclement de gorge m'a fait sursauter. Un grognement rauque à vous glacer les sangs.

C'était en effet tout ce qui restait du fameux commandant Francis, mais ce reste n'avait rien d'une loque, d'un presque cadavre, d'une impuissance définitive. Au contraire ! Cette catatonie émettait des ondes maléfiques. Cette chose pétrifiée restait le cœur d'un pouvoir obscur. J'ai alors distinctement perçu une respiration profonde et lente. Narines dilatées, pleines de poils gris, sous le masque noir. On eût dit que ça riait sous cape, que ça soufflait une fureur putride sur les choses et les êtres. Je savais qu'une voix n'allait pas tarder à retentir.

« Remontez donc ma couverture ! Vous voyez bien qu'elle glisse ! »

Spontanément, j'ai fait un pas en avant, me suis penché au-dessus de l'homme amoindri. J'ai arrangé la couverture, comme il me le demandait. Entre les lèvres qui venaient d'articuler cet ordre bref, les dents d'un fauve affaibli. Au-dessus de la poitrine du tétraplégique, j'ai remarqué un boîtier, semblable à celui des consoles de jeux électroniques, relié au fauteuil par des fils. Il en dépassait un drôle de petit levier, surmonté d'une boule de liège, sorte de *joystick* hypersensible permettant de piloter l'engin uniquement à l'aide de la pointe du menton. Minuscule télécommande pour un aussi lourd fauteuil. Une fossette à la place des doigts ! Comme pour me faire une démonstration, le commandant a imperceptiblement remué la tête : son fauteuil a bondi en avant. Il a décrit un cercle autour de moi, s'est arrêté net.

« Vous avez fait une longue route, monsieur Travenne. Je me doute que ce n'est pas la contemplation de quelqu'un dans mon état qui vous a attiré en ces lieux ! Elle va arriver. »

Il a encore soufflé violemment de l'air par les narines. Je n'avais aucune intention de me lancer dans une joute entre mâles, pour la domination. J'ai tout de suite demandé, sèchement, où se trouvait Marion.

« Ah ! C'est comme ça que vous l'appelez… Ce prénom lui va bien, n'est-ce pas ? C'est moi qui le lui ai trouvé. Cela sonne bien français. Moins catholique que Marie, mais bien français, avec un côté vif, décidé, un peu claironnant : Marion… Beaucoup mieux que "Lucie", le prénom qu'elle portait, petite, dans le trou où je l'ai rencontrée. Aussitôt remarquée, aussitôt recrutée ! »

Je n'ai pas cru bon de signaler qu'elle avait prétendu s'appeler « Élisabeth Walter », le jour de sa chute. Ce qui m'a immédiatement répugné chez cet homme, mais aussi captivé, c'est la façon dont la privation de corps, la mort de la chair, des nerfs, des muscles, la réduction à un tas d'organes végétatifs ne diminuaient en rien son autorité. Au contraire. Commandant depuis longtemps, il commandait toujours. Complètement dépendant, tributaire de soins permanents, il n'en était que plus impérieux.

J'ai remarqué qu'il était particulièrement fier de sa machine roulante. Son nouveau corps. Aussi mécaniquement obéissant qu'avait dû l'être son corps musclé d'officier. Il l'a fait avancer lentement, jusqu'en plein soleil, m'obligeant à le suivre docilement.

« J'ai toujours froid ! C'est exaspérant. J'ai supporté sans souffrir les plus basses températures. À présent un filet d'air me fait frissonner. Arrangez cette maudite couverture, bon Dieu, elle traîne sur le sol ! »

Je me suis exécuté.

« Et cessez de regarder autour de vous ! Je vous ai dit qu'elle ne va pas tarder à nous rejoindre. Vous n'aurez pas fait tout ce chemin pour rien. Je me demande seulement pourquoi vous tenez tant à la revoir… Vous allez y perdre des plumes, mon pauvre Travenne ! Qu'est-ce que vous pouvez comprendre ? Sachez seulement qu'elle va mieux. Mais il a fallu la soigner sérieusement, vous savez. La longue marche diagonale n'avait pas suffi à l'apaiser. Alors ils l'ont fait dormir. Du sommeil ! Beaucoup de sommeil. De toute façon, en arrivant ici avec son pied blessé, elle ne pouvait pas faire grand-chose. »

J'ai malgré moi continué à inspecter les alentours mais tout semblait étonnamment calme et désert, le parc, le grand bâtiment. La rivière coulait derrière nous, transparente, innocente, très peu concernée par la bizarrerie de l'endroit qu'elle traversait.

« Je vous assure qu'elle va être là d'un moment à l'autre. Elle ne voudrait pas me faire attendre. Elle est calme, en ce moment, très calme. Les médicaments y sont pour beaucoup. Je crois que ses mauvais souvenirs s'éloignent. Sa chambre est située à l'opposé de mon appartement : le centre est immense. Vous allez voir qu'elle ne claudique même pas. Plus aucune douleur au pied ou à la jambe. Chaque matin, elle vient me retrouver. Elle s'occupe de moi de façon admirable… Beaucoup mieux que tous les infirmiers et autres incapables qui grouillent par ici ! »

J'ai sursauté, me suis retourné. Mais ce n'était qu'un jeune type, en uniforme gris-bleu, qui venait vers nous à travers le parc désert. Il a demandé à l'invalide, sur un ton monocorde et machinal, si tout allait bien, lui a montré une liasse d'enveloppes de divers formats, annonçant : « Votre courrier, Commandant », qu'il a enfouie dans la sacoche de cuir suspendue le long du fauteuil. Puis il a claqué et tourné les talons.

« Voilà, voilà… Toujours des nouvelles, des notes qu'on m'adresse, de nouveaux secrets. Ils savent qu'il me reste ma tête. Ils l'utilisent encore un peu. Jusqu'au jour où ils décideront que même cette tête est de trop… Bon, Marion ouvrira ces lettres. Elle les tient à bout de bras, devant mes yeux avec une infinie patience, pendant que je les lis. »

J'ai dû avoir l'air exaspéré par sa morgue. Ce qui l'a incité à m'exaspérer plus encore : « Je suis sûr qu'un type comme vous, monsieur Travenne, doit s'imaginer que je suis une sorte de brute. Un robot tout juste bon à exécuter des ordres, sans réflexion ni recul. Un être inculte. Mais j'ai sans doute lu beaucoup plus de grands ouvrages que vous. Dans un grand nombre de langues. J'exige d'ailleurs que Marion tourne, chaque soir, les pages des livres que je lui fais disposer devant moi. Page après page, le corps glacé, je continue à lire en silence. Mais nous n'aurons jamais, vous et moi, la moindre conversation littéraire, n'est-ce pas ? Ma destinée… Votre destinée… »

Le commandant Francis s'est tu brusquement. Reflets de nuages dans ses lunettes noires. Il a encore, d'un coup de menton, déplacé son fauteuil, puis il a commencé à réciter un texte d'une voix puissante, théâtrale. Une voix que je n'ai pu m'empêcher de trouver belle :

« *Ma destinée ! Une drôle de chose que la vie… Le mieux que l'on puisse en espérer est une certaine connaissance de soi — qui vient trop tard — et une moisson de regrets inapaisables. Je me suis colleté avec la mort. C'est le combat le moins passionnant qu'on puisse imaginer. Il se déroule dans une grisaille impalpable, sans rien sous vos pas, sans rien autour, sans public, sans clameurs, sans gloire, sans grand désir de vaincre, sans la grande peur d'être vaincu, dans une atmosphère débilitante de scepticisme tiède, sans grande foi dans votre bon droit, et moins encore dans celui de votre adversaire. Si telle est la forme de l'ultime sagesse, alors la vie est une plus profonde énigme que ne le croient certains d'entre nous.* »

J'aurais pu répondre, sur un ton ridiculement complice : « Je vous ai trouvé au bout de la Diagonale, Commandant ! *C'est un fleuve vide, un vaste silence, une forêt impénétrable… on se perdait sur ce fleuve comme on le fait dans un désert, et…* » Mais j'ai haussé les épaules et enfoncé les mains dans mes poches.

Dans cette ambiance absurde, je ne m'étonnais toujours pas de ce que le commandant paraisse aussi peu surpris de ma visite. Comme si tout cela faisait partie d'un grand jeu dont un « type comme moi » n'avait pas à connaître les règles. Son chapeau et ses lunettes noires me dissimulaient toujours son regard, mais je pouvais voir ses dents carnassières. Il a encore reniflé de façon suintante et moqueuse.

« En attendant qu'elle arrive, prenez donc mon mouchoir, là, dans ma poche, et torchez-moi le nez un bon coup. Comme un gosse, si vous voulez… »

Le carré de coton blanc appliqué sur sa face, j'ai pincé méchamment ses insondables narines, réduit à recueillir humblement cette morve militaire.

« Tenez, justement, voilà ma tourneuse de pages ! »

Elle était encore loin de nous, silhouette noire dans la grisaille, mais lorsqu'elle est passée de l'ombre au soleil, j'ai retrouvé l'or de ses cheveux qui avaient déjà bien repoussé. Même éclat, mais ébouriffés. Un désordre de mèches drues autour de son visage, comme un champ de blé miniature qu'aurait piétiné une troupe sauvage. Elle portait un survêtement informe, bleu marine, des chaussures de sport, mais je ne fixais que sa chevelure. Je n'ai donc pas vu tout de suite que son corps s'était légèrement empâté, que même son pas avait changé. Je ne retrouvais pas cette démarche féline, cette façon d'avancer avec vigueur, en ne touchant qu'à peine le sol, comme si elle mordait ou avalait l'espace. D'ailleurs, découvrant que l'homme n'était pas seul, elle hésitait.

Enfin elle m'a reconnu, s'est arrêtée net, une main sur la poitrine, comme pour calmer un essoufflement naissant, un cœur qui accélère. Il a fallu que le commandant, la tête à la renverse, lui crie d'une voix retentissante : « Approchez, capitaine Keller, approchez donc. Vous avez de la visite. »

Si tout le monde, dans le Centre Général Mongeot semblait s'attendre à ma venue, Marion n'avait manifestement pas été prévenue. Pourtant, après quelques secondes, elle s'est ressaisie. Je me suis souvenu de sa faculté de reprendre instantanément le contrôle d'elle-même. La combattante. La femme de guerre.

D'un air décidé elle a marché sur moi, lourdement, fermement, le front plissé par l'étonnement ou l'agacement. « Mais que faites-vous là ? » J'ai bêtement écarté les bras que j'ai laissés choir le long de mon corps d'un air désolé. « Oh ! Après tout je m'en fiche », a-t-elle proclamé.

Même son visage avait changé. Les drogues avaient gonflé ses traits. Ses yeux, cernés, étaient plus vagues, comme s'ils peinaient à se fixer sur les choses ou s'ils fuyaient les miens. Et ses mains ? Ne tremblaient-elles pas un peu ? Le reste de son corps était dissimulé par l'affreux survêtement, trop mou, trop grand pour elle. J'avais du mal à revoir la marcheuse solitaire, fraîche et pleine d'énergie qui avait pénétré, un soir d'hiver, dans mon refuge. « *Toute nouvelle apparition est une création.* »

Une fois encore, je me retrouvais loin de tout, sans intention bien claire, en compagnie d'inconnus auxquels je n'avais rien à dire. J'avais rêvé je ne sais quels mystères : j'étais seul, les mains dans les poches, entre un officier tétraplégique et une femme soldat sans doute bourrée de neuroleptiques. Si loin de leurs improbables aventures. Personnages fêlés, détachés de leur propre histoire. Lumière afghane éteinte. Missions secrètes éventées. Combats silencieux. Batailles invisibles. Blessures, horreurs et terreurs que j'avais peut-être largement imaginées.

C'est le commandant Francis qui a mis en marche la machine infernale. Acteur et spectateur du théâtre pervers, il attendait depuis l'aube, depuis des mois peut-être, que le drame soit joué. Il a lancé :

« Vous mesurez une fois de plus à quel point votre charme est irrésistible, capitaine Keller ! Quoi que vous fassiez pour l'atténuer, je l'admets. On vous suit, on vous poursuit. On vous cherche. On parvient à vous retrouver. Cheveux longs, cheveux courts, c'est du pareil au même ! Allons, allons, ne t'énerve pas, ma petite Marion. Tu te souviens de ce qu'ont dit les médecins ? Tu ne dois plus faire de crises. Ce qui s'est passé s'est passé. Tu en as fini avec les regrets, l'immense dégoût, les sautes d'humeur. Compris !... Surtout en présence d'un admirateur... Tu as d'autres obligations, et tu le sais ! Ton corps parvient à s'y plier. Ton esprit doit suivre. Chacun voit bien que tu es un élément exceptionnel. Toi et moi, nous sommes l'élite. Approche, ma petite Marion, approche... »

J'ai remarqué que cette statue autoritaire faisait alterner les propos menaçants et les paroles paternelles et mielleuses. Il ne cherchait même pas à dissimuler le plaisir qu'il prenait à humilier, et surtout, dans son lamentable état, à se faire obéir. La femme qui m'était apparue, des semaines plus tôt, comme un énigmatique mélange de force et de fragile séduction me paraissait soudain vulnérable et déstabilisée face à un redoutable individu dont plus de la moitié du visage était mangée par l'ombre et dont tout le corps était paralysé.

Obéissante, éperdument obéissante, Marion s'est approchée du fauteuil, comme son marionnettiste l'exigeait, s'empressant de réinstaller la couverture, de rajuster chapeau et lunettes comme elle devait le faire chaque matin. Agenouillée devant le fauteuil pour vérifier si les pieds étaient convenablement posés sur les cale-pieds, elle évoquait une adoratrice courbée devant une vivante idole. Je n'en étais que mieux placé pour contempler mèches et flammèches blondes de ses cheveux en désordre.

Lorsque, ne tenant aucun compte de ma présence, elle s'est employée à extraire d'un sac une bouteille d'eau, puis à placer une paille entre les lèvres de son souteneur, afin de le faire boire en avalant des cachets, j'ai été pris d'une légère nausée. Couple répugnant ! Elle devait aussi le faire manger en lui coupant sa viande ! Lui enfourner des cuillerées de pâtes dans le gosier. Obscène ! La petite voix, au fond de moi, me recommandait de fuir, « Vite, Travenne, jette ces débris d'histoires dans un puits, sous le regard impavide des anges, et tire-toi ! »

Mais un nouvel ordre a été lancé par l'officier :

« Allons donc nous promener tous les trois le long de la rivière. Le chemin est au soleil, à présent, et puis ce sera l'occasion pour toi, Marion, de raconter à M. Travenne ce qu'il désire tellement entendre. Et qu'en principe il devrait ignorer ! Oui, raconte-lui comment nous en sommes arrivés là, comment tes nerfs ont craqué, loin d'ici, en pleine action, comment, à cause de toi, je suis mort, oui, mort. Profite de ce que tu as un auditeur attentif… Les médecins ont prétendu que tu serais guérie le jour où tu serais capable d'en parler, clairement et à n'importe qui — excusez ce « n'importe qui », cher monsieur —, de raconter tout ce que tu as pensé, senti, souffert, le jour de ta grande bêtise, de ton imbécile folie, devrais-je dire. Alors raconte, Marion, raconte ce qui s'est passé là-bas. En marchant près de moi, que je t'entende… »

Et l'invalide, d'une impulsion du menton, a fait s'ébranler son fauteuil, dont les roues ont commencé à avaler les ornières du chemin qui longeait la berge tandis que la femme et moi marchions de chaque côté. On n'entendait que le léger grésillement du moteur et le craquement des brindilles sous les roues, car Marion demeurait muette, tendue, soudain fermée sur elle-même.

Nous avons franchi une porte étroite et rouillée, et nous sommes éloignés du Centre Général Mongeot, entre une haie de saules et les roseaux qui bordaient la rivière. Cet endroit n'avait rien de paisible. On étouffait. On sentait que la forêt risquait à chaque instant de resserrer son étau, recouvrir les pierres et les corps comme une jungle. Indifférent à la menace végétale, le commandant s'est adressé à moi :

« Je sais déjà que Marion, au cours de sa nuit de confidences imprudentes, vous a expliqué que notre tâche était très simple : mettre en confiance de braves et bons docteurs qui s'occupaient de petits enfants afghans perdus ou blessés, des enfants de la guerre, des gosses dans un état de délabrement physique ou mental que vous n'imaginez pas. Beaucoup de petites filles, aussi, bien sûr, ça, elle a dû vous le dire… Des petites filles que l'on ne maltraite pas seulement en temps de guerre… Allez, Marion, la suite ! »

20

Je me sentais de plus en plus mal. Partout, cette nature doucereuse, pleine d'odeurs de vase et de décoction, cette rivière qui s'incurvait mollement, ce chemin du bord de l'eau qui se perdait, un peu plus loin, sous des chênes et des ormes aux puissantes racines qui semblaient avancer dans notre direction. J'observais Marion qui s'obstinait à ne pas me regarder. À la vitesse exacte du fauteuil qui grésillait et cahotait, elle marchait, la tête enfoncée dans les épaules, les bras bien raides le long du corps, mâchoires crispées. J'ai senti qu'elle rassemblait des forces, qu'elle se ramassait mentalement sur elle-même. J'ai reconnu cette contraction de tout l'être annonçant qu'elle allait commencer à parler. Ce n'était ni de la soumission ni de la résignation. Encore moins l'effet des tranquillisants. Elle parlerait, mais ce n'était pas parce que son chef le lui commandait. Ce n'était pas non plus parce que j'étais là. Pas seulement. Le moment était venu. Un moment qu'elle avait attendu, elle aussi. C'était là. Maintenant. Sous ce soleil gluant. Dans la compagnie de ces deux dingues, il existait une petite place pour sa propre folie. Parler. Non pas pour prouver qu'elle allait mieux, simplement pour exister par elle-même, corps et énergie, présent et passé. En vue d'une suite encore inimaginable.

Sa voix, monocorde, à peine éraillée, a jailli dans le silence. Ses paroles se sont mises à couler, précises, provocatrices, apprises par cœur depuis longtemps ou fabriquées sur mesure, avec un débit régulier. Circonstances, lieux, décor, détails : elle dirait tout.

J'ai réalisé que je n'étais pas préparé à entendre la fin de cette histoire. Je ne tenais pas à comprendre ce que tout cela signifiait. Encore moins à rattacher les faits que Marion allait rapporter à une réalité quelconque. Elle parlait sur un ton mécanique et neutre mais, par instants, elle isolait un mot, une image, et sa voix redevenait mélodieuse et sensuelle. Un paysage apparaissait. On voyait poindre une lumière. La suite. La fin. Le drame. L'Afghanistan.

Je les vois, ça y est ! Ils sont tous les deux là-bas, dans cette poussière. Le commandant Francis, le capitaine Keller. Beaux, vifs, rapides. Deux agents rompus à toutes sortes de missions. L'officier rigide et la femme de guerre. Des ordres secrets auxquels ils doivent obéir. Cette fois, sous de nouvelles identités, ils se font passer pour un médecin et une infirmière… Les pédiatres « sans frontières », jeunes humanitaires courageux mais peu nombreux, les accueillent sans soupçons.

Après tout, ils sont censés être européens et sont recommandés par plusieurs organismes officiels. Et puis, avec tous ces petits malades ou blessés qui affluent, on ne refuse pas une aide, dans un pays qui n'a jamais cessé d'être en guerre.

Au milieu d'un vaste patio, dans ce qui a dû être l'école coranique d'un village détruit, on a dressé des tentes qui servent de dortoirs ou de salles de soins. L'agitation est incessante. Chocs, cris, pleurs, prières des mères vêtues d'étoffes noires ou très vives qui restent au chevet des nourrissons. Près des murs de terre, d'humbles sépultures. Certaines toutes petites. Quelques pierres dont une, plus grande et sommairement dressée. De pauvres tombes. Pour se déplacer, dans ce campement médical de fortune, il faut se glisser entre de vastes tentures de matière plastique, faible protection contre la poussière omniprésente. Blanche, jaune, ocre, la poussière qui s'insinue partout tandis qu'on se livre aux soins de premières urgences, petite chirurgie, interventions dentaires, injections d'antibiotiques, renutrition, une tâche infinie. Des enfants partout, geignant sur le sol ou dans les lits de fer, hébétés dans les bras des mères. Au loin, impassibles, les montagnes couvertes de neige et l'entrée des défilés conduisant aux vallées d'altitude.

À nouveau, le décor afghan m'apparaissait par intermittence selon l'attention que je portais aux mots de Marion. Il risquait de s'assombrir ou de s'effacer à chaque seconde. La lumière pouvait s'éteindre. J'étais fasciné par les lèvres de la narratrice que plus rien n'allait arrêter.

À peine arrivé sur les lieux, le commandant Francis, « docteur Chauvin » pour la circonstance, constate qu'il manque du matériel médical, que les armoires à pharmacie sont presque vides. Il a existé un semblant de bloc opératoire mais le chirurgien, un jour, a disparu. Poussière, poussière, et gémissements des gosses. Certains amputés. Des chiffons autour du moignon. Marion, elle, se fait expliquer pourquoi des jeunes filles se sont plaintes, dans leurs villages, de douleurs ovariennes. Dès qu'elles se trouvent seules avec des pédiatres, elles les supplient pour qu'ils leur refassent un hymen. Elles pleurent, elles se tordent les mains. Elles ont été abusées par un membre de leur famille. Parfois, elles sont accompagnées par une mère ou une grande sœur. Auprès des médecins humanitaires, le commandant fait grande impression. Donc illusion. Une fois de plus, il surprend Marion lorsqu'il n'hésite pas à examiner les enfants, à ausculter ou diagnostiquer, « comme un vrai médecin ». Le soir, il a de longs conciliabules avec le responsable de toute cette installation, un toubib canadien, buriné, râblé, avec de fines lunettes à monture dorée mais qui semble débordé par les tâches, écrasé par le nombre de cas tragiques. « Pire que sous les talibans, affirme-t-il. Des petits nous arrivent de villages de plus en plus lointains. »

Le commandant ou plutôt le docteur Chauvin a pris incroyablement vite la situation en main et exerce déjà son autorité sur ce camp d'aventuriers bienfaisants. Il ne tarde pas à faire part de son intérêt pour trois ou quatre petites filles que le personnel humanitaire a prises sous sa protection, prétendant les soigner, les guérir d'une infection grave, alors que les hommes de leur village les attendent depuis des jours, à quelques mètres du centre médical, pour les remmener avec eux. Les fillettes sont prostrées sous leur voile. Elles se recroquevillent dans un coin, à même le sol, terrifiées à l'idée de repartir, sachant le sort qui leur est réservé.

Personne ne semble étonné de ce que ce médecin et cette infirmière, missionnés par de lointaines autorités de Kaboul ou d'ailleurs, soient déjà au courant de la situation de ces pauvres petites. Abusées par des hommes de leur propre famille, un frère, un oncle, parfois leur père lui-même, elles sont perdues, car jugées impures. Parfois, les frères aînés auront la charge d'égorger la gosse. Pourquoi les chefs de villages ont-ils accepté que les fillettes soient d'abord conduites chez les docteurs humanitaires ? Sous prétexte d'hémorragies, les mères sont parvenues à les traîner jusqu'à ce camp, dans la vallée, où on dit que les enfants sont nourris et soignés. Maintenant les hommes de la famille veulent récupérer ces filles. Ils sont armés, menaçants. Chaque jour, il faut négocier avec eux, prétendre que les gamines ont encore de la fièvre, qu'elles saignent et s'affaiblissent. Mais les types n'osent pas, pour l'instant, rentrer de force dans l'enceinte du centre de soins. Ils crachent, raclent le sol avec leurs bottes, font claquer l'acier de leurs armes. On leur promet : « Demain, oui, demain… » Les mères attendent elles aussi, sans un mot. Tout le monde sait que les petites sont condamnées, que ce qui les attend est terrible. Une mort rapide ou, au mieux, un destin d'esclave sexuelle pour les combattants qui restent incontrôlés, dans les montagnes.

Quand le commandant Francis leur annonce qu'il y a une possibilité de conduire ces fillettes en sursis jusqu'au nouvel orphelinat américain de Kaboul, les membres de la mission humanitaire paraissent soulagés. Marion est fière et persuadée qu'ils vont les arracher à leur sort. Elle passe d'ailleurs de plus en plus de temps avec les petites. Effrayée par la disparition de tout sourire, de toute expression, elle leur chante des chansons, « Frèreeee Jacqueeees… », mais se heurte à une détresse enfantine sans limites. À une absence d'enfance.

L'une d'elles est d'une beauté à couper le souffle. Des cheveux exceptionnellement clairs, des yeux d'un vert profond, des lèvres très roses. Son petit visage ovale, inquiet, émerge d'un grand voile rouge comme du sang, dans lequel elle se drape, se pelotonne. Elle s'appelle Nour. Elle attend. Résignée. Incapable de prononcer un seul son. Un choc l'a rendue muette. Folle peut-être. Pour elle, Marion a élaboré un jeu : le soir, à l'aide d'une lampe tempête, elle projette sur un mur blanc la silhouette de ses doigts qui prennent toutes sortes de formes animales, et elle invite Nour à faire de même avec ses propres mains. C'est un pauvre théâtre d'ombres. Marion et Nour, serrées l'une contre l'autre, entre tous les petits malades, face à ces bêtes digitales qui ouvrent leur bec ou leur gueule.

Une semaine ne s'est pas encore écoulée que le commandant, sans plus se soucier de l'avis des humanitaires ou d'un accord du responsable canadien, comme si c'était lui, désormais, le maître des opérations, l'autorité principale de ce camp, ordonne sèchement à Marion de rassembler les quatre petites filles qu'il a choisies et de les faire monter dans le véhicule tout terrain dans lequel ils sont arrivés. Leur chauffeur attend. Marion se réjouit. Elle est soulagée, surtout pour Nour, si belle, frémissante, toujours paralysée par la peur. Si tout va bien, une journée sur la mauvaise route qui s'éloigne de cette région montagneuse, et les petites filles menacées de mort seront en sécurité à Kaboul, à l'endroit qu'elle a visité. Obéissantes, les gamines grimpent prestement dans le véhicule.

Au moment voulu, on les a fait sortir par une brèche, pratiquée dans le mur de l'ancienne école coranique, afin que les hommes qui les guettent, dans cette aube rougeoyante, près de leurs feux qui fument et de leurs armes posées près d'eux, ne remarquent rien. Le commandant exige que Marion rassure les fillettes en permanence, et Marion passe son bras autour des épaules de Nour, qui, elle, est une jeune fille, avec par instants de terribles éclairs dans son regard vert, comme si elle était capable de voir dans le monde, dans le ciel, dans la poussière, dans la neige des montagnes et dans le moindre geste des hommes infiniment plus de mal que Marion, malgré toute son expérience, n'est capable d'en voir.

Sur le chemin au bord de la rivière, tandis que nous nous éloignions de plus en plus du Centre Général Mongeot, j'ai remarqué que Marion, en prononçant le nom de Nour, ce nom qu'elle avait crié la nuit, à l'hôtel, hésitait un peu. Sa voix devenait blanche, sourde. Elle a marqué une pause, s'est raclé la gorge. La tête du paralytique dodelinait en une interminable approbation ironique. Et puis, courageusement, elle a continué.

Ils sont à présent tassés dans le gros véhicule vrombissant, couvert de poussière. Un Afghan muet et discipliné au volant. Le commandant à côté de lui, cartes en main, un pistolet noir sorti de nulle part. Marion à l'arrière avec les quatre petites filles qui ne forment qu'un seul corps enfantin, petits membres bruns, têtes chiffonnées et voiles claquant dans le courant d'air. Le chauffeur, poussé par le commandant, conduit si vite que les filles et la femme, secouées violemment, ne cessent de tomber les unes contre les autres. Marion se cramponne, maintient ses petites protégées.

Mais tout à coup, dans le bruit assourdissant du moteur, dans le dos du commandant qui ne lui a donné aucune explication, Marion pousse un cri. Elle voit bien qu'ils n'ont pas pris la direction de Kaboul, le long de la large rivière qu'ils avaient remontée pour venir. Ils roulent en direction de la montagne, sur des chemins de plus en plus défoncés, bientôt escarpés, qui rejoignent des vallées d'altitude. Soudain effrayée, la fausse infirmière secoue l'épaule du faux médecin qui est redevenu un officier en mission. Il se retourne. Elle est frappée par son regard, dur, précis, froid. Elle crie encore dans le vacarme de l'engin emballé : « Mais ce n'est pas la route ! » Elle demande où ils vont. Elle exige une réponse, elle est accablée. Sur la banquette sale et tressautante, il y a soudain cinq petites filles transportées comme du bétail. Cinq peurs qui n'intéressent personne. Le voile rouge sang de Nour gifle Marion qui crie d'arrêter, qui sait qu'elle crie en vain, qui finit par se taire.

Déjà, elle s'est ressaisie. Elle redevient la femme soldat. Pendant qu'ils franchissent un gué, le commandant est descendu dans le lit du torrent pour guider le chauffeur, des gerbes argentées autour de ses bottes. Marion descend à son tour du véhicule et le rejoint. L'eau glacée lui mord les chevilles. Celui qui n'est plus que son chef lui serre le bras avec une telle force qu'elle grimace de douleur. Il lui ordonne de remonter immédiatement surveiller les enfants. Mais Marion est obstinée, il le sait. Elle pose délicatement sa main sur la grosse pogne du commandant : « Où ? Où les emmènes-tu ? Qu'est-ce que ça veut dire ? » Marion n'a pas le ton inquiet d'une femme affolée mais l'air grave d'un combattant qui se fait préciser les ordres. Le commandant explique alors, avec un calme effrayant, qu'ils vont remettre les petites filles à plusieurs chefs de villages qui les rendront eux-mêmes aux pères qui les réclament. « Ce n'est plus très loin. Nous allons nous arrêter un peu avant les premières maisons. Des hommes nous attendent. Nous faisons descendre les gamines. Et nous repartons. Tout doit aller très vite. Même chose en arrivant au second village. Toi, tu dois veiller, jusqu'au bout, à ce qu'elles restent calmes. Elles risquent encore d'être prises de panique, de se sauver. Alors remonte en vitesse et surveille-les jusqu'au bout. Allez ! »

À aucun moment, depuis qu'il a annoncé le changement de mission, le commandant Francis n'a fait part à sa compagne de ce projet démentiel. Ce n'est que plus tard, après le drame, après le grand cafouillage mortel dans la montagne, que Marion sera mise au courant de la nature et des raisons de cette opération sur laquelle le commandant avait gardé le secret.

En effet, afin de traquer toujours plus loin les troupes de talibans qui se retiraient et se reconstituaient dans les lieux les plus inaccessibles, l'état-major de la coalition avait décidé de donner des gages de bonne volonté à certains chefs de villages, seigneurs de guerre armés jusqu'aux dents, encore très hésitants entre l'ancien pouvoir religieux et les nouveaux occupants infidèles. Un bataillon anglais devait remonter plusieurs petites vallées, seule voie de passage, vers des refuges inexpugnables, poches de résistance où se trouvaient ceux qu'on appelait des rebelles. La présence des humanitaires était une gêne. La protection qu'ils apportaient à des femmes et des enfants déplaisait aux hommes rudes des hautes vallées. Alors, quelqu'un, dans un bureau sans doute, avait eu l'idée d'amadouer ces gardiens de vallées en leur rendant les petites victimes qu'ils réclamaient. Marque hypocrite de respect de leurs coutumes? Intention de prouver qu'ils pouvaient vivre comme ils l'entendaient pourvu qu'ils ne se montrent pas hostiles aux troupes internationales venues éradiquer le régime taliban? En tout cas, du cynisme stratégique, du cynisme dérisoire dont personne ne connaîtrait jamais l'origine. Le commandant Francis avait été chargé de l'opération en raison de sa connaissance du terrain et de sa faculté à s'adapter à toutes les situations. Pour cette tâche, il avait besoin de sa collaboratrice, plus que dévouée.

Ils approchent enfin du village. Ils l'aperçoivent au dernier moment, tant les maisons de terre beige se confondent avec le sol. Des pierres partout. Des blocs de roches. Les contreforts bleutés paraissent très proches, comme les sommets enneigés et la fente plus sombre des cols. Ils sont attendus par un groupe de barbus, larges turbans, couverture sur l'épaule, un fusil en travers de la poitrine, tandis que des moutons à tête noire, avec leur laine épaisse qui pend jusqu'au sol, grattent la terre autour d'eux. Des mulets à l'arrêt, l'œil vague, près d'un tas de pierres sèches qui entourent un puits. Le chauffeur fait halte. Les filles tremblent. Marion a l'impression que tout le sang s'est retiré de son visage. Elle a appris à obéir. Elle est dans l'exécution de quelque chose qui la dépasse. Depuis combien d'années ne fait-elle, comme sous-officier, puis officier de l'armée de terre, puis membre des services spéciaux, qu'accomplir le mieux possible les tâches qu'on lui confie ? Elle n'a qu'un seul donneur d'ordres : Francis. Il a ordonné. Elle est avec lui.

Justement, il est descendu du véhicule. Les hommes du village s'approchent avec une infinie lenteur, comme s'ils avaient l'éternité devant eux. L'éternité autour d'eux, en eux. Comme s'ils participaient avec calme à un rite ancestral, comme s'ils répétaient les mêmes gestes élégants et rudes depuis des siècles, la nuit des temps.

Le commandant est pressé, lui, mais il sait adopter, si nécessaire, le même rythme que ces villageois. Il fait un pas très lent en avant. Patient, impassible, il attend. Quand les hommes sont tout proches, trois ou quatre d'entre eux se débarrassent de leur imposant fusil en le passant en bandoulière et tendent des mains sèches, calleuses, des serres d'aigle des montagnes. Le commandant donne l'ordre de faire descendre deux des petites filles qui se contorsionnent un peu tandis que Marion les caresse, leur parle doucement, touche leurs cheveux, arrange leur voile. Poupées de chiffon, trop épuisées pour se débattre, elles se laissent entraîner par ces mâles gigantesques qu'elles reconnaissent. Un vieillard à longue barbe blanche, qui a observé toute la scène, hoche la tête, se courbe légèrement en avant, puis lève un bras.

« On y va », crie le commandant. Et le chauffeur effectue un ample demi-tour dans un nuage de poussière. Marion est à présent assise entre les deux dernières filles. Une brune maigrelette, aux sandales de matière plastique dépareillées, et la belle Nour, sous son voile rouge, qui a tout vu, tout compris et qui jette sur tout ce qui existe ce regard vert et sans espoir, ce regard accablant, insupportable. Indifférente aux secousses de la voiture qui fonce vers son village, insensible au bras de Marion qui la tient contre elle, Nour regarde tout, ne voit rien. Ses yeux anéantissent le paysage, la neige lointaine, les nuages et tous les malheureux humains qui rampent entre poussière et lumière.

La scène aurait dû se dérouler de la même façon au second village. Mais lorsqu'ils y parviennent, ils ne sont pas attendus. Un groupe de femmes s'enfuit. Enfin des hommes se montrent, sortis de nulle part. L'un d'eux semble le chef. Ils sont plus nerveux, plus agressifs que ceux du village précédent. Certains pointent leur fusil. Ils parlent entre eux puis ils font un signe bref et impérieux pour inviter Francis à approcher. Ils l'entourent, se montrent brutaux. Leurs yeux noirs sont hostiles. Ils ont l'air furieux.

Francis tente de palabrer un moment. Il fait

d'amples mouvements d'apaisement, écarte les bras, ouvre les mains. Il se tient très droit, indifférent à la menace. Toujours aussi maître de lui, il se retourne et fait signe à Marion et au chauffeur d'amener les deux dernières petites filles. L'Afghan préfère porter l'enfant maigre et grise sur son dos, la tenant comme un sac, fermement, tandis qu'elle bat un peu des pieds et des mains. Avec sa charge, il passe le premier.

À son tour, Marion entraîne Nour en direction du groupe d'hommes armés. Elle la soutient par la taille, l'incite à avancer. Mais peu à peu, d'un même pas tranquille et régulier, elle infléchit sa trajectoire, obligeant la jeune fille au voile rouge qui se raidit et se cramponne à elle à tourner imperceptiblement, comme pour éviter un trou, une accumulation d'ordures, puis à revenir sur leurs pas, comme pour récupérer quelque chose dans la voiture. Mis en confiance par la remise de la première fillette, les hommes du village ne se doutent de rien. Seul Francis, sur le qui-vive, a compris le manège.

Il voit Marion, parvenue à deux mètres du véhicule, saisir Nour par les épaules, la projeter violemment dans l'habitacle, puis se ruer derrière le volant. Contact, moteur, vrombissement, les roues qui patinent dans la terre meuble, projetant des pierres et de la crotte. Demi-tour fulgurant. Une embardée. Un bond en avant. Le puissant véhicule dévale le chemin. Aussitôt, le commandant bondit dans la pente. Il fonce, il coupe au plus court pour rattraper l'engin qui emporte la plus belle des petites victimes qu'il était chargé de remettre.

Marion a pris un premier virage en épingle à cheveux. Elle ne peut pas aller bien vite, il y a des ornières, des pierres. Le commandant atteint le milieu de la route avant elle. Il écarte les bras, hurle d'arrêter. Marion fonce sur lui. Il se jette sur le côté à la dernière seconde, recommence à courir. Agile, puissant, il va aussi vite que le véhicule qui tressaute et heurte des blocs de roches. La main sur la poignée, il tente, tout en courant, d'ouvrir la portière, comme s'il pouvait arracher Marion de son siège, stopper cette course folle. Au-dessus d'eux claquent les premières détonations. Marion donne de violents coups de volant, change sans arrêt les vitesses pour permettre aux quatre roues motrices d'avaler les obstacles mais le commandant est toujours là, comme le tigre sur l'antilope. Il tient bon. Plusieurs coups de feu tirés par les villageois atteignent la carrosserie. Le commandant est contraint de lâcher la poignée. Il ne renonce pas. Sans cesser de courir, il parvient à ouvrir la portière arrière et, d'un bond de bête furieuse, il se jette à l'intérieur de la voiture. Une vitre éclate. Les hommes du village tirent encore tandis que leur proie leur échappe. Marion sait que le commandant se trouve à présent derrière elle, qu'il est tombé de tout son poids sur la jeune Nour terrorisée et tassée sur elle-même.

Tenant le volant d'une main, elle se retourne pour se défendre, s'attendant à ce que Francis se jette sur elle, la frappe au visage, tente de l'assommer, de l'étrangler. Mais le corps du chef qu'elle vient de trahir ne bouge plus, étendu de tout son long, la face enfouie dans le voile de Nour.

Le terrain est meilleur. Le village est loin. Elle peut conduire plus régulièrement. Dans son dos, un corps prostré et un autre inanimé. Elle est calme. Elle ne comprend pas ce qu'elle vient d'accomplir. Elle ne peut pas croire que Francis soit mort.

Au moment où le commandant sautait dans la voiture en marche, une balle lui a sectionné la colonne vertébrale. Rien senti. À peine une brûlure. Une grande mollesse. Le noir.

C'est ainsi que Marion, insensible à toute fatigue, a encore roulé dans la lumière dorée, violette, blanche éblouissante, bleu pâle, rose qui venait baigner et tiédir son visage à travers le pare-brise sale. Roulé dans de grands espaces ocre où s'allongeaient les ombres. Roulé dans la plus complète solitude, tenant toute émotion à distance. Roulé hors du temps. Expulsée de la vie qu'elle avait menée durant toutes les années passées. Roulé jusqu'au premier poste où elle était sûre de trouver des soldats de la coalition avec armes et matériel. Des soldats anglais devant lesquels elle s'est enfin arrêtée, leur désignant la fille et le blessé. Le commandant et elle évacués en hélicoptère. Nour, sauvée mais folle, conduite à l'asile de Kaboul.

À l'hôpital militaire, une fois la tétraplégie diagnostiquée, Marion n'avait plus quitté Francis une seule minute. Son chef était réduit à cette tête, ce regard noir braqué sur elle. Furieux, accusateur, à jamais inerte. Le sachant, l'acceptant de toute sa volonté d'officier hors du commun, comme un vrai dur, un stoïcien supportant à la fois son état d'absolue dépendance et la trahison de celle dont il avait cru faire sa créature. Celle qu'il avait aimée, blonde soldate, ancien miroir de son autorité et qui ne lui renvoyait plus que l'image de sa nouvelle impuissance.

Après, la chirurgie, sans résultats, beaucoup de souffrance et l'annonce de l'infirmité définitive : des semaines sans prononcer une parole ! Tout son être, comme un chien malade, se concentrait dans un coin obscur de son crâne. Mais vaincu, il n'était pas anéanti. Il lui fallait attendre. Quelque temps plus tard, rapatriement, la France où ils n'étaient pas revenus depuis longtemps, l'admission au Centre Général Mongeot, la « morne vie d'un sac de patates », comme il disait.

Il n'avait repris la parole que pour ordonner à Marion d'entreprendre, à travers la France, la fameuse randonnée qu'il ne pouvait plus faire. La longue marche, rude et mélancolique, qu'il se contraignait à faire à chacun de ses retours, le long de la Diagonale du vide. Et Marion avait à nouveau obéi. Histoire terminée. Boucle bouclée.

21

Nous avancions toujours sur ce chemin qui surplombait la rivière. La grosse tête de l'infirme bringuebalait, un étrange sourire aux lèvres, ses narines émettant leur souffle de forge. Parvenus à l'endroit où la rivière fait un coude, juste avant la forêt, le commandant a stoppé sa machine. Silence. Sa carcasse n'était plus secouée par les cahots, mais il hochait encore la tête.

« Eh bien, chère Marion ? Dois-je penser que tu es guérie ? Tu vois, tu l'as fait ! Et sans rien omettre. M. Travenne a tout entendu. La scène fatale, il l'a vue distinctement, j'en suis sûr. Il a compris dans quelles circonstances, pour jouer les héroïnes, tu as fait de moi une loque. Tu parles d'un exploit ! Tu t'imaginais arracher une fille folle à son destin funeste ? Mais fichue, la fille, complètement fichue ! Violée, battue, terrorisée. Pas une chance de s'en sortir. D'ailleurs, du fond de son hébétude, elle-même s'estimait souillée, flétrie, indigne de vivre. Grâce à toi, elle se trouve à l'asile où elle va se laisser doucement dépérir, à moins qu'elle ne s'échappe pour rejoindre son village, confusément désireuse de subir son sort. Quant aux autres gamines, elles doivent à l'heure qu'il est distraire l'ennui d'une troupe de combattants, en pleine montagne. Comme tant d'autres, que tu ne sauveras jamais... Tes nerfs qui ont lâché. Cet apitoiement soudain : indigne de toi, Marion ! Indigne, tu m'entends ? Indigne de l'admirable soldat que j'ai recruté. Indigne de l'agent Keller que j'ai méthodiquement formé. Souviens-toi : toute armée digne de ce nom est une machine. Incomparable beauté des machines de guerre ! Son moteur s'appelle la discipline. Exécution scrupuleuse des ordres, toujours, aussi imbéciles, absurdes ou cruels soient-ils. Et des ordres cruels, des missions imbéciles, je n'ai presque connu que ça. Mais j'ai toujours mis un point d'honneur à obéir à mes supérieurs les plus idiots, aux autorités les plus lointaines et les plus ignorantes. Comme si tu ne savais pas, ma pauvre Marion, que les petits enfants payent toujours le plus lourd tribut ! Comme si tu n'avais pas appris que, par le passé, pour la comptabilité macabre des guerres, après un assaut, une bataille, la mise à sac et la destruction d'une ville, on ne se souciait pas des enfants morts. Ceux qui tenaient à savoir combien la tuerie avait fait de victimes repoussaient du pied les enfants tués. Trop petits : ça ne compte pas ! »

J'ai cru que Marion, poings serrés, allait bondir et frapper Francis au visage. Près du fauteuil, elle n'a fait qu'esquisser un geste brutal mais, au prix d'un énorme effort, elle a bridé sa fureur, retenu autant qu'elle pouvait la violence dont elle était capable. Le commandant ne s'est aperçu de rien. Il a poursuivi son monologue vengeur :

« Mais des filles comme ta petite Nour, Marion, ta protégée de quelques heures, il y en a des dizaines de milliers, actuellement, à travers le monde. Un monde où nous intervenions en secret toi et moi. Ne faisant peut-être qu'en augmenter l'absurdité. D'ailleurs, tu te foutais de cette Nour ! Ce n'est pas Nour, que tu voulais arracher à tout ce merdier, mais une autre petite fille ! Tu ne crois pas ? Une innocente gamine nommée Lucie, morte il y a longtemps, et qui ignorait, quand je l'ai connue, toute la folie du monde.

« Partout massacres, terreur. Injustice hurlée dans le noir. Un cœur sans cœur bourré de fiel qui bat dans des ténèbres dont nous ne pouvons pas sortir, puisqu'il n'y a que ça : les ténèbres. L'« horreur », Marion, l'horreur. Mais une horreur que nous aurions encore pu parcourir ensemble. »

Le commandant a fini par se taire. J'étais aussi paralysé que lui, tout en éprouvant le besoin de cogner de toutes mes forces sur cette boule osseuse avec une cervelle pourrie à l'intérieur. Pour la première fois, les yeux de Marion ont croisé les miens. J'ai eu le temps d'apercevoir la lueur démente dans son regard avant qu'elle ne se jette brusquement sur le fauteuil, s'emparant d'une main du levier de commande et plaquant l'autre main sur le visage de Francis.

Quand elle a donné l'impulsion, l'engin a automatiquement démarré et roulé droit devant lui jusqu'à l'extrême bord du chemin, puis il a basculé dans la rivière tandis que Marion se jetait lestement sur le côté pour ne pas être entraînée dans la chute. Le fauteuil terriblement lourd et son passager impuissant se sont enfoncés dans les eaux profondes à cet endroit, en faisant jaillir une gerbe d'écume. Puis plus rien ! Disparition instantanée de l'individu qui occupait tant de place et avait tant parlé. Plus que l'eau courante et le grand silence végétal que soulignait le cri lointain d'un oiseau ou le grincement d'une branche.

Bras croisés, comme une élève qui vient de terminer un devoir, Marion se penchait avec calme au-dessus du flot. J'ai voulu me pencher à mon tour, mais il n'y avait rien à voir. Quelque chose s'achevait. Quelque chose commençait. On aurait dit que rien ne s'était passé. Un homme et une femme se promenant au bord d'une rivière. Scène mélancolique et nuageuse, mais banale. J'ai passé mon bras autour des épaules de cette femme toujours absorbée par sa contemplation à vide. Je crois que nous aurions pu demeurer ainsi, de longues minutes, déconcertés par une si soudaine absence. Marion, complètement indifférente à ma présence, semblait dans une solitude absolue.

C'est alors qu'à quelques mètres de nous, en

aval, j'ai vu surgir des eaux le corps du commandant qui flottait dans un enchevêtrement de couvertures et dérivait lentement, bras en croix, les yeux grands ouverts. Impossible de savoir s'il était mort ou encore vivant, mais l'énorme tête était insubmersible. Bouée céphalique gonflée d'un mélange de haine et d'ironie. La force du courant avait dû l'arracher au fauteuil coulé à pic et l'homme aux membres grêles, grâce à son incroyable légèreté d'infirme, était remonté, comme un bouchon, à la surface. Méduse ! J'étais pétrifié par ces yeux encore braqués sur le monde avec une expression paradoxale de triomphe. Cette tête, vivante ou morte, tournait sur elle-même de plus en plus lentement. Chaque fois qu'il faisait face à Marion, on aurait juré que le commandant souriait. Un effroyable sourire d'approbation.

Tout doucement, le corps de celui que nous pensions noyé est venu se prendre dans les herbes, s'accrocher puis s'immobiliser parmi les roseaux. Qu'est-ce qui m'a pris? Sans réfléchir, je suis descendu tant bien que mal dans la rivière. La respiration d'abord coupée par le froid, de l'eau jusqu'à la poitrine, j'ai progressé entre les plantes aquatiques, puis, à deux mains, j'ai saisi le crâne provocateur. Son front près de mon menton. Horrifié par ses yeux, je l'ai agrippé par les cheveux, par les oreilles et, le plus violemment possible, je l'ai repoussé vers le milieu de la rivière, au plus fort du courant qui l'a enfin emporté, à vive allure, loin, très loin de nous vers quelque aval fatal. Au milieu d'un tourbillon argenté, j'ai encore vu son front heurter avec force un rocher, rebondir sous le choc, tournoyer encore puis sombrer. Cette fois, c'était vraiment fini. Mort d'un chef. Mort d'un soldat coriace. Mais je sentais encore entre mes doigts les cheveux serpents de cette gluante gorgone.

Quelque chose venait de m'arriver. Je venais d'accomplir *mon* acte au plus profond de cette région boisée de l'est de la France, à l'extrémité de la Diagonale. C'était absurde, mais je m'efforçais de croire que cet assassinat improvisé me liait à la femme soldat. Un meurtre facile et vaporeux comme un songe. Peinant à remonter sur la berge tant les plantes coupantes, à peine enracinées, cédaient sous mon poids tandis que mes pieds s'enfonçaient dans la vase, je n'avais plus l'impression d'assister à un spectacle, mais d'être là, bien là, alourdi par mes vêtements gorgés d'eau, les chevilles happées par des bouches aux lèvres molles. Il allait me falloir agir. Décider moi-même d'une suite.

Au-dessus de moi, Marion ayant perdu de vue le corps du commandant, s'est accroupie pour m'aider d'un bras vigoureux et musclé, à reprendre pied. Nos mains complices se sont jointes, serrées très fort, puis lâchées bien vite, comme si nous venions de sceller un pacte. J'étais dégoulinant, boueux.

« Viens, lui ai-je commandé. Il faut donner l'alerte ! »

Je la tutoyais pour la première fois. À ce

moment-là, j'étais certain que l'attentat que nous venions de commettre resterait notre secret. Que personne ne nous avait épiés, surveillés, saules et broussailles dissimulant notre forfait. De loin, mon intention de tuer pouvait ressembler à une tentative de porter secours.

Alors, de façon assez brutale, j'ai entraîné Marion par le bras. Curieusement, cette femme, rompue à de nombreuses techniques de combat et capable de m'envoyer au tapis quand elle le voulait, s'est laissé faire, m'a suivi, s'est mise à courir à mes côtés, me faisant comprendre qu'elle était prête à faire tout ce que je déciderais.

Quand nous sommes rentrés dans le parc en passant par la petite porte de fer, j'ai crié le plus fort possible, appelé à l'aide, à pleins poumons, tandis que des hommes gris-bleu surgissaient de nulle part et accouraient vers nous. Exagérant mon essoufflement, je prononçais des mots comme « accident », « terrible accident », « vite, vite ! », ou « le commandant », m'efforçant d'indiquer l'endroit où le fauteuil, à la suite d'une fausse manœuvre de l'infirme lui-même, avait quitté le chemin pour tomber dans les eaux. L'état de mes vêtements, l'air hagard de Marion (qu'on pouvait croire en état de choc) rendaient plausible cette version des faits. Quelques secondes plus tard, une dizaine d'hommes s'élançaient en courant en direction du prétendu accident, bientôt suivi d'une dizaine d'autres chargés de matériel de secours ou de réanimation, nous abandonnant, la femme et moi, au milieu du parc. Marion me faisait face, muette. Impossible d'imaginer ce qu'elle pensait ou ressentait. Regard vague, respiration régulière. Détendue et calme comme après une action dangereuse, mission accomplie.

Le reste de la journée s'est passé en explications, interrogatoires, silences. L'homme en blouse blanche qui m'avait reçu à mon arrivée n'a pas tardé à nous rejoindre. Deux haut gradés sont arrivés un peu plus tard et nous ont solennellement questionnés. Je n'avais rien à ajouter : malencontreux coup de menton du tétraplégique sur un levier, chute dans le vide, « un point c'est tout ! ». Marion toujours impavide, un peu à l'écart. C'est à moi que les deux enquêteurs tentaient d'arracher des détails accréditant un suicide. Puis ils parlaient entre eux, prenaient des notes.

Pendant que mes vêtements séchaient sur un gros radiateur, j'étais affublé d'un uniforme gris-bleu. On m'avait demandé d'attendre dans une petite chambre où il n'y avait qu'un lavabo, une chaise, un sommier métallique. Ils avaient autorisé Marion à rester avec moi. Elle, assise sur la chaise. Moi, allongé sur le sommier grinçant. Attente…

Ce n'est qu'au début de l'après-midi qu'un groupe de plongeurs a ramené le corps sur une civière. Un des secouristes poussait le fauteuil roulant trempé. Je suis sorti de la chambre. On m'a laissé approcher. La tête était méconnaissable, encore plus volumineuse morte que vivante.

Gonflée. Tuméfiée. Jambes et bras comme des cordages trempés qui commencent à sécher, à devenir raides. Mais la bouche intacte, prête à lancer un dernier ordre à la cantonade. Lorsqu'un médecin que je n'avais encore pas vu est venu chercher Marion sous prétexte de soins ou d'examens, je m'y suis violemment opposé, proclamant que, puisque j'avais tout dit, j'allais repartir, mais que j'emmenais la femme avec moi. Le toubib, très embêté, est reparti sans répondre.

Dans les étages, ils se consultaient, ils téléphonaient. L'affaire semblait extrêmement délicate pour les responsables du Centre Général Mongeot qui se montraient d'une extrême prudence dans cette affaire qui les dépassait. J'ai proposé à Marion d'aller chercher, dans sa chambre, toutes les choses auxquelles elle tenait et de les entasser dans ma voiture garée devant l'entrée principale. « Prends ce qu'il te faut. Nous partons », lui ai-je annoncé. Elle ne demandait qu'à me suivre.

J'ai gravi les étages et fait irruption au milieu de la réunion des officiers et médecin perplexes. Marchant droit sur l'homme à la blouse blanche, je l'ai assuré que le tamanoir avait toujours du goût pour les lettres... Quant au tapir... En écoutant ce fragment poétique incongru, plusieurs autres graves personnages ont hoché la tête. Ils attendaient des instructions qui ne venaient pas.

Un moment plus tard, Marion et moi étions réfugiés dans ma voiture, portières verrouillées, trois grands sacs militaires et deux valises dans la malle et sur la banquette arrière. Je klaxonnais pour qu'on nous ouvre la barrière mais le planton me faisait signe qu'il n'avait pas l'ordre de nous laisser passer. Je klaxonnais de plus belle. Marion absolument passive ou résolument patiente. Elle avait revêtu une tenue civile, blue-jean, chemisier blanc, veste en cuir. J'avais enfilé à la hâte mes vêtements encore humides. Klaxon ! Vrombissement du moteur ! Des silhouettes gris-bleu s'approchaient et s'éloignaient de la voiture comme des fantômes indécis.

On hésitait à nous déloger, mais un mauvais coup restait possible. C'est alors qu'avisant mon téléphone portable abandonné dans le vide-poche, j'ai eu l'idée de composer le numéro de téléphone de « Goliath ». Une sonnerie et, miraculeusement, sa voix ! Un ton désabusé, un peu agacé. Ironique ou menaçant, difficile à dire. Tandis que je lui parlais, assis derrière mon volant, j'avais l'impression qu'il me voyait, qu'il assistait à toute la scène.

« Vous ne manquez pas de culot, Travenne ! Notre amie Irène m'avait fait de vous un portrait plus paisible. Je m'attendais à ce que votre innocente entrée en piste produise quelques secousses, mais vous réussissez à m'étonner. Deux heures après votre arrivée : un mort ! Et en un lieu tellement protégé, Travenne, un lieu voué à la retraite, au retrait, et même à l'oubli définitif de certains de nos agents. Vous avez réussi à mettre ce petit monde endormi en effervescence ! Et en plus vous voulez la fille… Enfin… »

Il a raccroché. Deux minutes plus tard la barrière se levait. Le planton au garde-à-vous. Des types en uniforme, debout derrière les fenêtres de l'austère bâtisse, assistaient passivement à notre fuite. J'ai embrayé. Démarré en trombe. La grande forêt nous a avalés.

22

« *La destinée, Ma destinée ! Une drôle de chose que la vie…* » La citation que le commandant avait cru bon de m'offrir, un peu avant de mourir, me revenait en mémoire… Une vie peut-elle changer ? Se renverser en son contraire ? Même de façon tardive ? Subir une montée des eaux ? Une floraison soudaine de plantes vénéneuses ? Encaisser de ces coups qui coupent la respiration ? Ou bien, sous l'apparence trompeuse du changement, n'est-ce pas encore et toujours la même existence qui insiste ? Les mêmes façons de réagir, d'éprouver, de traverser les jours ? L'illusion de la nouveauté dissimulant la même chose ? Répétition, répétition… Inextricable liaison entre la répétition et la mort. Entre Tresange-les-Puits et Saint-Euvert-les-Gorges, répétition, répétition.

En tout cas, après le meurtre par noyade d'un officier de l'armée française, après « notre meurtre », devrais-je dire tant je m'étais senti fugacement « lié » à Marion par cet acte, tout s'est précipité. J'ai eu l'impression de me trouver sous une averse d'événements. Un bombardement événementiel. Moi qui m'étais agité si longtemps sans que rien ne se passe, j'étais tout à coup emporté, bousculé, malmené par ces nouvelles circonstances.

Il me faudrait raconter tout cela très vite pour rendre compte de cette accélération, sans possibilité de rien contrôler, qui me faisait ressembler à ces personnages de film qui se trouvent dans une voiture emballée dont les freins ont lâché. Ils tournent le volant, frénétiquement, à droite, à gauche, évitant miraculeusement de mortels obstacles... Mais pendant combien de secondes encore ?

Ainsi, j'ai à nouveau conduit toute une nuit, l'œil rivé au rétroviseur, persuadé qu'ils n'allaient pas nous laisser filer comme ça. Ces phares éblouissants, derrière moi, c'était eux ! Le bolide puissant qui me dépassait allait me faire une queue de poisson ! À la sortie d'un virage, nous allions nous heurter à un barrage de gendarmerie. Indifférente à ce qui pouvait encore arriver, Marion somnolait.

J'ai évité de faire, comme à l'aller, le détour par Saint-Euvert. Un panneau touristique signalait les gorges de la Sarine, mais j'ai pris le chemin le plus court. Très peu de haltes. Essence. Café. Rien d'autre. Vers trois heures du matin, alors que nous étions tous deux, debout, sur l'esplanade déserte d'une station-service, devant un distributeur de boissons déglingué contre lequel je donnais des coups de poing pour récupérer mes pièces, Marion a passé très simplement ses bras autour de mon cou, puis elle a pris mon visage entre ses mains comme pour l'examiner attentivement, comprendre en moi quelque chose qui lui échappait et, brusquement, elle a posé ses lèvres sur les miennes. Pas un vrai baiser, mais tout de même… Lèvres fraîches, humides, bouche entrouverte. J'ai serré son corps contre le mien mais elle m'a repoussé, s'est écartée, est rentrée dans la voiture.

Après cet inexplicable baiser je suis resté taciturne, inquiet. Qu'allait-elle devenir ? Qu'avais-je à lui proposer ? Après de longues minutes d'un ronronnant silence, c'est elle qui a déclaré :

« De toute façon, il fallait en finir ! L'*horreur* ! Pas un jour sans qu'il ne prononce ce mot. Horreur ici, aujourd'hui et horreur avant, ailleurs. »

Elle disait « en finir ». Oui, drôle de chose que la vie, puisque j'avais tendance à prendre comme un tardif et peut-être illusoire commencement ce que Marion considérait comme une fin. Pour l'apaiser, j'ai confirmé « Oui, c'est fini », en tapotant ses mains inertes.

« Les premiers jours, dès que Francis a compris qu'il allait rester dans cet état, il m'a suppliée de le tuer. Non, ce n'était pas son genre de supplier. Il m'a ordonné de lui tirer une balle dans la tête ! Ensuite, il n'a plus parlé, mais, ces derniers temps, il avait une façon de me regarder lorsque je l'accompagnais en promenade. Précisément à cet endroit où le chemin est à pic, au-dessus de l'eau. »

Pourquoi, me suis-je étonné, n'avait-il pas précipité lui-même son fauteuil dans le vide ? Un petit coup de menton au levier et hop !

« Je crois qu'il voulait que ce soit moi qui prenne sa vie. Ou que je lui donne la mort, si on veut. Difficile à dire. »

J'ai encore attendu pour demander à Marion si elle savait où aller, ce qu'elle désirait faire désormais. Après le fiasco afghan, les coups de feu dans la montagne, le retour en France, sa cure de sommeil et à présent cette noyade criminelle, elle m'a avoué qu'elle ignorait ce que d'invisibles puissances officielles ou officieuses pouvaient encore exiger d'elle. C'est pourquoi, sans réfléchir, j'ai décidé d'installer Marion dans ma propre maison, toujours pas vendue, où il restait encore quelques meubles et des cartons de livres. Une fois arrivés, je lui ai recommandé — presque commandé ! — de ne pas sortir.

Bien sûr, si les autres voulaient nous retrouver, ils n'auraient aucun mal, mais je ne souhaitais pas que nous nous cachions. Son « pourquoi pas ? » m'a tout de même étonné tant j'avais du mal à admettre son apparente soumission. Bien longtemps que je n'étais pas revenu chez moi. Marion s'est installée comme dans n'importe quel bivouac. Paquetage impeccablement rangé. Une discrétion absolue. Elle ne tenait aucune place, écoutant attentivement ce que je lui expliquais ou lui racontais des époques passées en ces lieux. Le soir, ou en pleine nuit, j'allais regarder par la fenêtre, m'attendant à découvrir une voiture tous feux éteints, deux types à l'intérieur en train de nous surveiller.

Pendant quelque temps, notre vie à deux n'a correspondu à rien de définissable. À aucune forme d'arrangement amical ou amoureux. Amants, amis, complices. Une intimité pleine de curiosité et de méfiance. Il faut dire que cette femme n'avait spontanément aucune pudeur. Dès notre arrivée, elle s'était déshabillée avec naturel. Nue sous la douche, porte ouverte. Puis glissée dans le seul lit qui restait, où je ne pouvais que la rejoindre. Moi, j'étais dans un tel état d'exaltation, après cette incroyable aventure, que je me suis furieusement abandonné au désir, jusque-là contenu, de ce corps si généreusement offert, le caressant, le parcourant, m'y perdant, cherchant en vain le secret de cette femme dont le visage, vu de très près, n'était pas le même.

Je n'ai pourtant pas tardé à m'apercevoir que Marion ne se prêtait à ce corps à corps qu'avec une distance brumeuse. Ce que je prenais pour de la générosité sexuelle n'était peut-être qu'une parfaite indifférence, comme si sa chair était capable de se plier, plus ou moins sur commande, à ce qu'on attendait d'elle. Tour à tour provocante, douce, réactive, audacieuse, abandonnée, lascive, ferme, froide, elle échappait à toute emprise. Des nerfs, des muscles, des os, des organes, de la peau : faites-en ce que vous voulez ! Pas de sensualité propre, mais, comme les vrais comédiens, un registre immense de conduites sensuelles. Marion pouvait tout feindre, faire croire qu'elle sentait et ressentait, mais elle se tenait imperceptiblement ailleurs, ou nulle part, comme si le métier de soldat lui avait appris la soumission physique et la formation d'agent secret une sorte de soumission mentale.

L'humour du sort me faisait donc cohabiter avec une femme introuvable, capable de devenir toutes les femmes possibles : fille dans les bras de son père, maman, putain, femme du monde, servante, maîtresse, athlète accomplie ou compagne songeuse. Mais ce qu'elle était sur le moment, elle l'était pleinement. Appliquée mais convaincante. Toujours d'accord.

Lorsque je m'absentais, je la retrouvais assise à même le sol, les reins calés contre le lit, plongée dans un livre qu'elle avait récupéré au fond d'un carton. Une odeur de cigarette orientale, ses mégots méticuleusement écrasés dans le pot de yaourt posé près d'elle. Fausse captive captivée par sa lecture, elle finissait de croquer une pomme avant de s'enquérir de mes désirs ou de mes projets. Dois-je préciser que je me laissais leurrer sans déplaisir.

Et pourtant ! Et pourtant ! Plusieurs fois, rentrant à l'improviste, je ne la trouvai pas à la maison. Ma fausse prisonnière était devenue « la fugitive ». Marion disparue ! On a perdu le soldat Keller ! Je m'inquiétais un moment mais elle revenait toujours sans un mot d'explication. Comme en passant, elle m'a un jour confié qu'elle disposait d'importantes sommes d'argent, dans plusieurs banques, qu'elle tenait à participer aux frais de notre vie provisoirement commune, et elle m'a tendu, avec une maladresse ou une gêne touchantes, un étui enrubanné qui contenait une montre de prix. Un cadeau de sa part auquel je ne m'attendais pas.

Une autre fois, absente une bonne partie de la journée, elle est rentrée chargée de paquets contenant robes élégantes, flacons de parfum, trousse de maquillage. Elle avait manifestement confié sa chevelure, à nouveau assez longue, aux soins d'un habile coiffeur. Quels pouvaient être ses projets ? Pour la provoquer je lui ai proposé d'étrenner ses tenues de fête en sortant ensemble, toute la nuit, dans des lieux amusants ou sélects. Sans enthousiasme, elle a été immédiatement d'accord.

Dans la cave de ma maison, elle avait récupéré un vieil appareil de musculation et entretenait impeccablement sa forme physique. Sans rien dire, elle sortait, très tôt le matin, en tenue de sport, courait le long des avenues et revenait, écarlate, fraîche, ruisselante de sueur, pas même essoufflée.

J'ai dû admettre que je commençais à glisser sur une très mauvaise pente la nuit où je l'ai attendue jusqu'à cinq heures du matin, avec impatience, puis avec rage, persuadé qu'elle s'était enfuie pour toujours. Ce n'était pas après elle que j'étais furieux, mais après moi, parce qu'elle me manquait. À mon âge, pas question de m'attacher à une personne qui non seulement pouvait presque être ma fille, mais qui, forcément, n'était « pas mon genre », puisque je n'avais pas de genre ! D'ailleurs, mon malaise en son absence ne s'expliquait pas par de la jalousie à l'égard de personnes qu'elle aurait pu rencontrer, de contacts qu'elle pouvait avoir, de liens mystérieux qu'elle aurait renoués. Je redoutais toujours qu'elle n'ait été enlevée, maltraitée, accusée de meurtre, mise au secret (battue ? abattue ?), mais j'éprouvais moins la peur de la perdre que la peur d'un « retour du vide ».

Je dois dire qu'à certains moments quelque chose en elle parvenait à m'émouvoir. C'était fugace mais très violent : elle venait s'installer près de moi avec une incroyable gentillesse, s'asseyant de préférence par terre lorsque j'étais assis, taciturne, au bord du lit. Elle levait alors vers moi un visage lumineux, un peu flou, qui pouvait être celui d'une petite fille comme celui d'une très vieille femme. Il y avait au fond de ses yeux une question profonde, vitale, informulable, à laquelle j'étais désespéré de ne pouvoir répondre, sentant cette femme toute proche mais à jamais solitaire, et comme perdue derrière une ligne que je ne franchirais jamais. Dépité, je me rejetais en arrière, en travers du lit, tandis qu'elle ramassait n'importe quel bouquin traînant sur le sol et, calmement, s'y plongeait.

M'efforçant de la croire occupée à lire à la maison, je passais de longues heures à l'extérieur. J'étais impatient d'avoir des nouvelles d'Irène. À l'hôpital, jugeant son état grave, ils l'avaient gardée. Une chambre blanche où elle était seule.

« Dommage ! me dit-elle, Luc vient juste de partir. Tu l'as manqué de peu. Il est resté une partie de l'après-midi à dessiner, là, près de moi. Il vient chaque jour, avant et après ses cours. Il est inquiet… »

J'ai tout de suite compris que la maladie galopait. Irène devait faire face à la douleur. On lui avait disposé une pompe à morphine et, de temps à autre, pour tenir l'insupportable à distance, elle s'injectait d'un coup de piston une petite dose soulageante dans les veines. Sa respiration était plus rapide, son souffle chaud, ses lèvres gercées, son haleine mauvaise. Comme elle avait refusé de revêtir l'affreuse chemise de nylon bleu de l'hôpital, je pouvais voir ses épaules nues mais osseuses, sous les bretelles d'une nuisette de soie noire.

« Tu ne m'as jamais dit ce que tu pensais de Luc ? »

J'ai dû admettre que, depuis notre éphémère rencontre, j'avais souvent repensé à lui, ou plutôt à ses grandes compositions à l'encre, tellement élaborées qu'elles ne paraissaient pas être celles d'un jeune garçon. Comme on se souvient d'un rêve j'avais revu ses perspectives compliquées, grand labyrinthe multidimensionnel où se dissimulait un jeune vieux monstre.

« Le plus étrange, ai-je confié à Irène, c'est que les paysages dessinés par Luc me sont familiers, comme si j'avais un jour gravi ces escaliers monumentaux, franchi ces passerelles arachnéennes, m'étais trouvé sous de vertigineuses coupoles, à l'ombre des tours, dans cette cité vidée de ses habitants. »

J'ai donc assuré à Irène — et ce n'était pas pour lui faire plaisir — que je serais sincèrement heureux de revoir son fils. De mieux le connaître.

« *Notre* fils ! Marc, oui, le tien aussi. Luc est ton fils ! Voilà ce que je ne suis pas parvenu à te... », a-t-elle articulé en tendant péniblement vers moi son bras maigre dans lequel était plantée l'aiguille de la perfusion !

Assis au bord de son lit, percevant à travers le drap la tiédeur de sa cuisse contre la mienne, je n'ai pas été indigné en entendant cette nouvelle. Était-ce parce que j'avais déjà tout compris à demi-mot, comme Irène l'avait sous-entendu ? Était-ce parce qu'au fond je savais ? Ou parce qu'il était trop tard ? Et que le vieillissement m'avait rendu insensible ?

Elle a tenté de se redresser légèrement. Le moindre effort lui coûtait. Ses lèvres ont frémi comme si elle allait éclater en sanglots, bredouillant qu'elle n'avait « jamais, jamais, en tant d'années, trouvé le courage de... », sachant que c'était cruel, pour moi, pour Luc lui-même, parlant si bas que je ne percevais que quelques bribes de paroles, « lâcheté », « égoïsme », « garder mon petit pour moi toute seule », « la présence d'un enfant qui m'a tellement rendue heureuse », « et puis tu étais si loin, si peu disponible... ». J'ai craint qu'elle n'ajoute : « tu ne peux pas comprendre », mais elle a rejeté son buste en arrière, fermé les yeux, déplorant seulement : « Je ne pense pas que ça puisse se pardonner… »

Alors ? Comment expliquer que cette annonce, faite au moment le plus inopportun, ne m'ait pas procuré la moindre émotion. Ni ébahissement, ni colère, ni révolte. Père par surprise ! À nouveau père ! Cela me semblait abstrait. Cela sonnait faux. Des mots de bord de lit d'hôpital, comme des virus, des microbes, un tremblement de fièvre.

Un grand silence s'est installé entre nous. Les yeux clos, Irène a cru bon de me dire : « Bien sûr, Marc, la génétique pourrait te confirmer que… Mais tu peux me croire sur parole. »

Sa parole, je ne la mettais absolument pas en doute, non pas parce que c'était plausible, mais précisément parce que c'était absurde. Disons absurdement plausible. Cette révélation, en principe bouleversante, rebondissait sur ma carapace qui n'avait fait que s'épaissir au fil des années. Réfléchissant à toute vitesse, mais calmement, aux conséquences, je tâchais de me convaincre que j'étais capable, cette fois, d'assumer ce lien inattendu. Luc, d'après Irène, ne se doutait de rien, mais qui sait ?

Soulagée par son aveu autant que par la morphine, la malade dormait, mains posées à plat sur son ventre. Je me suis retiré sur la pointe des pieds et suis allé marcher dans la nuit, me demandant quelles galeries cette vérité allait creuser dans mon être. Du coup, j'étais beaucoup moins préoccupé que les jours précédents par le comportement ou par l'avenir de la femme soldat qui m'attendait peut-être à la maison. Ou peut-être pas.

C'est pourtant par souci de cet avenir que j'avais tenté, plusieurs fois, de reprendre contact avec le dénommé « Docteur Steiner ». Vaines sonneries dans le vide. Ayant retrouvé facilement l'immeuble où il m'avait reçu, je me suis fait sèchement éconduire. Pas de docteur. Encore moins de Steiner. C'est lorsque j'ai prononcé « Goliath » qu'on m'a pris un peu plus au sérieux. Dérisoire David, j'avais pratiqué une petite brèche dans un mur d'ignorance feinte puisque, un moment plus tard, mon portable s'est mis à vibrer, puis à sonner : « Ici Goliath ! » J'ai tenté de m'assurer de la sécurité de Marion, m'humiliant à dire à cet individu qu'il était à mes yeux la seule personne capable de l'aider.

Sur un ton cassant, agacé par ma naïve sollicitude, Goliath a lâché :

« Monsieur Travenne, j'ai rencontré, pas plus tard qu'hier, votre protégée. Un arrangement est en cours. Ils lui laissent le choix. Elle peut passer devant une commission spécialisée susceptible de la déclarer gravement souffrante, et même de lui accorder une pension d'invalidité. Elle peut aussi décider de reprendre du service. À moins, évidemment, que certains services n'aient un besoin impérieux de ses compétences… Et elle n'en manque pas. Mais je vous conseille de vous tenir à l'écart. Vous savez que Mme Irène Dautry est à l'hôpital. Sachez seulement que vous lui devez beaucoup. Elle m'a fait promettre de vous éviter de graves ennuis. Mais prenez garde, tout de même : si mon organisation dispose d'une mémoire illimitée, elle a aussi certaines capacités d'oubli. C'est la dernière fois que nous nous parlons, vous et moi. Adieu. »

En raccrochant, j'ai pensé qu'il serait sans doute impossible à Marion de mener un jour une existence moins compliquée, tordue, secrète ou dangereuse que celle qu'elle avait menée depuis l'âge de dix-huit ans. Du coup, je ne la désirais plus prisonnière mais libre, comprenant que, de sa part, je pouvais encore m'attendre à tout. À la maison, nous avons joué chacun notre rôle à la perfection : aimables attentions, familiarité et beaucoup de non-dits.

Je n'ai pas attendu longtemps avant de retourner auprès d'Irène. Dans une petite salle d'attente, à quelques mètres de la chambre où sa mère recevait des soins, j'ai aperçu Luc par la porte vitrée. Tête penchée, la masse de ses cheveux noirs croulant devant son front, il dessinait encore et toujours, prenant appui sur son carton à dessins, la main rapide et précise comme un bistouri incisant la blancheur. L'encre de Chine comme le peu de sang d'une écorchure. J'ai hésité, puis je suis entré. Manifestement agacé par l'irruption d'un étranger dans sa solitude, le dessinateur n'a pas levé la tête tout de suite mais, lorsqu'il m'a reconnu, j'ai cru déceler dans ses yeux l'éclair d'une complicité. Ses lèvres ont émis un discret « ah ! » de soulagement et il a esquissé un sourire triste signifiant que nous partagions la même inquiétude, mais que ma présence le rassérénait un peu. Dans la chambre d'Irène, infirmiers et médecins s'affairaient toujours. Je me suis assis à côté du garçon qui s'était déjà replongé dans son dessin sans chercher à me dissimuler l'image qu'il élaborait avec minutie.

Le plus inexplicable, après les révélations d'Irène, c'est que je ne le regardais pas en me disant : « C'est mon fils » ou : « Je suis son père » mais avec un intérêt de plus en plus grand pour cette jeune solitude, cet être si singulier au fond duquel je sentais que quelque chose qui me concernait était enfoui. Et ce quelque chose, j'en étais sûr, pouvait aussi surgir à la surface de la feuille de papier à dessin. J'ai tout de suite remarqué que le paysage auquel Luc, ce matin-là, apportait les dernières retouches, était assez différent de ses décors urbains habituels : toujours des bâtiments, mais moins hauts et plus espacés, que séparaient des espaces laissés en blanc, comme si le vide gagnait du terrain. Plus rien d'achevé ou d'imposant, mais ruines et chantiers, écroulements et terrains vagues. Tout paraissait rongé, avalé, digéré par la brume et une sorte de végétation transparente. En cherchant avec attention, j'ai réussi à retrouver le personnage dissimulé dans le paysage. Il errait ou se terrait parmi les choses effondrées. J'ai pointé un doigt en demandant :

« Tu es vraiment sûr qu'il est seul, ce bonhomme ? Là, et là, et encore là, ça n'est pas forcément le même ? »

Toujours aussi laconique et nerveux, Luc a bougonné, au bout d'un long moment : « Ouais, peut-être deux alors… Mais pas plus. »

J'ai failli affirmer qu'à mon avis ces êtres fluides au visage d'encre, ces taches anthropomorphes, ces rôdeurs de Chaosmopolis s'observaient de loin, se perdaient de vue mais allaient finir par se rencontrer, se parler. Et puis je me suis interdit de me livrer, à voix haute, à ce genre d'interprétation.

L'équipe soignante a quitté la chambre. Je suis allé m'asseoir seul au chevet d'Irène. Elle a entrouvert les yeux. J'ai pris sa main. J'ai dit simplement : « Je suis là… »

Le petit sourire s'est aussitôt éteint et j'ai dû me pencher pour comprendre les faibles sons qui sortaient de ses lèvres. Elle demandait : « Pour Luc aussi ?

— Oui, Irène, pour Luc aussi », lui ai-je soufflé dans le creux de l'oreille tandis que mon visage s'enfouissait dans une blancheur tiède qui sentait le parfum, le médicament et la mort. Je n'étais ni triste ni désespéré mais soumis à cette absurdité invisible et mortelle comme un gaz ! N'était-ce pas cette absurdité toxique qui s'était répandue sur Chaosmopolis, asphyxiant d'un coup tous ses habitants ?

Quand j'ai quitté l'hôpital, Luc, en général si distant et taciturne, a tenu à me raccompagner. Sur un ton faussement détaché il m'a demandé si j'avais l'intention de revenir le lendemain. Il a gratté sa tignasse et annoncé d'un air encore plus gêné :

« Je vous montrerai quelque chose…

— Alors moi aussi, je t'apporterai quelque chose », ai-je à mon tour promis, songeant à un livre d'art en ma possession qui contenait, si je me souvenais bien, des reproductions de cités fantastiques, de cités imaginaires ou de quelque *Jérusalem céleste*, complètement dissimulées dans les nuages, les rochers, les forêts, figurant dans des tableaux de peintres célèbres.

23

Troupeau de chevaux sauvages : le galop invisible des jours. Précipitation et non-sens. Toujours cette pluie d'événements. Ce trop de personnages. Comme il était loin, mon gîte d'Ardèche ! Allongé, seul, complètement vidé, je me contentais de fixer le rectangle de la fenêtre, toile magique où tout pouvait apparaître mais où rien n'échappait à l'effacement, au blanc puis au noir.

Au cours des longues soirées que nous avions passées ensemble, chez moi ou n'importe où, je m'étais efforcé d'expliquer à Marion la façon dont j'avais repris contact, après dix-sept ans, avec une femme journaliste à peine connue, et tout ce qui s'était ensuivi. Brave petite soldate, elle s'était immédiatement montrée compréhensive, et même compatissante, consternée par la mort annoncée de « cette maman d'un garçon encore si jeune ». Elle attachait surtout beaucoup d'importance à ma « paternité tombée du ciel », comme elle disait. J'avais beau lui rappeler que j'avais déjà été père, très mal peut-être, mais père tout de même, elle prétendait que cette fois, ce n'était pas pareil et qu'il fallait prendre très au sérieux ce coup du sort.

Avais-je affaire à une actrice, capable d'adapter son jeu à l'état mental et affectif de l'individu avec lequel elle se trouvait ? Ou bien était-elle l'adorable compagne dont n'importe quel mâle rêvera toujours en vain ? Celle qui comprend l'incompréhensible. Amante et amie, épouse et sœur, acceptant tout ce que fait son homme, accueillant avec bienveillance tout ce qui lui arrive, non parce qu'elle y décèle un sens, mais « parce que c'est comme ça », « parce que c'est la vie »...

Pour donner une idée de l'ampleur de l'orage événementiel que je subissais, il me faut ajouter qu'en plus des heures passées avec Marion, de mes visites à la grande malade, et de mes bribes de conversation avec un jeune homme étonnant, je me suis obligé à rendre visite à ma mère dont les monologues sur la messagerie de mon téléphone se faisaient plus rares mais surtout plus inquiétants.

Sur le palier du quatrième étage, quelques secondes avant de donner le petit coup de sonnette fantaisiste signifiant « c'est moi », et d'ouvrir la porte avec ma propre clef, lorsque je ne l'avais pas oubliée ou égarée, cette clef, évidemment, j'ai retrouvé cette culpabilité légère qui, régulièrement, m'assaillait devant l'entrée de l'appartement de ma mère.

Culpabilité de ne pas rendre visite assez souvent à la vieille dame qu'elle était devenue. De ne pas venir lui tenir compagnie, ne serait-ce qu'un petit moment, une ou deux fois par mois, en fin d'après-midi, surtout l'hiver, quand la nuit tombe à cinq heures. Même si je savais que les livres, les journaux, le téléphone et la télévision étaient devenus, à ma place, les gardiens de ma mère.

Comme une fille allant et venant toujours sur le même coin de trottoir, la culpabilité se tenait donc sur le palier du quatrième. « Non, pas cette fois… » Mais combien y aurait-il de prochaines fois ? J'ai fouillé toutes mes poches à la recherche de cette maudite clef, confiée par ma mère il y avait bien longtemps. Clef régulièrement perdue, refaite, égarée, retrouvée. Mais cette fois oubliée ! « C'est ta clef, répétait ma mère. Tu la gardes. Comme ça, tu peux rentrer sans prévenir, à n'importe quelle heure du jour ou de la nuit. Ici, tu es chez toi. » Mais la seule idée d'avoir un « chez-moi » chez ma mère m'était secrètement insupportable, n'étant jamais parvenu à me sentir chez moi dans ma propre maison, même à l'époque où y vivaient femme et enfants. Pas d'espace à moi. Pas d'affaires personnelles, à part mes vêtements dans un petit placard et mes livres entassés dans des cartons. Toujours cette impression d'être de passage. Prêt à partir. À repartir, surtout. Où que je me trouve.

Alors, j'ai bien été obligé de sonner. Pas l'habituel petit coup de sonnette guilleret précédant mon intrusion, mais une sonnerie plus anxieuse signifiant que j'étais une fois de plus enfermé dehors.

J'ai guetté les bruits à travers l'épaisseur de la porte jusqu'à ce que j'entende enfin la voix de ma mère qui s'approchait à pas lents en pestant contre ma distraction. Interminable déverrouillage, et tout de suite : « Tu as encore oublié ta clef, évidemment. Alors tu sonnes ! Comme un étranger. Un inconnu. » Elle a cherché une comparaison plus accablante : « Comme le facteur ! Il faut que je vienne ouvrir à mon fils comme au facteur quand il apporte son calendrier. »

Je n'ai pas voulu être en reste : « Et toi, tu traverses tout l'appartement sans ta canne. Si tu tombes, personne ne viendra te secourir.

— Surtout si tu n'as pas ta clef ! »

Jusque-là, tout allait bien. Dialogue rituel. Fastidieuse répétition de petites phrases, de petits gestes.

J'ai embrassé ses joues ridées. D'habitude, lorsqu'elle savait que j'allais passer, elle s'efforçait d'être bien peignée. Cheveux teints de frais, rouge vif sur ses lèvres. Ample tunique noire et châle coloré. Elle prenait plaisir à ces coquetteries exceptionnelles, ne pouvant se douter que le maquillage augmentait paradoxalement l'impression de grande vieillesse. De toute façon, à chacune de mes visites, j'étais surpris de la trouver plus ridée, plus lente, plus amaigrie et hésitante que je ne l'imaginais. Mais cette fois, elle était vraiment négligée, le blanc des cheveux ayant gagné à partir des racines, les yeux cernés, l'air un peu hagard. En guise de châle, un vieux manteau sur les épaules.

Elle a posé une main sur mon épaule, de l'autre elle a caressé ma joue comme elle avait l'habitude de le faire. Mains larges. Mains fraîches. Elle m'a demandé : « Mais enfin… C'est toi qui grandis ou c'est moi qui me ratatine ? »

À quoi j'ai répondu, vaguement inquiet : « Tu sais, grandir, à mon âge…

— Dis tout de suite que je rapetisse », a-t-elle maugréé.

Elle a tout de même tenu à ce que je boive un café noir mais j'ai constaté qu'elle n'avait pas confectionné la tarte aux pommes qui m'attendait à chaque visite annoncée. Au fil des heures, je la trouvais de plus en plus bizarre.

« Tu sais que tu m'as fait vraiment plaisir, l'autre jour, en m'emmenant à Saint-Euvert », m'a-t-elle déclaré, me gratifiant d'une nouvelle petite tape affectueuse.

Je tombais des nues. Je ne lui avais même pas raconté que j'y étais passé tout seul, que j'avais piétiné quelques heures dans le vide, que je m'étais figé un moment à l'emplacement des cités abolies.

Elle se lançait déjà dans une description de tout ce qu'elle avait revu, sur place, avec moi. Encore pire, prétendait-elle, que ce qu'elle redoutait. « Je t'avais souvent parlé des filles noyées, de tout ce malheur, mais j'avais besoin de te montrer l'endroit où avait eu lieu le meurtre le plus affreux. Ma meilleure amie, celle qui aimait tant la vie, celle qui n'avait pas voulu mourir et qui avait gardé l'enfant. La “fille mère” comme on l'appelait. La “traînée” ! Eh bien, la traînée, quand on lui a tué son petit, elle a tué de ses mains le sale type qui battait son enfant… Tu as vu l'endroit, hein ? Je t'ai montré comment ça s'était passé. Pendant que ce salaud dormait, ronflait, complètement ivre, elle lui a enfoncé une fourche dans la gorge ! Tout ce sang ! Ce cou déchiré, béant. Une mare de sang. Une source sanglante. J'avais besoin de revenir à Saint-Euvert pour te raconter enfin l'histoire qui m'a le plus effrayée de toute ma vie. Tu comprends ? C'est pour cela qu'il fallait que nous allions sur place. Mais ça m'a fatiguée, tu vois, épuisée. Depuis que tu m'as ramenée, j'ai du mal à m'en remettre. Je ne sais pas ce qui m'arrive… Enfin, c'est fait, c'est fait… »

J'ignorais évidemment tout de cette histoire horrible. Elle avait prononcé les mots : « tout ce sang », « cou déchiré, béant ». Au lieu de protester : « Qu'est-ce que tu racontes ? Nous ne sommes jamais allés ensemble à… », j'ai fait venir un médecin.

Diagnostic immédiat, sans appel. Un vaisseau rompu dans sa tête. Un épanchement microscopique. Un tout petit peu de sang dans le cerveau, mais suffisamment pour entraîner cette confusion mentale, produire ce trouble, ce vrai faux souvenir.

« Les choses vont très lentement rentrer dans

l'ordre, m'a dit le médecin. L'esprit se remettre en place. Ou peut-être pas ! Un autre accident vasculaire cérébral peut survenir. N'importe quand. Encore plus grave. Ou bien fatal ! On ne sait pas… »

Qu'on ne vienne pas clamer que, cette fois, c'en était trop ! Trop d'un coup ! Chacun sait bien à quel point, « dans la vie », contrairement aux romans dans lesquels l'action s'étire toujours de façon plus lente et plus significative, « tout arrive en même temps » ! Dans la vie, les événements se carambolent, s'entassent, se superposent, se mélangent, se contredisent, se prolongent les uns les autres ou au contraire s'annulent mutuellement. Un malheur n'arrive jamais seul, prétend-on. Mais la meute des malheurs est souvent accompagnée par des bonheurs imprévus. Ou l'inverse. Dans la vie tout va trop vite ou trop fort, entre de longues périodes de calme plat.

24

Lorsque Irène est morte, j'étais près d'elle. Depuis quelques jours, elle n'ouvrait presque plus les yeux et n'était consciente qu'à de rares moments. Les organes vitaux cessaient les uns après les autres de fonctionner. On n'entendait dans la chambre que le bruit de sa respiration difficile, bouche béante, haleine fétide. Je demeurais sans bouger, fixant le rai de lumière blonde qui pénétrait par l'interstice du store et qui donnait aux millions de particules en suspension l'occasion d'une danse pas même macabre. Luc, désespéré et pâle mais de plus en plus refermé sur lui-même, n'était jamais bien loin, préférant la salle d'attente ou un banc du minuscule jardin à cette chambre dans laquelle le dernier lien avec sa mère était ce souffle irrégulier, terrible, allant se chercher lui-même de plus en plus profond dans la poitrine, ce souffle indifférent aux paroles, aux larmes, aux caresses, ce souffle fiévreux, occupé uniquement à durer encore un peu.

Un matin, un médecin qui ne faisait que passer nous a expliqué que ce n'était plus qu'une question d'heures, et que la mort viendrait avant la tombée du soir.

Assister à cette agonie était pour Luc la pire des tortures. À chaque arrêt de la respiration, il se jetait sur le corps de sa mère, me lançant un regard de panique, mais le soufflet de forge reprenait son labeur, inspirant, expirant, inspirant, expirant…

J'ai fait le tour du lit. J'ai pris Luc par les épaules, le plus délicatement et le plus fermement possible.

« Sois sûr qu'elle ne souffre pas, l'ai-je assuré. Elle s'éloigne. Elle est déjà très loin de nous. L'organisme lutte encore, mais ta maman ne sent rien. Ni la douleur ni notre présence. Il n'est pas nécessaire que tu assistes à ce dernier combat du corps. C'est moi qui vais rester. Sors. Je promets de venir te chercher dès que son visage aura retrouvé la paix. Luc, écoute-moi. »

Il s'est laissé chasser de la chambre pour aller se recroqueviller sur une chaise du couloir, dans une de ces bulles hors du temps qui, dans les hôpitaux, permettent à tout un chacun de se réfugier un moment, en attendant la fin d'une opération à haut risque pratiquée sur un proche, ou l'issue fatale de la maladie d'un être cher. Resté seul, je priais à vide, n'importe qui, n'importe quoi, même le « démon », l'ami américain d'Irène, pour que s'arrête enfin la pompe désespérée et qu'Irène puisse enfin rejoindre les territoires de la grande discrétion.

Quand tout a été fini, j'ai fermé délicatement sa bouche desséchée, posé un baiser sur ses lèvres, sur ses cheveux collés autour de son front, et pris le temps de contempler cette femme à laquelle un hasard à peine différent aurait pu me permettre d'offrir une part bien plus grande de ma vie. Ses paupières étaient moins violemment fermées, sa bouche plus détendue, j'ai glissé mes doigts glacés dans ses mains encore tièdes. Durant quelques secondes, j'ai cru distinctement revoir sa mélancolique élégance, comme si la mort, en défaisant à toute vitesse les bandelettes du malentendu, me révélait un être familier, une femme toujours connue, aimée dans une autre vie.

Luc, effondré mais digne, ne m'a pas quitté jusqu'à l'arrivée, tard dans la soirée, de la sœur d'Irène, une personne efficace et solide qui semblait éprouver pour son neveu une affection réelle mêlée d'admiration. Les deux sœurs ne s'étaient pas vues pendant des années mais la tante se disait décidée à prendre soin de Luc, non seulement parce qu'elle croyait être « sa seule famille », mais parce qu'elle aussi, bien qu'ayant fait récemment sa connaissance, devinait chez ce garçon des qualités qui l'intriguaient.

J'ai cependant exigé de me trouver seul avec Luc. Nous avons parlé. Des choses ont été dites. La vérité. Pas toute, parce que entière la vérité est dure et coupante. Son noyau est plus lisse, on peut le sucer longuement. Son amande est amère, on peut aussi s'en dispenser. Donc la vérité, afin qu'il en fasse, lui aussi, ce qu'il pourrait.

Je lui ai dit qu'au point où nous en étions, rien ne pourrait compenser le fait d'avoir été privés l'un de l'autre durant toute son enfance, qu'il s'en était d'ailleurs fallu de peu pour que nous ne nous connaissions jamais, « mais bon… », que j'avais une longue vie derrière moi et lui une longue vie devant lui, mais qu'il existait désormais ce trait d'union, ce lien délicat entre nous et que, de toute façon, pour lui, je serais là.

« Alors ne t'en fais pas. Pas trop… Tu sais que dans Chaosmopolis, je m'y retrouve ! C'est là que nous allons nous croiser à nouveau. »

Il ne me restait plus qu'à attendre le jour où, de lui-même, il me ferait signe. Le jour où, moi-même, je brûlerais de le revoir en train de dessiner. En regagnant ma maison, je me disais que Marion, si elle n'avait pas disparu ou n'avait pas été enlevée, ne manquerait pas de m'apporter un peu de réconfort.

Contre toute attente, nous allions vivre encore une aventure commune, dernières gouttes de l'averse événementielle.

À l'hôpital, près d'Irène somnolente, j'avais entrepris, par pur désœuvrement, de passer en revue le contenu des poches de la veste que j'avais enfilée à la hâte ce jour-là. Un moment plus tard, je défroissais méticuleusement un bout de papier sur lequel j'avais inscrit un numéro de téléphone et griffonné trois mots : « école à vendre ». Souvenir d'un village de rêve nommé Saint-Loup-les-Trembles. Attiré par un rayon de soleil qui illuminait ses quelques maisons, j'avais un jour erré dans ses rues désertes et m'étais assis dans le préau de son école à l'abandon. Dans le silence blanc de la chambre, par la magie d'un bout de papier, je me trouvais soudain en compagnie d'un loup, vieux camarade et saint animal, livré au tremblement inquiétant du réel.

Dans la rue, j'ai composé aussitôt le numéro. Au secrétariat de la mairie de Saint-Loup, on m'a confirmé que le bâtiment, propriété d'une commune de moins en moins peuplée, dont les rares enfants étaient scolarisés ailleurs, était toujours à vendre. Sans réfléchir, j'ai annoncé que je l'achetais. Silence et bruits divers au bout du fil. Et, presque tout de suite, la voix du maire. J'ai aimé son accent rocailleux, sa voix comme une motte de terre sèche qu'on effrite. Je me suis présenté et j'ai promis de venir le plus vite possible, « dès que mes affaires me le permettront ». Mes affaires !

Alors, après les obsèques d'Irène et le départ de Luc avec sa tante, j'ai pris la route vers le sud. À ma grande surprise, Marion a tenu à venir avec moi et nous nous sommes installés, tout près de Saint-Loup, à L'Auberge du Couchant, chez Jean, souriant toujours derrière ses moustaches retroussées, pas étonné le moins du monde de me revoir. Il a regardé attentivement la femme qui m'accompagnait, froncé les sourcils, hoché la tête. Sur un ton énigmatique qui se dissimulait derrière celui de la plaisanterie, il m'a pris à part pour me déclarer : « Eh bien, vous l'avez retrouvée, finalement ? Vous voyez, tout arrive… Enfin, pas exactement celle que vous attendiez. Forcément une autre ! Je veux dire la même et une autre. C'est toujours comme ça. À propos, ça y est, ils vont démolir le garage ! »

Je lui ai rappelé qu'il s'en était fallu de peu, de très peu, à l'époque, pour que la randonneuse diagonale passe près de chez lui, entre dans son bar. Elle aurait vu le garage Volvo. Elle aurait entendu les aboiements du chien agonisant. Elle m'aurait reconnu.

« Passer à l'écart, se manquer de peu, partir sur un coup de tête, s'en remettre aux rencontres : les petites briques du destin. »

Bref passage de l'Évangile selon Jean ! Après quoi, le moustachu a tenu à nous préparer lui-même un repas, à déboucher une bonne bouteille et à nous présenter sa compagne (il ne m'avait encore jamais parlé d'elle), une Anglaise prénommée Aurora, installée depuis plusieurs années dans une sorte de presbytère de la région où elle écrivait des romans pour la jeunesse. Aurora et Jean formaient un couple peu commun. Elle était d'une élégance légèrement excentrique et aimait le bon vin. Il lui racontait des histoires dont elle s'inspirait pour ses livres. Ils ne passaient ensemble qu'un soir ou deux par semaine mais semblaient se comprendre à demi-mot.

Tous les quatre, nous nous sommes rendus au village voisin pour visiter l'école à vendre.

Le maire, un brave homme usé et blanchi, nous attendait en rêvassant et se berçant un peu, assis sur la planche d'une antique balançoire restée suspendue au portique rouillé. Il connaissait bien Jean à qui il a serré chaleureusement la main. Je lui ai parlé de mon premier passage à Saint-Loup, de ma découverte de cette école déserte dont la cour et le préau se trouvaient « côté village », mais dont le jardin totalement en friche, à flanc de colline, offrait une vue imprenable et paisible sur une campagne vallonnée où l'on distinguait de petites vignes, d'autres villages perchés, des manoirs isolés, des bois et d'étroites rivières.

« Pas seulement un jardin, a rocaillé la voix du maire, ils avaient fait aussi un potager. » Et il a tendu le doigt vers une sorte de taillis qui s'étendait jusqu'au petit mur qui entourait l'école.

« Ils ? »

Le maire nous a alors raconté l'histoire du jeune instituteur et de la jeune institutrice arrivés le même jour, par l'autocar, à la fin d'un lointain été, pour prendre leur premier poste dans cette école. Avant même le premier mot échangé, leurs regards s'étaient rencontrés. Ils s'étaient aimés. Longtemps. Ils s'étaient mariés. Ils ne s'étaient plus jamais quittés et avaient « fait l'école » à Saint-Loup-les-Trembles jusqu'à leur retraite.

« Ils sont aujourd'hui très très âgés, a dit le maire, mais toujours vivants et toujours inséparables. Lorsqu'il fait suffisamment doux, ils se promènent encore bras dessus bras dessous, dans les rues du village. La plupart des habitants, eux-mêmes bien vieux, les saluent en les appelant encore “Monsieur et Madame”, comme ils le faisaient quand ils étaient petits. Voilà la vie, ici, monsieur Travenne : le vide, mais aussi la lenteur. »

Nous venions de pénétrer à l'intérieur de l'édifice. L'odeur de poussière et de moisissure n'avait pas eu complètement raison d'une ancienne odeur de bois ciré, de craie, de plantes séchées. Les deux anciennes salles de classe étaient vastes et lumineuses et les appartements des instituteurs en bon état. Pendant des années, deux amoureux avaient hanté ces lieux, passants heureux, passeurs sereins, avec la tranquille certitude de ne pas s'être trompés d'histoire.

Sur un nouveau coup de tête, j'allais donc me porter acquéreur de ce petit coin sur la terre. Marché conclu. Affaire faite. Un soir, en cadeau d'installation ou de bienvenue, Jean m'a apporté la vieille enseigne de son auberge : L'ÉTOILE DU RÉCONFORT. Par jeu, mais surtout pour dissimuler mon trouble, je l'ai immédiatement suspendue au-dessus de la porte d'entrée, sous la devise *Liberté Égalité Fraternité* gravée dans la pierre. Provisoirement, ai-je prétendu, sachant fort bien qu'elle y resterait.

Marion était toujours là. Elle m'étonnait un peu plus chaque jour. (« Paradoxale », avait dit un certain Goliath.) Bottée de caoutchouc, ayant récupéré et réparé des outils trouvés dans une remise, elle avait entrepris de défricher le jardin et le potager. Un labeur considérable, pour lequel elle refusait de se faire aider, s'acharnant, se griffant, se déchirant dans une guerre furieuse faite aux ronces, aux orties, aux mauvaises herbes, aux lianes enroulées autour des branches pourries. Je l'entendais pester, lâcher d'horribles jurons, ne s'interrompant que pour s'essuyer le front d'un revers de l'avant-bras, ou pour cracher à bonne distance. On aurait dit qu'elle se dépensait avec d'autant plus de vigueur qu'elle faisait tout ça pour rien. Absolument pour rien. Uniquement pour brûler son inépuisable énergie. Pour obéir à un ordre venu de nulle part. Sauvant de l'étouffement certains massifs de fleurs envahis par le lierre, ou éveillant d'antiques rosiers longtemps endormis, elle me surprenait par ses connaissances botaniques et son savoir-faire.

« C'est incroyable, me déclara-t-elle un jour, rayonnant d'enthousiasme, mais ils avaient planté des roses de Damas. Une variété très belle, baptisée Omar Khayyam ! Les Damas ont des pétales doubles, on dirait un peu des pivoines. »

Serpe en main, comme une kolkhozienne, elle a ri franchement, dans le soleil, en me confiant, presque heureuse :

« D'ailleurs, j'ai toujours préféré aux roses les pivoines ! Les plus belles fleurs du monde… »

Comme lorsqu'elle marchait des journées entières sur la Diagonale du vide, elle paraissait ne sentir qu'à peine la fatigue et il lui suffisait de quelques minutes pour me revenir, douchée, hâlée et saine, apparemment joyeuse mais toujours aussi secrète. Je m'employais, de mon côté, à rendre cette école habitable, non sans croire entendre parfois, sous le préau ou au détour d'un couloir, l'écho d'une rumeur d'enfance répercutée entre les parois du Temps. Était-ce cette rumeur fantôme ? Ce bruissement d'anciennes promesses dont personne ne saurait jamais si elles avaient été tenues ?

Je pensais très souvent à Luc, à l'expansion indéfinie de Chaosmopolis. Avant de partir avec sa tante, il avait pris le temps de m'apporter un épais carnet de croquis. Au fil des pages bien remplies, pas de cités imaginaires désertes mais, au contraire, des silhouettes humaines, visages spectraux avec des trous noirs à la place des yeux, personnages hébétés, écrasés, furieux, morts-vivants, fantômes et fantoches avec de longs bras et des doigts comme des griffes.

« Ce sont tous ceux qui ont fui, m'avait-il expliqué. Les disparus. Les oubliés. »

Sur le coup, j'avais été fasciné par ce carnet. La puissance inquiète de ces esquisses.

« Tu peux le garder », m'avait dit Luc, se mettant à me tutoyer avec un mélange de provocation et de confiance. Puis, sur un ton d'infinie tristesse : « De toute façon, ils ne reviendront jamais ! »

Depuis ce jour, au crépuscule, je feuilletais ce carnet, observant en détail chaque forme vaguement humaine, fixant les orbites noires des spectres, m'attardant sur des visages aquarellés, à peine esquissés, comme si j'allais tout à coup *reconnaître* quelqu'un. De son côté, au même instant, Luc tournait-il les pages du livre d'anamorphoses que je lui avais offert ? Nuages, rochers, écume, tentures et ramures dans lesquels l'œil pouvait brusquement distinguer une ville compliquée. Quelque chose me disait que le garçon ne tarderait pas à me faire signe. Chaosmopolis était partout, et le petit personnage farouche, avec son visage d'encre, était caché, tout près de moi, dans le paysage.

Je me souviens, un soir, vers la fin de l'été, l'obscurité ne parvenant pas à triompher de cette lueur indéfiniment déclinante qui faisait se succéder toutes les nuances de rose, mauve, bleu au-dessus des collines proches et lointaines déjà noyées dans le noir, Marion, venant du jardin, a remonté les marches du perron, avec lenteur, hésitation et peut-être regret, comme un élève qui, le dernier jour de classe de la dernière année d'école, ressent, derrière sa joie d'en avoir fini, un petit pincement de nostalgie tandis que son regard s'attarde sur des détails auxquels il n'avait jamais prêté attention. Elle avait un air lointain et grave, plus résigné que décidé. Par la fenêtre de la « salle de classe des filles » où je déplaçais une fois de plus les grandes toiles vierges, sur lesquelles je ne me décidais pas à poser une touche de couleur ou un premier trait noir, je l'ai regardée approcher.

Elle m'a souri lorsqu'elle m'a vu. Elle a posé son sécateur, quitté ses bottes. Sans me toucher, me tournant lentement le dos avant de disparaître dans l'obscurité du couloir le long duquel étaient toujours disposés, à hauteur d'enfants, de petits portemanteaux, elle a rêveusement déclaré :

« Il me reste un très beau massif de roses anciennes à dégager. Je voudrais en finir avant de m'en aller. Arracher les dernières broussailles. Toutes ces fleurs pourront s'épanouir à nouveau. Dans un mois, dans un an. Alors, quand je me trouverai à l'autre bout du monde, dans un pays aride, je penserai souvent à ces roses, à cet endroit. Quelle paix, ici, tout de même ! Quelle paix ! Ce village, cette école… Quelle paix presque insupportable. Je crois que je n'oublierai jamais. »

Mangée par les ténèbres de la vieille école, elle est allée s'affairer à l'étage. Plus grandes que moi, trop grandes pour moi, les toiles vierges, après avoir viré au gris, se confondaient avec les murs de la salle de classe des filles.

Alors, lentement, très lentement, je suis descendu marcher dans ce qui était à nouveau un jardin. Au bord du parapet, j'ai attendu qu'il fasse vraiment noir, très seul, dans l'odeur de la terre remuée, des herbes coupées et des fleurs. J'ai attendu longtemps. Les mots de Marion continuaient de se prononcer tout seuls dans le vide : « avant de m'en aller », « l'autre bout du monde », « paix presque insupportable ». Les fenêtres de l'école se sont éteintes. Marion devait avoir sombré dans un profond sommeil. Très loin, dans les ténèbres, on voyait les points lumineux, rouges ou jaunes, de voitures qui filaient sur des chemins nocturnes. J'ai eu une pensée pour saint Wolf. Ses doigts tremblants. Je lui ai dédié une phrase qui me revenait approximativement : « *et pourtant, toujours, nous nous choisissons un compagnon ; non pour nous, mais pour quelque chose qui est en nous, hors de nous, qui a besoin que nous manquions à nous-même pour passer la ligne que nous n'atteindrons pas… Compagnon par avance perdu, la perte même qui est désormais à notre place…* ». Fragment errant d'un Évangile selon Mathieu encore à écrire.

J'étais là, sous le ciel sombre d'un été moribond, et il me semblait rejoindre d'anciennes peurs, d'anciens désarrois, le choc d'anciennes batailles et le chantonnement très doux d'anciens bonheurs possibles dont ce même ciel était le seul témoin aveugle. Je me suis baissé pour ramasser une pierre contre laquelle j'avais buté et j'ai gardé cette pierre entre mes mains comme un petit crâne. Marion, là-haut, perdue dans ses rêves d'insaisissable femme de guerre.

Il m'a semblé que quelque chose passait dans la nuit. Le contraire d'un événement. Quelque chose qui s'offrait à moi avec évidence. Un signe sans date. Un clin d'œil du monde. Un trait invisible qui traverse le Temps qui, du coup, n'est plus « le Temps », mais l'espace ouvert où des êtres humains respirent et se taisent. Les vivants et les morts. Les gens. Les pauvres gens. Tout le monde. Et ce trait me traversait moi aussi, sans douleur. Il me dispensait de penser, de m'inquiéter. Tout ne tenait qu'à un fil. La perte à ma place, désormais.

Alors, ma pierre terreuse au bout des doigts, j'ai levé la tête. Exactement au-dessus de moi, un astre brillait avec une intensité surprenante. Diamant sans écrin. Pépite sans coffret. Première et dernière étoile dans le désastre obscur. *L'étoile du réconfort.*

DU MÊME AUTEUR

Littérature

VITESSES POUR TRAVERSER LES JOURS, Lettres Nouvelles / Maurice Nadeau, 1980.

PREMIERS PERSONNAGES DU SINGULIER, Robert Laffont, 1984.

LA PART DU SPHINX, Robert Laffont, 1987.

LA VIE COURANTE, Maurice Nadeau, 1996. Prix Autres 1996 (Folio n° 4159).

NAISSANCES, Gallimard, 1998 (Folio n° 3384).

LA PETITE CHARTREUSE, Gallimard, 2002. Prix du Livre Inter 2003 (Folio n° 3391 ; Folioplus classiques n° 76).

« Vilaines Filles » *in* POUPÉES, sous la direction d'Allen S. Weiss, Gallimard / Halle Saint-Pierre, 2004.

LE RIRE DE L'OGRE, Gallimard, 2005. Prix du roman Fnac 2005 (Folio n° 4478).

CŒUR DE PIERRE, Gallimard, 2007 (Folio n° 4858).

L'IDIOT DE SHANGHAI et autres nouvelles, Gallimard, 2009 (Folio 2€ n° 4960).

LA DIAGONALE DU VIDE, Gallimard, 2009 (Folio n° 5251).

Essais

LA PETITE FILLE DANS LA FORÊT DES CONTES, Robert Laffont, 1981. Nouvelle édition augmentée en 1997.

L'ARCHIPEL DES CONTES, Aubier, 1989.

LOS CUENTOS DE LOS HERMANOS GRIMM, Editorial Crítica, Barcelone, 1988.

LIGNES DE VIE. Récit et existence chez les romantiques allemands, José Corti, 2000.

MARÉE BASSE : MÉDITATION SUR LE RIVAGE, SUR CE QU'ON Y TROUVE, ET SUR LE TEMPS SANS EMPLOI, J. Millon, 2009.

Biographie

L'OMBRE DE SOI-MÊME. VIE ET ŒUVRE DE E. T. A. HOFFMANN, Phébus, 1992.

Monographies

L'OMBRE ET LA VITESSE. Sur Adalbert de Chamisso, José Corti, 1989.

TEINTES PASTEL ET ENCRE NOIRE. Sur Ludwig Tieck, José Corti, 1993.

RONDE DE NUIT. Sur Bonaventura, José Corti, 1994.

LE THÉÂTRE DES INFLUENCES. Sur Schiller, José Corti, 1996.

LA TRAVERSÉE DU ROMANTISME. Introduction aux contes romantiques allemands, Mercure de France, 1997.

Livres d'art

PORTRAIT DE MIQUEL BARCELÓ EN ARTISTE PARIÉTAL, avec la collaboration d'Éric Mézil, photographies d'Agustí Torres, Gallimard, 2008.

ANSELM KIEFER, La solitude du geste, Éditions Yvon Lambert, 2010.

Jeunesse

COMME DEUX GOUTTES D'EAU, illustrations de Fulvio Testa, Gallimard Jeunesse, 2004.

LE MONSTRUEUX, illustrations de Stéphane Blanquet, Gallimard Jeunesse, 2007.

Composition Dominique Guillaumin
Impression Maury-Imprimeur
45330 Malesherbes
le 10 juin 2011.
Dépôt légal : juin 2011
1er dépôt légal dans la collection : avril 2011.
Numéro d'imprimeur : 165664.

ISBN 978-2-07-044067-2. / Imprimé en France.

233898